ROOSEVELT GAME

ルーズヴェルト・ゲーム

羅斯福遊戲

Jun ... ido
池井戸潤

序章

北大路犬彥用沾到紅土的釘鞋鋪平打擊區的地面時，內心既不興奮，也沒有絲毫緊張。

這是正式比賽的第一輪淘汰賽，觀眾席上冷冷清清，一壘附近的隊友休息區簡直像墓地般寂靜無聲，總教練村野三郎一臉極度不悅，一動也不動地坐在休息區長椅最左側。

目前的比數是七比零。九局下半，兩人出局，無人上壘。

犬彥在已經不是敗局漸明，而是確定會輸的局面下奉命上場代打，將成為這場比賽中最後的打者。

對方投手投了一個外角偏低的直球，目前兩好球零壞球。

三和電器的主戰投手如月一磨站在投手丘上，他加入成棒第二年，是職棒球探關注的優秀選手。

你這種貨色根本不是我的對手，趕快從我面前消失。

如月露出無敵的笑容，眼神似乎這麼說。

王八蛋。

原本已經喪失戰意的犬彥內心僅存的一絲鬥志熊熊燃燒起來。他用戴了皮手套的右手用力推推頭盔，氣凝丹田，狠狠瞪著如月。

犬彥在腦袋右側緩緩旋轉球棒，隨時準備揮棒。

捕手發出暗號後，如月搖了兩次頭，最後才終於點頭。

如月投的第三球直擊犬彥的胸前。那是一個高速內飄球。

犬彥用力揮棒卻落空，重心不穩，單腿跪在地上。

「媽的！」

犬彥的自尊心完全被擊垮，懊惱地用右手把球棒丟向地面，仰頭看著天空大叫。

「這是敗犬的遠吠嗎？」

對手球隊的捕手借用犬彥的名字揶揄道。

「你說什麼？」

犬彥正準備撲上去，隊長井坂耕作立刻衝出來制止他。

「住手，別在這裡丟人現眼。」

犬彥甩開井坂的手，狠狠瞪向對方後走去排隊，向對方球隊成員鞠躬致意後，轉身面對一壘後方的應援席，應援席上只有零星幾個人。

「你們在幹嘛？趕快回去上班！」

全體隊友在叫罵聲中脫下帽子鞠了一躬。

「謝謝！」

「王八蛋！你們應該說對不起吧！」

叫罵的聲音在空蕩蕩的觀眾席上格外響亮。

這個說話刻薄的觀眾到底是誰？犬彥好奇地抬頭一看，看到自己所屬的包裝課課長長門一行醉醺醺的臉。犬彥總覺得他不是在罵球隊，而是在罵自己。不，事實應該就是如此。

第一章　總教練人事

1

『拜啟　青島製作所棒球部　三上文夫部長：

向春時節，謹祝各位身體健康，萬事如意。

本人村野三郎自受命擔任青島製作所棒球部總教練以來，三年期間全力投入棒球部的發展，現因個人生涯規劃，請辭總教練一職。

擔任棒球部總教練期間，承蒙各位大力支持、鞭策和激勵，書此致謝，幸恕不周。我雖無法繼續效力，衷心祈禱貴公司和棒球部百尺竿頭，更上一層樓。敬此』

有著一頭波浪銀髮，戴著黑框眼鏡的茶屋功看完信後，靜靜地放在桌上。

他把眼鏡推到頭頂，一臉為難的表情打量著誠惶誠恐的三上文夫，然後問了一聲：

「這是什麼？」

「好像是辭職信。」三上用手帕按著額頭回答。村野事先完全沒有向他提過打算離職的事。

「這不是普通的信嗎？」茶屋表達了極其理所當然的感想，「村野到底在想什麼？」

這句話道出了自己內心對對方的憤怒，同時也對在三年前將村野推薦給青島製作所擔任總教練的自己感到生氣。茶屋以前是大學棒球的知名總教練，擔任日本棒球聯盟的理事，也是業餘棒球界的顧問，雖然不時被稱為是棒球界的「樓中樓」，地位微妙，令人望而生畏，但在斡旋總教練的人事問題上，茶屋無疑是不二人選。

「上一季最後一場比賽中，和競爭對手企業對戰時慘敗……」三上解釋道。

「競爭企業？是哪一家？」茶屋問。

「三和電器。」

茶屋露出訝異的眼神代替回答。他的眼神似乎在說，兩隊的實力根本相差懸殊，三和電器怎麼會是你們公司的競爭對手？

在青島製作所還是成棒知名球隊的黃金時代，三和電器曾經和青島爭奪冠軍，但青島製作所棒球部之後的成績一路衰退，靠財力不斷提升實力的三和電器漸漸令青島望塵莫及，尤其是近年的對戰成績更是慘不忍睹，這兩年來是五戰五敗，被打得落花流水。

「所以呢？」

「就是……在報告結果時，社長質問村野總教練他到底在幹嘛？」

雖然才二月初，但三上忙著擦拭額頭噴出的汗水。三上在五年前擔任青島製作所的總務部長，在當時的社長青島的指名之下，同時兼任棒球部部長。雖然三上意外接下負責棒球部的經營工作，但他是從學生時代開始，只看過棒球比賽，從來沒有打過棒球的外行人，這些年向來都把實務工作完全交給資深總教練村野處理，如今少了唯一的依靠，當然很受打擊。

「村野就大動肝火嗎？」

「雙方激烈爭吵。」

三上回想起當時的情況，再次用手帕擦著額頭。村野是出了名的足智多謀，而細川充則是曾經在美國主修企管的理論派，兩人的自尊心都很強，雖然平時都很少流露真實的感情，但一旦動了氣，最後就變成言詞犀利地指責對方。

「雖然我在一旁勸解，但仍然無法平息……我正設法安排他和社長和解，沒想到就收到了這封信。」

三上看著信，再度用手帕搧著風。

「話說回來，村野到底有什麼打算？」茶屋問，「他和社長不歡而散，接下來的去處已經有著落了嗎？」

「問題就在這裡。」三上忍不住皺起眉頭，「我前幾天聽說，三和電器的安藤總教練辭職了，村野總教練可能會去那裡。」

「怎麼會這樣！」茶屋露出驚訝的表情。

「如果只是這樣也就罷了，」三上繼續說道，「最近球隊的飯島和新田離職，而且偏偏進了三和電器，所以絕對是村野總教練把他們挖走的。」

飯島健太是青島製作所的主戰投手，職棒球探也持續關注他，和四號打者，同時也是長距離強打者新田達彥都是青島製作所球隊的主將。

「老師，村野總教練有沒有來跟你聊過什麼？」

「完全沒有。」茶屋氣鼓鼓地說完，咂著嘴，「這種事不可能臨時決定，三和電器八成在之前就已經探過村野的口風，問他有沒有意願去那裡。」

「我想也是。」

三和電器向來為了獲勝不擇手段。雖然不知道用什麼條件把村野挖過去，但當然會要求村野把飯島和新田兩名球員一起帶過去。

「對了老師，今天登門拜訪，其實是有一事相求。」三上終於進入正題，「因為村野總教練突然辭職，所以目前本公司的球隊處於無總教練狀態，能不能請老師介紹一位人選？否則我們球隊就無法參加本季的比賽。」

「你們想找什麼樣的總教練？」

三上聽了茶屋的問題，不知該如何回答。位在世田谷區內的茶屋住家在這棟大廈七樓，可以看到窗外隨時會下雨。

「如果換總教練之後，作風和之前大不相同，恐怕會讓球隊陷入混亂。」對棒球一竅不通的三上隨口把自己的想法說了出來，「所以，雖然不要求完全遵照以前總教練的方法，但希望接任的新總教練能夠在某種程度上瞭解這一點。」

「是嗎？」茶屋表示質疑，「你們的主戰投手離開了，如果繼續用村野的方法，青島製作所的成績只會比去年更慘。」

「會這樣嗎？」

三上再度拿出手帕，不置可否地說。

「青島會長怎麼說？」

青島毅是青島製作所的創辦人，白手起家打造出這家年營業額五百億圓的企業。他熱愛棒球，創設了棒球部，年輕時親自擔任棒球部的部長，但兩年前身體出了狀況之後，將原本的營業部長細川拔擢為社長，自己退居為具有代表權的會長一職。雖然有時候會來公司露臉，但實質上已經算是退休了。

「社長是目前棒球部的最高負責人，會長說，相關事宜只要和社長討論決定就好。」

細川社長指示三上，請曾經介紹前任總教練的茶屋幫忙介紹繼任人選。

「原來是這樣。」

坐在扶手椅上的茶屋抱著雙臂陷入了沉思。他陷入沉思的實際時間也許並不長，但三上感覺很漫長。他在沉默之後問：「在總教練的經驗和出身這些問題上，都可以全權交給我斟酌嗎？」

「當然沒問題，有什麼適合的人選嗎？」

「並不是完全沒有，合約條件呢？」

「合約條件是這樣。」

三上拿出了事先準備好的資料。

資料上寫著年薪等各方面的待遇和工作條件。總教練的身分是約聘員工，雖然會支付相當的年薪，但在備註欄內很不明顯的地方寫了一條注意事項，當公司方面對總教練感到不滿時可主動解約。

「薪水真低啊。」茶屋看了之後不禁皺起眉頭，「不能再高一點嗎？」

「因為目前不景氣。」

「這我知道，但怎麼可以在總教練的薪資上小氣？你們目前不是需要緊急救援嗎？」

「老師，公司方面並沒有小氣。」三上身為總務部長，平時經常在人事費用的問題上遭到挑剔，所以他有點惱火，「對約聘員工來說，這已經是破格的條件。」

「但上面寫著如果成績不理想時，可能就會遭到開除。」茶屋連備註欄也看得一清二楚，忍不住皺眉，「怎麼辦呢？更何況你們決定聘總教練的時間也太晚了，很快就要舉辦日本體育新聞株式會社主辦的日本體育大賽，像樣的人才早就已經受邀去了該去的球隊了。」

「我非常瞭解這一點，但是——」三上直視著茶屋，「這是青島製作所棒球部成立以來最大的瓶頸，無論如何都希望老師大力相助，拜託了。」

三上雙手放在腿上，深深地鞠躬。

一個星期後，接到了茶屋主動聯絡。「我要介紹一個人給你。」

2

「連總教練的人事都搞不定，看來本季的球賽也沒什麼指望了。」專務董事笹井小太郎滿臉不屑地說，然後問細川：「你認為呢？」

細川以苦笑代替了回答。這是例行的高階主管會議，雖然眾人都知道細川對棒球部沒有感情，但之所以未表示同意，是顧慮到坐在旁邊的青島會長的心情。

青島對棒球部的熱愛比別人強烈一倍，他曾經在擔任社長之餘還兼任棒球部部長，年輕的時候，會坐在球員休息區觀看每場比賽。

在場的人都知道，笹井平時就把棒球部視為眼中釘，所以也清楚目前的對話有點像在演戲。以前青島擔任社長時，他勉強克制住內心的不滿，但在兩年前，青島退居二線擔任會長之後，他也就不再掩飾。

「我們公司差不多該認真考慮棒球部存廢的問題了。」

笹井的這句話頓時讓高階主管會議出現了火藥味。

三上之前就聽說，笹井在四處遊說，認為棒球部必須裁撤。

最主要的原因是因為公司的業績急速下滑，去年年底時，七百名約聘員工中半數沒有續約，著手進行「大砍約聘員工」一事。有人主張現在不適合玩棒球也情有可原，因為想要維持棒球部，每年在包括選手、工作人員的人事費用等經費上要花費將近三億圓，笹井當然很清楚青島製作所的這些財務狀況。

「如果景氣持續低迷，到時候就不得不考慮工作分擔制度，要是之後必須調整正職員工的薪資和僱用機會，公司方面必須展現盡力降低成本的努力。」笹井表達了自己的主張，「如果在為員工減薪的同時，卻在棒球部花上三億圓，根本說不過去。」

其他人紛紛瞥看細川的臉色。

三上驚訝地倒吸了幾口氣，想要試著反駁，卻想不出任何有說服力的話。沒有搞定總教練的人事問題的確是事實，但他覺得不僅是這樣，棒球部的戰績和公司的業績一樣一蹶不振，導致棒球部在公司內部人氣低迷，笹井才會說這種話。棒球部曾經是員工娛樂和公司的象徵，如今已經漸漸淪為公司的累贅。

但是——

一旦裁撤棒球部，就必須解僱那些因為棒球專長而被錄用的選手。無論如何都必須避免這種情況發生。

三上感到不知所措，露出求助的眼神看著這天剛好來參加高階主管會議的青島。雖然他目前退居二線，擔任會長的職務，不過以前在公司呼風喚雨，目前仍然具有影響力。但是，高大的青島此刻抱著雙臂，閉上眼睛，咬緊牙關，完全沒有想要發言的跡象。

「我能夠理解你們認為眼前花三億圓很不值得，但棒球部也有無法用眼前的利害得失衡量的好處。」

營業部長豐岡太一終於表達了令人感激的意見。中年發福的豐岡下巴上留著已經成為他特徵的鬍子，一臉溫厚的表情環視了坐在圓桌旁的與會者，「社會大眾通常不太會知道我們這種電子零件廠商，但正因為我們有成棒隊，所以有很多人都會對我說：『我知道你們公司』，這對我們跑業務有很大的幫助。」

「的確，因為以前真的很活躍。」

笹井語帶諷刺地說。正當三上覺得話題被引導向奇怪的方向時，聽到笹井叫他的名字。

「三上部長，請你老實告訴我們，棒球部的情況到底如何？有機會變強嗎？」

笹井毫不客氣地問道。今天的高階主管會議是為了討論四月之後的新年度經營計畫，「上一季的賽況不是慘不忍睹嗎？讓社會大眾看到那種慘況也很丟臉，如果不提升實力，根本不值得一談。」

「去年的戰績的確很抱歉，所以才需要另覓理想的總教練。」三上勉強辯解道。

「不就是連村野總教練也棄我們不顧了嗎？」笹井冷冷地說。

「棒球曾經凝聚這家公司的向心力。」三上努力想要克服眼前的難關，「棒球部將在新總教練的帶領下脫胎換骨，全力以赴，請繼續支持我們，拜託了。」

三上站起來，深深地鞠了躬。

會議室內充滿尷尬的氣氛。在這種微妙的氣氛中，響起了掌聲。鼓掌的是青島。

「好好加油，我對你們充滿期待。」青島環視圓桌旁的所有人說，「目前已經換了新的總教練，那我們就對本季的賽事拭目以待，我相信一定可以看到出色的比賽。」

坐在青島旁的細川微微皺眉，他可能對退居會長一職，已經把經營權交到自己手上的青島在此刻展現發言權感到不太對勁。笹井的話被打斷，不悅地陷入沉默。

「那就期待這位新總教練的本事，繼續觀察一下。三上，可以請你朝這個方向推動嗎？」細川社長為這個議題做出了結論。

三上覺得全身頓時虛脫，感到很疲勞。

他暗自鬆口氣，同時也在心裡向青島道謝。

3

這一天，棒球部經理古賀哲心情不太好。

他在出門前為零用錢的事和太太發生口角，剛才會計課長又把他找去，為棒球部的預算問題嘮嘮叨叨，而且這種下雨的天氣，膝蓋的舊傷陣陣疼痛，工作又忙得不可開交，讓他覺得連老天也在和自己作對。

他在所屬的總務部處理工作告一段落後，在終於變成小雨的天空下，快步走過圍著綠色球網的球場旁，雖然膝蓋有點痛，但還是用運動員特有的輕盈動作跳過去，不一會兒，就來到一棟外形看起來像豎立的本壘板形狀的棒球館玄關，他立刻換上拖鞋。

古賀直奔二樓的食堂，從備餐窗口對橋詰佐代說：

「阿姨，不好意思，可以為我做一份老樣子特餐嗎？」

佐代做的親子丼天下第一，平時因為太忙來不及吃午餐時，古賀都期待來這裡吃她做的親子丼。

沒想到佐代今天一臉歉意地雙手扠腰說：「古賀，對不起，今天已經沒了。」

她說完之後，走到窗口，用只有古賀才能聽到的聲音小聲說：

「原本還剩了一份，剛才那個人走過來，說要我幫他弄點吃的。」

古賀轉頭一看，發現有一個男人坐在原本以為空無一人的食堂角落，正大快朵頤地吃著佐代做的親子丼。

那個人身材高大，留著絡腮鬍，穿著藍色工作服。

「他是誰？」

古賀問。佐代瞪大眼睛搖頭說：

「我不認識，但他說獲得公司的許可。」

「公司？」

古賀猜想應該是從前天開始做側溝工程的工人。古賀忍無可忍，累積了一早上的煩躁終於暴發了，對那個男人說：「打擾一下，這裡是棒球部的食堂，工程的業者請去其他地方吃飯。」

男人繼續扒飯，轉頭看著他。飯粒黏在他的臉頰上，大臉上的一雙小眼睛看著古賀和佐代，好像現在才發現他們。

「真是不好意思啊。」

說完，他再度開始扒飯。古賀覺得這傢伙簡直目中無人，這時聽到有人走上樓梯的聲音，同時看到井坂探頭進來。井坂有捕手特有的壯碩體格，體重超過一百公斤。

「不好意思，不好意思，我正要出來，就被叫住了。」

雖然同樣在總務部工作，但古賀在人事課，井坂在庶務課，因為工作的關係，經常有很多意想不到的雜務。

井坂立刻在可以看到球場的窗邊座位坐下，攤開手上的資料。球隊從下午三點開始練習，他們要討論接下來的比賽日程，所以提前一個小時在這裡碰面。

「我要出來時聽到，剛才的高階主管會議已經同意了總教練的人事案。」

「真的嗎？」古賀一直很關心這件事，忍不住問道，「是誰？」

古賀之前就聽說三上去拜託了介紹前任總教練的茶屋，請他幫忙找接手的總教練。

「我也不知道。」井坂回答說，「聽說前天接到茶屋先生的電話，突然推薦了一個人選，三上部長昨天去和那人見面了。」

「那個總教練叫什麼名字？」古賀問。

「好像姓什麼大道之類的，反正就是一個奇怪的姓氏。」

「沒聽過這個名字。」

如果連井坂都沒有聽說過，顯然不是無人不知的名教練。更何況即使是名教練，也無法保證球隊一定能夠贏球。最好的證明，就是前任總教練村野是成棒界赫赫有名的總教練，但帶領青島製作所球隊的成績慘不忍睹，球隊內很多人都不信任他，在這種不滿即將達到顛峰之際，他自己退出不玩了。

「什麼時候上任？」古賀問井坂。

「這也不知道。」

古賀無奈之下，只能用手機打給三上，但打不通。

古賀咂一下嘴，從桌上的資料中拿起「上半年度預定表」。

預定表上記錄了六月之前已經敲定的正式比賽，接下來必須決定熱身賽的日期和對戰方。如果不趕快決定，就會擠不進對方的日程。往年早就已經決定的日程表目前還是空白，但因為總教練人事遲遲未定，也在這個問題上造成了不良影響。

接下來的一個小時，古賀和井坂一起討論了適合對戰的大學球隊和俱樂部球隊，填寫在空白處。看著月曆，挑選出有可能舉行熱身賽的日子，大致完成預定在三月中旬舉行的第一場正式賽事前的臨時比賽日程。

「差不多就這樣，先給三上部長看一下，然後至少打電話知會一下新的總教練。」

在總教練同意之後，將由身為球隊經理的古賀去接洽對手球隊。成棒部的經理是一個重要的職位，必須負責媒體公關和球隊的雜務，有時候也需要擔任總教練的參謀。他們討論了兩個小時左右，球員在從食堂窗口可以看到的球場上已經結束了防守練習，開始練習打擊。

目送井坂走去更衣室後，古賀走向下著小雨的球場。

打擊用的護網搬到了球場上，隊友已經開始進行形同實戰的打擊練習，站在投手丘上的是資深投手猿田洋之助。

古賀發現靠一壘休息區的長椅上有一個外人，那個人站在擋球網後方，看著猿田投了兩三次球。

仔細一看，就是剛才那個穿工作服的男人。側溝工程早就已經結束了。

「不好意思！」古賀雙手放在嘴邊做成大聲公的形狀叫了一聲，「這裡很危險，請你趕快離開！」

沒想到那個男人瞥了古賀一眼，不理會他，走了幾步，在空無一人的球員休息區坐了下來。

「那傢伙想幹嘛！」

古賀大步走過去，想要把他趕出去。他眼角掃到三上部長從球場外跑過來，但他決定先處理那個男人的事。

「不好意思，球隊正在練習，可以請你離開嗎？你在這裡很危險。」

古賀把手放在休息區的屋簷上探頭向內張望，努力用客氣的態度請對方離開，沒想到那個男人完全不把古賀放在眼裡，雙腿伸直，翹向球場的方向，抱著雙臂，看著選手在球場上的表現。他耳朵有問題嗎？

「不好意思！」古賀提高了音量，「我們正在練習。」

「看也知道。」

身穿工作服的男人終於開口。

這傢伙腦筋有問題嗎？古賀忍不住這麼想。

「古賀，喂，古賀——」

回頭一看，三上氣喘如牛地跑到長椅旁。

「大道總教練有沒有來這裡？」

「啊？」古賀目瞪口呆。

三上又繼續問他：「你有沒有看到新總教練？聽說他已經來了。」

怎麼可能？古賀轉頭看向長椅上的男人時，身後傳來清脆的擊球聲。那個男人大聲叫了起來。

「好球！」

站在投手丘上的猿田一臉錯愕地轉過頭，受到稱讚的犬彥也放下球棒看過來。球場上所有人都愣在那裡，看向古賀他們所在的方向。

「啊，請問、請問……」

古賀在至今為止的棒球人生中，從來沒有這麼驚訝的記憶。

三上推開腦袋一片空白的古賀，慌慌張張地衝下休息區。

「總教練，昨天謝謝你，請多指教。」

三上說完，深深鞠了一躬。

「阿哲，那個總教練是怎樣的人？之前是哪個球隊的總教練？」

在「權田」喝酒時，猿田勾著古賀的脖子問道。「權田」是公司附近的平價居酒屋，棒球部的人經常來這裡喝酒。古賀和大道新總教練開完會之後，接到猿田的電話，說他們正在這裡喝酒，邀他一起過來。於是他在八點多時來到這裡。

猿田臉上帶著笑容，但眼神中透露出對新總教練的好奇。

「據說他在去年之前，是相模星華高中的總教練。」

「相模星華？那不是高中棒球嗎？」資深的王牌投手猿田一臉驚訝的表情，「我們什麼時候變成高中棒球部了？」

古賀無言以對。

「那個大叔為什麼穿工作服？」另一名球員問了完全不同角度的問題，古賀倒是可以回答這個問題。

「據說他老家是橫濱的電力設備工程行，他在家幫忙，剛好來這附近，所以就順道過來看一下。」

大道開完會之後，說他今天開工程行的車子過來，所以拒絕一起晚餐的邀約，坐上剛才還裝滿工程道具的廂型車回家了。

「他高中棒球的總教練工作怎麼辦？」猿田用牙籤剔著牙問，「已經辭職了嗎？」

「我們沒有聊這些，初次見面也不可能問這種事。」古賀委婉地說，「但既然他在家幫忙，應該已經辭職了，然後茶屋先生剛好去找他。」

「茶屋那個老頭看不起我們嗎？竟然找一個高中棒球的總教練塞給我們。」

資深球員荒井咬牙切齒地說。

從他說話的語氣中，不難察覺他對大道在第一天的訓練中，結合了加強體力的內容，對資深球員和年輕球員一視同仁的做法很不滿。前任總教練村野將練習方式全權交給教練處理，一軍的資深球員可以自行調整。

「和他聊天之後感覺並不差。」

古賀坦誠地表達了感想，猿田等資深球員都露出掃興的表情，「既然已經決定了，那就且走且看吧。」

「你這麼快就變成總教練的奴才了嗎？」荒井促狹地說。

「沒這回事。」古賀在臉前搖著手，在這裡和這些資深球員爭執根本沒有意義。

「沒關係啦。」同樣是一軍球員的島野在一旁插嘴，「即使換了總教練也沒差，因為是我們在打棒球，默默無聞的新手總教練能有什麼能耐？至少在成棒界，我們比他更有名氣。」

「那倒是。」猿田抖著肩膀露出了冷笑，「那就來見識一下新的總教練有什麼能耐。」

4

下午一點多，古賀在總務部處理完工作，正準備去參加棒球部的練習時，三上叫住他。

「古賀，大道總教練的情況怎麼樣？」

大道雅臣擔任總教練即將滿三個星期。

「嗯，」古賀思考著措詞，「總教練才來沒多久，現在還……」

「資深球員對他的評價還好嗎？」

三上一針見血，直接問重點。他似乎已經猜到大道經營球隊的方式可能會招致猿田等人的反感。

「老實說，並不太好，因為對資深球員並沒有特殊待遇。」

這並不代表平等。雖然目前還不是很瞭解，但大道內心似乎已經漸漸為選手排名。有時候會以隊內分隊比賽紅白戰的形式呈現出來，他會將原本一軍的球員調去二軍，讓犬彥這種進入球隊之後，自始至終都在二軍的球員進入一軍，持續用這種和「平等」這兩個字相去甚遠的方式摸索。

「我私下問你，和村野總教練相比，你覺得他怎麼樣？」

三上很不安。古賀也知道，在公司業績低迷的情況下，高階主管會議上曾經質疑棒球部是否有存在的必要。在目前的關鍵時期，球隊被眾人眼中足智多謀的村野放棄，由實力未知的新教練接任，三上內心絕對很不安。加上球隊最近戰績低迷，從三上的語氣中，可以感受到他帶領知名企業棒球部的沉重壓力。

「在他實際指揮之前，還很難下結論。」古賀覺得安慰三上也無濟於事，所以坦白說出感想，「但是現在我可以說一句話，村野擔任總教練的三年，球隊並沒有成長。」

「這句話是什麼意思？」

三上挑起眉毛問，似乎對這句話產生興趣。

「因為村野總教練的先發成員都一成不變，這樣根本沒辦法培養選手，完全沒有新的主力出現。」

「那倒是。」不知道三上是否想起了這三年的比賽，他點點頭，「更諷刺的是，村野總教練還帶走兩名我們的主將，至少現在多出了兩個空位。」

「沒錯。」

雖然不知道大道會如何運用這兩個空位，如果願意起用年輕選手，至少可以刺激球隊的活力。

「雖然目前還不知道總教練的實力，但並不都是壞事。」

目前正在努力尋找能夠讓球隊重新站起來的鑰匙。

「希望如此。」

三上重重地嘆了一口氣。

古賀走去球場時，其他人正在練習傳接球熱身。

古賀先來到棒球館二樓的總教練室。

這幾天，大道都把以前的記分簿攤在總教練用的辦公桌上。現在也是如此，然後打開放在一旁的電腦，把資料都輸入電腦。雖然不知道大道這麼做有什麼目的，但在他接任總教練一職後，只要一有時間，就在專心做「比賽分數資料化」這件事。

古賀已經知道大道今年四十歲，在大學時主修運動科學，畢業後在大學當了十年講師，之後學以致用，受邀在新成立的高中棒球部擔任總教練進行指導。

古賀並沒有和他深聊過，但在相處了三個星期後，發現他雖然身材壯得像小山，又留著絡腮鬍，看起來很粗獷，但其實很會動腦筋。

不可思議的是，和大道聊天時，完全不覺得在和棒球人說話。

古賀從小到大，生活都以棒球為中心，曾經接觸過很多總教練和教練，但大道和所有這些人都不一樣。

坐在筆電前的大道抬起頭，默默示意他坐在桌前的椅子上。經理在每天訓練之前都會來總教練室，和總教練簡單溝通一下。

「我覺得差不多該在某種程度上讓先發成員固定下來，你認為如何？」

大道的發言出乎意料，古賀有點不知所措。因為照理說，不應該問他這個經理，而是要和擔任教練的松崎等人討論先發球員的問題。

「是啊……」

古賀不知道該如何回答，正當他在納悶大道為什麼問自己這個問題時，大道遞給他一張紙。

上面寫著紅白戰的人員分配。

「我把球員分成先發組和輪換組。」

古賀不發一語地看著名單，視線無法離開上面所寫的名字。因為他發現先發組的成員大幅更動，除了投手以外，包括中心打者在內的八名選手中，有一半是之前二軍的選手，都是不受村野總教練重視的選手。

古賀之前就期待變化，但他不太確定自己是否期待有這麼大的變化。

而且，說句心裡話，古賀並不知道大道為什麼起用這些選手。他覺得無論在至今為止的成績還是打擊率方面，似乎都是之前的先發組更優秀。

古賀懷疑大道只是想展現自己和村野不一樣。如果是這樣，就代表更換這樣的名單並沒有什麼根據，選手當然也不可能接受。

「你有什麼看法？」

古賀聽到大道這麼問，不知道該如何回答。

「雖然我不便表達意見，」古賀有點難以啟齒地說著，把分配表交還給大道，「只是不知道選手能不能接受。」

「你是說那些資深球員嗎？」大道說中了他的想法。

「嗯，差不多吧。」古賀不置可否地回答。

古賀很贊成讓年輕選手有先發的機會，如果像之前的總教練那樣，無論再怎麼苦練，再怎麼努力，每次都以固定的名單進行比賽，會導致一部分選手自暴自棄。但之前一直在一軍的資深球員很難無條件接受這份名單，一定會心生不滿。

「這支球隊有很多優秀的選手，如果所有球員的力量是一百，這幾年的比賽中只發揮了六成的力量。」大道說，「我的工作就是要讓球員發揮百分百的實力。」

古賀認為大道言之有理。

問題在於這和資深球員能不能接受是兩回事。

古賀有一種不祥的預感，咬著嘴唇。

「我來試試看。」

大道說完這句話，率先走出總教練室。

5

青島製作所每週三上午舉行例行的高階主管會議。

會議室內，與會的各高階主管分別報告聯絡事項、業績表現和對未來的預測。細川社長心不在焉地聽著報告，持續思考著如何才能擺脫眼前的困境。

受到美國爆發金融危機影響，日本國內從去年年底開始，景氣迅速惡化。細川在兩年前就任社長後順利成長的業績也突然踩了急煞車，今年更出現了連續兩個月赤字的情況，而且調整生產導致營業額減少的情況至今仍然沒有改善的跡象，有一種慢慢被漩渦吞噬的可怕感覺。這時，他聽到「東京汽車提出希望降低價格」這句話，把他的思緒拉回到會議。

他抬起頭時，看到營業部長一臉愁容看著他，「對方問能不能再稍微降價。」

「稍微是指多少？」

細川直截了當地問，低頭看著手上的資料。青島製作所向東京汽車出售的是最新型的雷射感測器，那是剛開發完成的感測器，提供給東京汽車的報價很合理。

「對方希望降低百分之五。」

「他們在想什麼啊？這樣根本無法回收開發費用，你有搞清楚狀況嗎？」

笹井專務厲聲問道，他瞪著豐岡的眼神毫不留情。

「我當然知道，」豐岡回答，然後一臉為難的表情補充說：「只是競爭對手的攻勢也很強烈。」

「哪一家？」細川問。

「三和電器。」

細川聽了豐岡的回答，忍不住咂著嘴。笹井也抱著手臂，皺起眉頭。

「他們的報價似乎比我們便宜，加納部長說，因為我們有多年的交情，很希望可以繼續向我們訂購。只不過以目前的經濟情勢，他們很可能取消訂單，所以我認為應該接受對方的要求，這樣有助於日後的長期關係。」

新型雷射感測器原本是下半年度看好的主力商品，但因為時下的不景氣，陷入了意想不到的苦戰，但如果輕易降價，等於自掘墳墓。

「只降百分之三不行嗎？」

笹井聽到細川這麼說，不滿地抬起頭。他顯然希望細川斷然拒絕。細川能夠理解笹井的心情，但他根據以前擔任營業部長時代的經驗，深刻瞭解到跟三和電器競爭這件事沒這麼簡單。

三和電器做生意向來心狠手辣，不擇手段。

只要稍不留神，三和電器就會憑著比青島製作所更雄厚的資本步步緊逼，也許目前為了「打垮青島」，正在研擬進一步調降價格。三和電器就是這樣一家公司。

豐岡愁眉不展陷入了沉默，顯然認為即使降價百分之三，也無法搞定這筆生意。

「我們公司的成本比三和更高嗎？」笹井問。

「照理說不可能。」製造部長朝比奈誠慌忙回答，「我們的成本已經壓到最低，和三和相比，絲毫不會遜色，而且在技術方面領先一步的本公司應該更有優勢。」

「如果是這樣，那就是他們不計一切代價搶生意嗎？很像是三和慣用的手法。」

細川雖然這麼說，但事情並沒有這麼簡單。一旦雙方打起價格戰，最後就是比哪一方的資本更雄厚，青島製作所的公司規模和資本都不如三和，到時候會毫無勝算。既然雙方的價格戰已經開打，當然必須在某種程度上降低價格，一旦被三和牽著鼻子走，就必輸無疑。

「經營環境越來越嚴峻了。」笹井突然嘀咕道，「照目前的情況，可能必須繼續下修業績目標，到時候就很難對銀行交代。」

經濟不景氣導致需求不足，各家企業為了爭奪為數不多的商機，都紛紛展開進一步攻勢。

「聽說中島工業因為業績下滑，正在考慮放無薪假。一旦該公司主力的濱松工廠暫時停產，必然會對我們所供應的零件造成影響。」豐岡擦著額頭上的汗水。

「一旦那家工廠停產，每個月兩千萬圓的收益就飛了。」

笹井說話的聲音充滿危機感。以青島製作所的收益規模，減少兩千萬圓的收益並不會立刻造成影響，然而，一旦相繼出現這種情況，就會像腹部中拳般受到重創。

豐岡似乎也想到同樣的問題，所以拿出一份新的資料，上面列出了數十家可能會裁員的公司，以及減產可能會造成的影響。

會議的氣氛越來越沉重。

「問題在於目前的不景氣會持續到什麼時候。」

過了一會兒，笹井一臉凝重的表情說。

青島製作所是一家中型製造商，年度營業額五百億圓，毛利約四十億圓。一旦不景氣持續，就會對公司的體質造成負面影響。

然而，即使因為恐懼和焦躁畏縮不前，也無法解決目前的事態。

「全公司是否有辦法做到一律降低百分之七的成本？」細川再度看著豐岡製作的資料說。

「這也情非得已。」笹井深鎖著眉頭說。

「朝比奈部長，你的意見如何？」

坐在笹井身旁的朝比奈一臉緊張的表情。

「也包括人事費用嗎？」朝比奈斗膽問道。

「當然。」細川毫不猶豫地回答。

6

「總教練，再多喝點嘛。」

剛才對著一群年輕選手高談闊論的猿田已經醉眼迷濛。

「喔，謝謝。」

大道遞上小酒杯，猿田說著：「怎麼可以用這個？」為他換了大酒杯，把日本酒倒進杯中，然後也為自己倒了酒。

「乾杯！」

大道一口氣喝下半杯。他從剛才就喝了不少，但面不改色，完全沒有醉意，簡直讓人覺得他喝酒根本是浪費。

他們正在這家位在公司附近，大家經常光顧的居酒屋「權田」二樓，今天是大道邀請大家，說難得一起去喝一杯。

兩個星期後的日本體育大賽是今年的第一場正式比賽，大道在這天的訓練結束後，公佈了「分組名單」。雖然資深球員當場沒有表達任何意見，但內心果然都很不滿。大道說今天算是為即將展開的比賽舉行慰勞會，但古賀認為真正的目的應該是讓球員發洩內心的不滿。

慰勞會一開始的氣氛很和諧。

被選為先發組的年輕球員熱鬧地喝著酒，似乎為沉寂已久的球隊找回活力。

大道在公佈先發組成員名單時補充說，先發陣容並非一成不變，暗示包括這次沒有被列入先發組的資深球員在內，所有人都有機會進入一軍。

「我一直想問一個問題，總教練，你之前曾經帶過其他球隊嗎？」猿田拿著兩公升的大酒瓶問。

古賀忍不住放下了舉到嘴邊的酒杯。因為他察覺到猿田的問題來者不善。猿田的口齒清晰，眼神很銳利。

「有啊。」大道若無其事地回答。

「是哪支球隊？」

「相模星華高中，是新成立棒球社的學校。」

「高中棒球嗎？真是太了不起了。」猿田對大道瞪大了眼睛，「我原本還擔心你帶的是哪支少棒隊呢。」

周圍的喧鬧聲突然安靜下來，陷入了一片寂靜。沒有人笑，大家都停下手，悄悄觀察著猿田和大道，「否則怎麼可能在紅白戰中採用那種作戰方式，完全沒有觸擊或是盜壘的暗號。」

「那你認為應該採取怎樣的作戰方式？」

大道問道，似乎並沒有對猿田的話感到生氣。

「青島製作所棒球部有青島製作所的打法，進一步來說，棒球有棒球的打法，我對你在指導時是否瞭解這些基本感到存疑。」

猿田的眼睛深處燃燒著怒火。不光是猿田，其他資深球員也都露出冷漠的眼神看著大道。

「而且今天那份名單，我無論如何都難以接受。」

果然不出所料，猿田提到了先發陣容的事。

被擠出先發組名單外的幾名選手坐在猿田身後的那張桌子上，猿田似乎代表他們發聲。

「比方說，為什麼犬彥是第一棒，二階堂是第二棒？荒井比犬彥跑得快，而且也曾經在甲子園這個大舞台上大顯身手。岡田的打擊率超過三成。我並不是要批評犬彥，但他跑得沒有荒井快，打擊率也不行。二階堂和岡田相比，也有同樣的情況。只要看之前的數據，即使是小孩子，也一眼就看出來了。」

「我看了之前的數據。」大道滿不在乎地說。

「既然看了，為什麼——」

「荒井跑得的確比犬彥快，這一點我承認，但荒井的盜壘成功率不到七成，你想知道詳細的數據嗎？」

在旁邊桌子豎起耳朵的荒井帶著憤然的表情點頭。

大道把原本放在背後的皮包拿過來，從裡面拿出筆電，就是他平時在總教練室輸入資料的那台筆電。大道打開筆電後繼續說道：

「這五年來，荒井試圖盜壘總共一百七十三次，其中成功了一百一十次，失敗六十三次，盜壘成功率是百分之六十四，所以每年平均有將近十三次雖然擊出安打，卻無法上二壘。荒井的安打數扣除盜壘失敗的次數所得到的打擊率為兩成六，比犬彥更差。」

「但總教練的方針不是叫我們不要盜壘嗎？既然這樣，在計算打擊率時，不是應該排除盜壘的次數嗎？我覺得這根本有矛盾。」

猿田說，他的話很有道理。

「我當然沒有把盜壘列入考慮，」大道回答，「荒井，這件事關係到將來，所以你也聽好了。聽我說，荒井的打擊率的確很高，去年的打擊率是三成二，犬彥的打擊率只有兩成九，比荒井低，但上壘率有將近三成八。你們知道為什麼嗎？」

所有人都陷入思考。

有人很快就想到了答案。

「四壞球保送嗎？」

大道聽到有人這麼回答，點點頭。

「就是這麼一回事，並不是只有安打才能上壘，四壞球保送也完全沒問題。犬彥身為第一棒，他選球能力很出色，四壞球保送的比例在全隊最高，所以上壘率比荒井高將近零點二成，這就是我安排犬彥成為第一棒打者的理由。如果我的想法錯誤，請儘管指正。只要是合理的意見，我隨時願意洗耳恭聽。」

但是，沒有人反駁。

因為大道的意見條理分明。

「我也是基於相同的理由，把二階堂安排在第二棒。二階堂四壞球保送的次數比犬彥少，但擊出二壘安打的長打比例比犬彥高。我要補充一下，荒井的長打率比犬彥和二階堂更高，所以棒次的話，會安排他在第五棒之後，或是由他擔任指定打擊，相反地——」大道轉頭看著荒井說：

「最好不要隨便盜壘，無論是安打還是四壞球保送都可以上壘，這樣的話，完全有可能重新成為第一棒的先發打者。你認為呢？」

荒井陷入沉思。

他的表情似乎和剛才因為不合理的安排強忍憤怒時的表情不一樣了。

「那第四棒的鷺宮又是怎麼回事？」在去年之前一直是第五棒的古城問道。

原本以為新田離開之後，自己可以成為第四棒，但在當天看到的名單上，發現自己變成了指定打擊。「鷺宮沒有擔任先發打者的經驗，之前上場的次數也很少，而且很抱歉，他跑得不夠快，左外野的防守最令人擔心。」

「你說得對，」大道點點頭，「我相信這也是村野總教練總是安排他作為板凳球員的原因。但其實鷺宮的上壘率很高，最重要的是，他的選球眼光很出色，四壞球保送的比例僅次於犬彥，而且長打率比球隊中任何人更高，甚至比已經跳槽到三和電器的新田更高。」

提到新田的名字時，氣氛有點動搖。

「既然這樣，他不是最適合成為代打或指定打擊嗎？」

大道聽了猿田的意見後搖頭，「不，即使他跑得慢，無法接到照理說應該可以接到的高飛球，但我們還是需要他的打擊。我想把指定打擊留給守備位置和其他人重疊的荒井或古城。在比賽中，防守好壞幾乎不會直接影響到分數，但打擊率、上壘率和長打率會影響到所有的打席。根據我的計算，在每個球季因為防守不佳的失分最多不超過三分，但打點可以輕鬆賺回十倍的分數。即使新田仍然在這裡，我也會起用鷺宮當第四棒。」

這時，古賀悄悄看向縮著高大的身體，坐在居酒屋角落聽大家談話的鷺宮。

鷺宮一動也不動地看著手上的杯子，臉頰微微泛紅，這應該是他進入成棒部以來第一次聽到別人對自己的肯定。古賀發現他的眼眶有點濕潤，也忍不住激動起來。因為他瞭解鷺宮至今為止付出的努力。

大道有問必答，懇切而詳細地向選手說明了今天公佈的這份名單的理由，直到所有人都接受為止。

「我們球隊最弱的是投手。」大道最後說道，「每場比賽平均被贏走三分，為了能夠獲勝，就需要能夠贏得更多分數的打擊陣容。今天的這份名單就是得分陣容，對方贏走三分，我們只要贏四分就好。如果被贏走四分，我們就要贏五分，也就是必須靠打擊戰贏得勝利。」

現場突然安靜下來，所有人都在腦海中思考、確認大道的話。不一會兒，猿田嘀咕說：

「雖然這種想法很奇特，但既然這樣，我能夠接受。」他說完之後，把兩公升的酒瓶遞到大道面前問：「總教練，要不要再喝一杯？」

古賀看著大道遞出酒杯，終於鬆了一口氣。

雖然不知道這能不能說是很有大道的作風——

但所有球員都清楚瞭解到，大道準備用村野所沒有的棒球理念，打造一支全新的球隊。

7

細川在前幾天明確表達要刪減人事費用，三上剛參加完臨時召集的高階主管會議回到自己的辦公室，不禁深深嘆口氣。

雖然之前就預料到會發生這種狀況，但還是覺得背負了沉重的壓力。因為他要裁掉一百名正職員工。

他之前沒有想到細川社長的降低成本計畫中，必須裁掉這麼多員工。除此以外，製造部門停止僱用約聘員工，努力大幅刪減人事費用，這些內容讓高階主管會議陷入沉默。因為細川終於向青島社長時代絕對不會踏入的「神聖禁區」開刀了。

在各部門列出裁員清單後，三上必須當面通知這些人遭到解僱。

「真是倒楣的工作。」

三上靠在椅背上嘀咕道。總務部長真是一份苦差事。推出裁員計畫的人只要計算數字就好，但三上面對的不是數字，而是人。

根據這天公佈的計畫，必須在一個月內開始通知解僱，在六月底之前完成人事精簡，今後還可能視業績情況進一步擴大裁員規模。

這次的裁員計畫最令人感到灰心的是，即使順利精簡了人事，也無法保證能夠改善業績衰退。金融危機帶來的經濟不景氣和隨之產生的生產調整風暴非但沒有平息，反而越演越烈。和競爭企業之間搶生意大戰日益激烈，完全無法預測做到什麼程度，才能夠讓業績止跌回升。

雖然棒球部最近略有起色，但公司的未來令人擔憂。

三上覺得胃很沉重，又忍不住重重地嘆了一口氣。

這樣真的行嗎？是不是太手下留情了？

臨時高階主管會議結束後，細川從會議室回到辦公室，內心仍然感到迷惘。

這是細川下達命令後，由笹井和會計部擬定的裁員計畫。在高階主管會議上公佈裁員計畫時的沉默一如預期，但細川很在意青島的反應。青島偶爾才會參加高階主管會議，沒想到今天偏偏在場，難道他有預感嗎？

「會長，不知你的意下如何？」

當細川徵求青島的意見時，他回答說：「既然你們認為除此以外沒有其他方法，那就這麼辦吧。」

青島的回答聽起來既像是同意細川的判斷，又像是撒手不管。

「但是，我必須說一句話。」青島說，「公司的數字有人的數字和物品的數字，壓低進貨單價這種物品的數字再怎麼減都沒有問題，但是，如果解僱減少人的數字，就需要發揮身為經營者的『理念』。」

身為經營者的理念？

那是什麼？

在目前的細川身上完全找不到這種東西。

第二章　不再是神聖禁區的裁員

「人事精簡嗎？日子真的越來越不好過了。」

井坂說話的語氣好像有點事不關己。高階主管會議決定人事精簡的消息很快就傳遍全公司。

「耕作，你不要說得這麼輕鬆，搞不好也和我們有關係。」古賀說。

「什麼意思？」井坂一臉嚴肅地問。

井坂是個不可思議的人，身為先發捕手，決定出乎打者預料投球的配球能力超強，但對棒球以外的事一竅不通。只不過這種落差也成為井坂的魅力。

「既然要這麼大規模精簡人事，也許會發展為棒球部存續的問題，因為目前每家企業的球隊日子都不好過，我們公司也不例外。」

「有這種事？唬人吧？」井坂驚訝地瞪大眼睛。

「這種事怎麼可能唬人？你不是也知道笹井專務和朝比奈部長向來討厭棒球部嗎？」

這是他們訓練前的會議。下午一點過後，完成上午工作的棒球部成員紛紛聚集在球場上準備練習傳接球。

井坂從二樓的窗戶看著這一幕，臉上露出一絲不安。

「不知道會不會被裁撤。」

井坂似乎突然感到不安，直截了當地問。

「別問我，我也不知道啊。」古賀移開視線，低頭看著手上的資料，「但如果成績還是沒有起色，可能真的會裁撤棒球部。」

不，應該說，即使遭到裁撤，球隊也無話可說。

「最近不是好不容易有點起色嗎？」井坂嘆著氣說。

「耕作，我們目前需要的是成果。如果不希望公司裁撤棒球部，就必須做出成果，讓那些高層認識到棒球部的價值。」

「是啊……」井坂小聲嘀咕道。

他空洞的回答充滿了對未來的不安。和其他業餘運動項目一樣，成棒選手的境遇也並不理想。

青島製作所棒球部的成員中只有一小部分是正職員工，井坂和其他很多人都是約聘員工。一旦公司決定裁撤棒球部，正職員工還可以繼續留在公司，但約聘員工就無法留下來，而且大部分球員並沒有成為職業球員的實力。青島製作所棒球部的球員中，沒有任何人受到職棒球探的關注。

他們的實力只是介於業餘選手和職業選手之間。

目前這支球隊存在的意義在於勉強能夠成為公司的活廣告，他們也為此努力繼續打棒球。雖然環境很嚴峻，但這就是成棒的現實。

「耕作，這件事先別告訴其他人。」古賀叮嚀道。

「我知道，我知道。」井坂面無表情，只是機械地點著頭。

古賀從手上的資料夾中拿出重新製作的三月預定表，放在井坂面前。為了彌補之前落後的進度，他又新增加了熱身賽的日程。

「球隊來得及調整完成嗎？」

向來開朗的井坂難得說出內心的擔憂。俗稱的「日本體育大賽」即將開打，也成為本球季開幕戰，目前安排了六場熱身賽，將成為針對球隊進行最後調整的重要比賽。

「非要完成不可。」古賀用力說道，似乎想要打動對方，「然後一定要贏，無論如何都要贏，這是我們能夠留下來的唯一方法。」

「真痛苦啊。」井坂說，「打棒球這麼多年，從來沒有這麼痛苦過。」

「耕作，拜託你了，你們在球場上的表現也關係到我的未來。」古賀說，「即使我再怎麼想，也沒辦法重回球場上了，所以只能請你們連同我的份一起努力，我們坐在同一條船上。」

因為——古賀也是約聘員工。

2

在高階主管會議上正式決定精簡人事的幾天之後，白水銀行府中分行經理磯部造訪了青島製作所。

「喔，你好。」

磯部是在第一線打滾多年的資深經理，看到細川走進來，立刻面帶笑容站起來說：「我正在瞭解貴公司裁員計畫的相關情況。」

細川因為正在忙其他事，晚了十分鐘走進會客室，笹井和會計部長中川篤已經在那裡，歸納了裁員概況的計畫書正放在中央的桌子上。

「形勢似乎越來越嚴峻。」

磯部對坐在對面扶手椅上的細川說，他已經收起笑容，露出了銀行家的嚴肅表情。

「完全摸不透不景氣是從哪裡冒出來的，」細川回答說，「即使有人說是源自美國的金融危機，也是突然有一天爆出來，客戶的生產調整同樣很突然，已經超出我們能夠超前部署的範圍。」

「但仍然必須採取相應措施。」

「沒錯。」細川回答，「這次的裁員正是如此。」

「原來是這樣。」磯部點點頭，「我剛才聽專務董事說了，你們決定要減少員工人數。」

「這是痛苦的決定。」

因為細川對人事精簡的規模舉棋不定，所以在回答時有點不乾不脆，「希望業績可以回升。」

「還無法見底嗎？」磯部緩緩問道，看著細川。

「老實說，無法保證能夠藉此徹底恢復。」

「我想也是。」

「還有其他競爭企業的問題。」磯部靠在沙發椅背上，提及了青島製作所目前所處的嚴峻狀況，陷入沉默。

磯部在猶豫是不是要繼續支援青島製作所。

細川突然想到這件事，瞥了身旁的笹井一眼。果然不出所料，看到笹井臉上凝重的表情，他立刻了然於心。

青島製作所向白水銀行申請了五十億圓融資，作為四月之後新會計年度所需的周轉資金。雖然細川不瞭解審查的過程，但從目前的情況來看，似乎並不怎麼順利。

「那我就直截了當地請教——今年度會出現赤字嗎？」磯部終於開口問道，「如果是這樣，是否可以認為貴公司申請融資的一部分是用來填補赤字？」

磯部明確說出了難以啟齒的事。

「人事精簡需要花費成本，要支付離職金，所以恐怕會是這樣。」笹井不帶感情，用公事化的語氣回答，完全沒有囉哩八嗦地說明公司的情況，「貴行會擔心嗎？」

「不是，不是。」磯部聽到笹井這麼問，慌忙在臉前搖著手。「本行當然不可能對於向青島製作所這種規模的企業提供支援有絲毫的猶豫，至少現在是這樣。」

至少現在是這樣。這種微妙的說法，道出了磯部已經想要改變態度的真實想法。

這兩年期間，細川經常和磯部一起吃飯、打高爾夫球。磯部是個心思敏銳的人，細川不喜歡他經常把組織的倫理掛在嘴上，但至今仍然沒有徹底討厭他，是因為可以在他身上感受到願意支持客戶這種對中小企業融資應有的精神。

磯部繼續說下去。

「只不過根據我的觀察，貴公司的業績不僅尚未見底，業績衰退的主要原因也不明確。」

「主要原因是什麼意思？」

細川問，磯部有點難以啟齒地用食指抓抓喉嚨。

「目前的業績低迷到底單純是金融危機引發的，還是競爭力本身有問題？」

「本公司的技術力在業界也很受好評。」細川說。

「這我知道，」雖然磯部這麼回答，但看起來並非真心這麼認為。眼前這個男人正在支援和拒絕之間搖擺。以青島製作所目前所處的狀況，融資這件事絕對不樂觀，而且對這家未上市公司來說，絕對需要銀行的支援。

「是否可以認為，貴公司會視今後的狀況進行第二波裁員？」磯部問。

「萬一的時候，當然就不得不這麼做。」細川看著對方說，「但現階段還是先執行這份裁員方案，目前只有這樣的打算。敬請貴行支援本公司。」

磯部沒有明確回答。細川在五年前被獵人頭公司找來青島製作所之前，曾經在一家超大型顧問公司任職多年，知道銀行的分行經理無法輕易向企業承諾支援，但在目前嚴峻的環境下，無法讓銀行保證願意提供支援的不安，就像一根無形的繩子勒住脖子，讓他感到喘不過氣。

「呃，我可以請教一個問題嗎？」

這時，坐在磯部身旁的男人抬起頭。他是融資課長林田，剛才一直低著頭看計畫書，「請問棒球部會如何處理？」

「棒球部？」

因為這個問題太出乎意料，細川有點措手不及。

「目前正在朝裁撤的方向研究。」笹井冷靜地回答，然後一臉理所當然地說，「因為公司已經在精簡人事，不可能還悠哉悠哉地打棒球。」

「那真是太好了。」

林田露出鬆了一口氣的表情。

「因為既然要靠融資來填補赤字，裁員的進展和『認真程度』就很重要。在提出精簡人員和降低成本的同時，仍然保留每年需要花費好幾億的棒球部，未免太缺乏說服力了。」

「言之有理。」笹井回答。

細川聽到這番意想不到的話，露出困惑的表情。

細川本身對棒球部並沒有感情，也沒有任何眷戀。

他只是覺得很麻煩。

青島製作所棒球部的歷史悠久，以前經常代表東京都出賽，也曾經在都市棒球對抗賽中獲得冠軍，是成棒的知名球隊。

如果只是這樣也就罷了。

一旦要裁撤棒球部，就必須說服青島。到時候青島會說什麼？細川光是想像這件事，就忍不住感到憂鬱。

「笹井專務，這樣隨便說決定要裁撤棒球部沒問題嗎？」

兩名銀行的人離開後，細川問。

笹井露出很有骨氣的老人般的眼神看著細川，明確地說：

「那種東西根本沒用。」

不知道笹井從什麼時候開始有這種想法，以前青島擔任社長時，他絕對不會說這句話。

「但不知道會長會怎麼說。」

笹井露出帶著諷刺的冷笑。

「努力說服他不正是社長該做的事嗎？」

這個傢伙——細川覺得自己被這個老奸巨滑的專務擺了一道。

原來他想利用我。

3

在關係到勝投資格的第五局，萬田智彥投出的直球被打到左外野和中外野之間。

受到職棒球探關注的東和大學第四棒早瀨擊出了這一球，揮棒擊中球心，像乒乓球一樣輕盈地飛出去。

慘了。

古賀的視線追著球，就在這時，中外野的仁科京介進入了他的視野。

仁科縱身向側面一躍，白球被吸入他的手套中，立刻投給守在二壘的二階堂。原本以為可以盜壘的跑者一臉悵然地站在三壘手和游擊手之間。一次成功的雙殺。

「不錯喔，簡直就像職棒選手。」

候補捕手水木萬作帶著一絲嘲諷對回到休息區的選手說。擺脫困境的萬田從投手丘回到休息區。

「投得好！」古賀說著，用力拍了拍被大道指名為新主戰投手的萬田後背。不知道是否因為剛才那一球被擊中的關係，萬田臉上的表情有點凝重。

萬田在大學畢業後進入青島製作所的棒球部擔任投手，今年在棒球部迎接第三個球季。他瘦瘦高高，個性文靜，去年之前都被主戰投手飯島搶去鋒頭，並沒有引起注意。在飯島投靠其他球隊之後，才終於受到重視。

中繼投手倉橋一平正在牛棚內認真熱身。萬田今天的任務已經結束了。
「啊，真的是只差一點。」
井坂跑回長椅，在古賀身旁脫下護胸，用汗衫擦著額頭的汗說道。
雖然才剛擺脫困境，不過因為目前領先五分，所以他神色從容。
這是日本體育大賽前最後一次熱身賽，大道安排了和實戰相同的陣容。打者陣容表現出色，回應了他的期待，在開局後就大量得分，似乎可望輕鬆贏得這場球。
接著由倉橋上場投球，對方雖然在最後一局得了一分，但直到比賽結束，球隊整體表現都很出色。
「日本體育大賽快開始了，我們一定要獲得優勝。」
回程的巴士上，坐在旁邊的井坂興奮地說道。
「真的拜託你們了。」
古賀回答後，看向坐在通道另一側的萬田，忍不住吃了一驚。因為萬田看著車窗外的表情很凝重，他看著萬田，用手肘頂了頂井坂的側腹。
「耕作，上次的事你沒說出去吧？」
「當然啊。」井坂壓低聲音說，「那種事我怎麼可能說得出口，我也很擔心啊。」
擔心嗎？
那倒是。古賀心想。因為他自己也一樣。如果有人遇到影響自己人生的局面還不擔心，那一定是傻瓜。

萬田也是約聘員工，而且打算在今年秋天結婚。

只不過高階主管會議的消息可能走漏，棒球社將遭到裁撤一事可能也傳入了萬田的耳中。尤其是萬田所在的製造部部長朝比奈是出了名的反棒球部，可能有人對萬田說了什麼難聽的話。

「這也無可奈何啊。」

古賀說出自己的想法，井坂心灰意冷地說：「無論再怎麼保密，這種負面消息都會傳出去。雖然剛好傳入萬田的耳裡不太妙，但世上沒有不透風的牆。」

公司內有很多人都對棒球部感到很不爽，對那些人來說，高階主管會議上討論的內容當然是難得的好消息。

古賀咂著嘴，井坂說：「包括這件事在內，我認為棒球部可能不太妙。但在這種壓力下還能夠贏才是真本事。我想了很多，也漸漸有這種感覺。」

也許是這樣。同時覺得只有個性開朗，除了配球和捕手的工作以外，向來不關心任何事的井坂才會有這種想法。

但並不是每個人都能夠像井坂一樣豁達，尤其萬田很老實，也很神經質，即使離開了球場，也好像一直在意二壘的跑者。

雖然日本體育大賽將近，但古賀覺得目前的處境越來越棘手。

在棒球部打完熱身賽，坐上巴士準備回程時，三上在自己的辦公室內輕嘆了一聲。製造部遞交了第一波建議裁員名單。

製造部是青島製作所的中心部門，部門內的員工人數也最多。名單上總共有約一百五十名員工，總務部的工作是根據這份建議名單，決定要解僱哪些人，讓哪些人繼續留在公司內。

三上決定在把工作分配給下屬之前，自己先查一下人事檔案，瞭解這些人是否真的該成為精簡的對象。

他從名單中隨便挑選了一個人。

真鍋和孝，二十九歲。府中第一高中畢業。三年前由約聘員工轉為正式員工——

這個名字出現在建議名單的前幾名。製造部對他的評價為：「工作態度缺乏熱誠，溝通能力令人置疑，技能成長也遠遠無法達到期待的水準，難以成為本公司必需的人才」。

「溝通能力……」

三上自言自語地嘀咕著，突然想起製造部以前曾經發生過一起打架事件。生產線的幹部和手下的年輕人曾經為了工作方式的問題大打出手，三上記得當時那個年輕人似乎就是姓真鍋。

果然不出所料，三上看到真鍋的人事檔案中夾著當時的報告，證實自己的記憶正確，但令人驚訝的是，製造部對真鍋的評語幾乎完全複製了當時報告的內容。

寫這份報告的人是組長今西，也就是和真鍋打架的當事人。由打架的對手按照對自己有利的方式寫的報告公平嗎？製造部沒有確實查證，就列為解僱的理由，這種評價態度沒有問題嗎？決定裁員對象的作業絕對不可以這麼粗糙。

「真鍋也有家人。」

根據人事檔案，真鍋前年結婚，今年一月剛生了孩子。

三上嘆著氣，回想起剛接任總務部長一職時，前任部長對他說的話。

——三上，你聽好了，在開除員工的時候，只要考慮公司的大局。一旦考慮到員工的立場，就會下不了手。

也許是這樣，但這必須建立在當事人能夠接受的正當評價基礎上。

三上確認了真鍋在人事部舉行的各種進修和技能講習中的成績。

「他的表現不錯啊。」

不，非但不錯，而且還很優秀，但認為真鍋不合格的今西參加研習的成績似乎有很多問題。怎麼能夠憑個人的喜好決定裁員名單？

三上雖然一板一眼，但也很熱血。他咂了一下嘴，用紅色原子筆用力劃掉了「真鍋和孝」的名字，第一個把他排除在解僱名單外。

「只考慮公司的大局嗎？如果能夠這麼做就輕鬆了。」

三上在人事部門工作多年，瞭解人事制度是怎麼回事。如果能夠放下自己的感情，通知員工遭到解僱，事情就會變得很簡單，只不過三上無法這樣簡單下結論。也許是因為他生性不夠機靈。

製造部沒有進行仔細研究，認為員工「只不過是工人而已」，敷衍地湊人數，決定了裁員建議名單，只有自己能夠站在遭到裁員員工的立場思考。

雖然運用人事制度處理工作的自己只是組織內的齒輪，但他希望自己是為組織順利運轉發揮作用的齒輪同時，也能夠為員工著想。

如果對這份名單照單全收，三上可能會後悔不已。雖然事到如今，已經無法避免解僱員工這件事，但至少要對這些離職員工表達敬意，這是自己能夠展現的最大誠意。

他用內線電話找來了人事課長廣野，要求他全面檢討製造部提出的建議名單。

4

參加這場宴會已經將近一個小時，細川仍然無法融入現場的熱鬧氣氛。

他今天來這裡參加業界團體的應酬，但滿腦子想著客戶的生產調整和自家公司裁員的事。雖然他拿著酒杯和有交情的老闆有說有笑，但別人說的話都左耳進，右耳出，完全沒有留在腦海。

如果要解僱，就必須發揮理念——

青島的這句話一直留在他的內心深處，揮之不去。

以前擔任顧問時，曾經多次遇過業績惡化的企業。如何藉由裁員讓公司重新站起來，他認為就像處理剩餘資產和裁撤虧本的事業一樣，理所當然地向公司建議「最好減少員工的人數」。

以前當營業部長時也一樣，對細川來說，人——也就是員工——只是人事費用的數字，他從來沒有深入思考過，這些數字背後是活生生的人生。

金錢、產品和技術。回想起來，細川之前面對的都是沒有生命的對象，但如今是社長，面對的都是活生生的人。

青島製作所有一千五百名員工，兩百名約聘員工。

這些人的人生在自己的手上，但是，自己又能怎麼做？景氣急速惡化，客戶調整生產、訂單減少、籌措資金——環境越來越嚴峻，只能毫不留情地踏入「神聖的禁區」。

話說回來——真希望目前這種程度的生產調整就可以解決問題。

「最近還好嗎？」

細川突然聽到有人向他打招呼，從不知不覺陷入的思考中回過神。

他回頭看向說話的人，立刻鞠了一躬說，「真不好意思，謝謝你平時的關照。」

Japanix的社長諸田清文手拿用紙巾包起的酒杯站在那裡。

Japanix是綜合電機業大廠，同時也是青島製作所的重要客戶。

「雖然很想說託貴公司的福，一切都很好，但時下的景氣還是不免陷入苦戰。」

「我想也是。」同時擔任經團聯（日本經濟團體聯合會）副會長的諸田表示理解後說，「可以借一步說話嗎？」

細川跟著諸田來到會場角落後，諸田對他說：

「因為涉及本公司的內情，希望你可以保密，不瞞你說，我們公司本年度的情況也堪慮。」

「啊？」細川只發出這個聲音，注視著諸田的臉，無法立刻回答。

向來強勢的諸田會這麼說，顯然公司的業績一落千丈。

雖然細川知道這家代表日本的國際企業財務狀況沒有問題，因為大環境不景氣，導致業績下滑，但沒想到竟然嚴重到會讓諸田說「堪慮」的狀況。

「請問是什麼原因造成的？」

「主要是半導體相關的業務，尤其是歐美的市場崩盤，而且因為經濟不景氣，民生消費也受到很大的打擊，目前預估電子工程部會出現一千億圓規模的虧損。」

細川看著諸田說不出話。半導體事業可說是支撐Japanix業績的主要收益，這麼大規模的赤字，必定會對本業造成重大打擊。同時，民生消費方面的業績惡化，最後也會直接對青島製作所的業績造成打擊。

「直到目前仍然無法預估本期到底會有多大的損失，這種情況前所未有。」諸田愁容滿面地說，「本公司也必須在年度末調整生產，所以要趕快請求客戶的配合，我希望在此之前先向你打一聲招呼。」

「謝謝你的特別關照……」

細川悄悄吸了一口氣，緊張得好像整個胃都被人揪起來。既然身為社長的諸田親自來向自己打招呼，顯然生產調整的規模相當大。

「請問還有交涉的餘地嗎？」

細川問，諸田瞇起眼睛，溫厚的表情中透露出一絲嚴厲。

「最好認為沒有這種可能，目前的情況就是這樣。」

諸田不由分說的語氣透露出大公司的傲慢。

「呃，諸田先生，」細川叫住了準備離去的諸田，「請問貴公司的生產調整會持續多久？」

諸田停下腳步想一下，冷冷地回答說：「在確認歐美的需求之前還無法斷言，但即使生產調整結束，生產線全開恐怕還需要相當長一段時間，我認為即使景氣恢復，年底之前應該最多只能恢復八成。」

年底……

宴會的喧鬧聲從細川的聽覺中消失了。

目前才三月，本年度的決算還沒有結束。如果在九個月後，Japanix的訂單也只能恢復到八成，無疑是對青島製作所的重大打擊。

「謝謝你特地通知我。」

細川臉色鐵青，好不容易擠出這句話。

隔天，Japanix就約了營業部長豐岡見面，證實了諸田的話。

「不好意思，在你百忙之中還把你找來。」

採購部長水上說完，示意一臉緊張的豐岡入座。這裡是Japanix位在濱松町的總公司會客室，雖然水上在電話中沒有提約他見面的目的，但豐岡已經從細川口中得知，諸田社長提及生產調整一事。

盡可能把影響控制在最小的程度——這是細川對他下達的指示。

「就是關於諸田和貴公司社長談的那件事，不知道你有沒有聽說了？」

果然不出所料，水上單刀直入地提起這件事。

「是有關生產調整的事嗎？」

「既然你已經聽說了，事情就簡單了。」

水上一臉嚴肅地簡單提及了Japanix目前的經營環境，然後把一張單子從桌上滑了過來。那是訂購計畫。

「雖然之前已經向貴公司提出了明年上半年度的訂購計畫，但目前需要重新修正，這是新的計畫。」

豐岡瞥了一眼，立刻臉色大變。

Japanix之前每個月的訂單是六億圓，在青島製作所合作的數百家客戶中，是名列前五名的大客戶。

但是，水上剛才拿出的那份訂購計畫中，原本的六億圓驟減到一億兩千萬圓。每個月一下子減少將近五億圓的營業額。

豐岡忍不住皺起眉頭，水上又遞過來一份新的資料。

「還有另一件事，希望貴公司可以降低單價。」

「部長，這有點……」豐岡粗略看了一下清單，慌忙對水上說：「除了減產，還要降價，我們公司真的會撐不下去，而且是從這個月馬上開始，可不可以再給我們一點緩衝的時間？」

「刻不容緩。」水上的語氣令人感到不安，「我們也有自己的苦衷，如果貴公司無法接受這樣的要求，我們會重新考慮是否要向貴公司下訂單。」

「部長，千萬別這樣。」豐岡一臉困惑的表情拜託道，「把價格壓得這麼低，我們會嚴重虧損。目前的景氣的確很差，我瞭解貴公司形勢很嚴峻，但本公司也面臨相同的情況，這樣未免太強人所難了。」

「豐岡部長，這不是做不做得到的問題，」水上挺直身體，用不容爭辯的語氣說，「而是你們必須配合。」

「即使你這麼說……」

「三和接受了。」

水上說到了痛處，豐岡說不出話。

「三和電器接受了這個價格。」水上又重複了一次，「如果貴公司無法接受，那我們就把原本打算向貴公司下單的零件，全都轉向三和電器訂購，然後就當作我沒有和你談——」

「等一下。」

豐岡看到水上準備把訂購計畫收回去，慌忙伸手按住，「我並沒有說不接受，我們有這麼多年的交情，你應該很清楚。」

豐岡一臉快哭出來的表情看著水上說，「我先帶回去，這麼大幅度降低價格，我們公司也不可能馬上就有結論。可不可以給我一點時間？拜託了。」

「既然這樣，希望你下週一之前回覆我。」

水上的要求毫不留情。這麼短的時間，甚至無法正確評估降低成本帶來的影響，只不過豐岡覺得即使再堅持，也無法佔到便宜。

「我改天再來。」

豐岡只說了這句話就告辭了。

「沒有其他辦法了嗎？」

豐岡回到公司後向細川報告這件事，細川重重地嘆了一口氣，靠在椅背上，空洞的視線看向窗外。窗外可以看到工廠的幾何形輪廓和上方的藍天。這是初春風和日麗的一天，但社長室內宛如吹起寒冬的北風。

「如果可以爭取，我早就這麼做了，但對方的態度很強硬，甚至暗示可能取消訂單，所以我一籌莫展。」

Japanix做生意向來都是不由分說地要求下游廠商配合，諸田雖然待人親切，但做生意時毫不手軟。

「不得不接受嗎？」

細川十指交握，思考片刻後得出這樣的結論，豐岡露出懊悔的眼神看著他。

就在這一剎那，細川內心發出了吱吱咯咯的聲音。

既像是精神發出的悲鳴，也像是青島製作所的支柱搖晃發出的聲音。細川內心回想起兩年前的事——

「你來我的辦公室一下。」

那年冬天最強的寒流籠罩關東地區的二月某個下午，青島動手術裝了心臟支架後回到公司，把細川找去他的辦公室。

細川剛拜訪完客戶回到公司，走進社長室，發現青島坐在扶手椅上，看著窗外呆板的公司廠房。青島在因為心肌梗塞病倒之前很福態，但休養了將近兩個月回到公司時，瘦了二十公斤左右，以前的儀表堂堂也不見蹤影了。

細川在青島揮手示意下坐在沙發上，等待似乎陷入思考的青島開口。青島原本看向窗外的視線緩緩移向細川，不知道看了他多久，終於說了一句令人意想不到的話。

「我希望你接任社長一職。」

細川懷疑自己聽錯了，忍不住反問：「我嗎？」

「對。」青島用力點點頭，「我將退居會長一職，你是下一任社長的不二人選。」

「請等一下。」細川在混亂的思考中試圖反駁，「我來公司時日不長，笹井專務不是比我更加適合當社長嗎？」

大家都一致認為擔任公司總管多年，處理青島製作所大小事的笹井是青島的接班人。

但是，青島聽了細川的話之後搖頭說：「不，笹井不行。」

細川聽到青島語氣堅定的回答感到目瞪口呆，忍不住問：「為什麼？」

青島只回答說：「他是會計人。」細川當時無法理解這句話的意思。

「那我呢？我在這家公司的資歷很淺，論年齡也有很多前輩，我怎麼能跳過他們擔任社長——」

「這和年齡沒有關係。」

青島那張比以前削瘦了許多的臉轉向細川，用和以前同樣銳利的眼神看著細川。那是領袖的眼神。

「你把當時公司內完全沒有人重視的影像感測器變成公司的主要收益來源，至今為止，從來沒有人這樣大幅開拓事業領域，我希望你用這種活力帶領青島製作所前進。」

細川無法下定決心。

青島製作所總共有十二名高階主管，細川在這十二名高階主管中年紀倒數第三。在公司的資歷長短，會對在公司內的發言力產生影響，即使是被青島指名，他也不認為自己當上社長之後能夠掌握人心。

「社長，你確定嗎？」

青島可能因為生病而變得脆弱，一時衝動對細川這麼說，但或許兩三天之後就會改變想法。但是，青島當時語氣堅定地回答說：「這是我經過深思熟慮後的結論。整個公司上下，只有你適合當社長。」

青島到底什麼時候產生這種想法？細川希望思考一下再答覆，然後就先告辭了。

在五年前進入青島製作所任職之前，細川在一家外商顧問公司工作。細川當時是策略顧問經理，有一天，接到了獵人頭公司的電話，說「某家中堅企業正在找營業部門的負責人」。細川精通電子工程領域，並獲得高度評價，當時對顧問這個職業感到有點厭倦。

他之所以接受青島製作所的職位，是因為他認為這是一個測試自己不是站在顧問的立場，而是具有實務能力的機會。

細川擔任營業部長兼董事後，創造了出乎意料的好成績，令周圍的人刮目相看。年度營業額成長了將近五十億圓，雖然大家都自嘆不如，對他另眼相看，但擔任社長則是另一個層次的問題。

在青島突然指名由他擔任社長後，他認真為這個問題煩惱。

一個星期之後召開的高階主管會議終於讓他下定決心。細川在會議上主張增加影像感測器的生產量，但因為製造部門太保守，以及其他高階主管對市場的錯誤判斷，導致生意破局，也錯失了半年度進帳數億圓的機會。

如果需要更換生產線，那就趕快更換；如果增產會導致人手不足，那就招募新員工，但資深的高階主管毫無根據地對細川的「預測」提出異議，漸漸變成討論一旦增產失敗，該由誰負責的情況，細川意識到這樣下去不行，只能由自己去改變這種狀況。

在他擔任社長的第一年，祭出的各項改革有了成效，公司發展一帆風順，也順利更換了幾名高階主管——

細川完全沒有預料到，去年秋天，突如其來的金融危機導致經濟不景氣，在短短的時間內就陷入目前的困境。身為社長的細川正面臨巨大的考驗。

5

傍晚五點多，召開了緊急高階主管會議。

三上走進會議室時，發現幾乎所有的高階主管都已經到齊。今天沒有像平時開會那樣事先通知議題，細川難得露出凝重的表情抱著雙臂，默默坐在主位上。坐在他旁邊的笹井也一臉嚴肅，不發一語。會議室內的氣氛很沉重。

「很抱歉，在各位百忙之中召開本會議。」細川看到所有人都到齊後開口，「昨天，Japanix的諸田社長向我提及生產調整一事，今天將具體內容通知了營業部，所以我想讓各位瞭解這件事。從今天開始的三個月期間，Japanix的訂單將比上個月減少八成。」

細川的話音剛落，在場的高階主管紛紛發出不安的聲音。三上在嘈雜聲中坐在桌旁說不出話，無法想像這樣的生產調整會對青島製作所的業績造成多大的影響。

細川繼續說。

「之前已經請各位努力降低成本，今後將會推出第二波的裁員計畫。姑且不論本年度的業績，按照目前的情況，明年度的業績也岌岌可危，為了盡可能避免這種情況，敦請各部門都投入全力。」

這次的高階主管會議在短短幾分鐘後就結束了。

但是，會議的內容實在太沉重，所以在細川宣佈散會之後，所有人都仍然坐在椅子上。難怪今天沒有事先用電子郵件通知所有高階主管。

「三上。」當三上終於站起來時，細川叫住了他。

細川緩緩走來，拉開三上身旁的椅子，小聲地問：

「製造部的裁員建議名單已經送去你那裡了，你看了嗎？」

「我已經看了。」

正準備離席的製造部長朝比奈可能聽到了他們的談話，轉頭看過來。

「怎麼樣？沒問題吧？」

「關於這件事——」三上雖然感受到朝比奈的視線，但還是明確地說：「目前我們正在全面檢討，如果對那份名單照單全收，就這樣解僱員工，後果不堪設想。」

「我無法對這句話置若罔聞，你是什麼意思？」朝比奈在會議桌的另一側一臉不悅的表情說道，「我們的名單有什麼問題？」

「那份名單在決定之前並沒有經過詳細調查。」

三上毅然地對朝比奈說。昨晚的怒火又重新燃燒起來。

「人事考績的標準模糊不清，名單中包括了應該留下來的員工。朝比奈部長，你有仔細研究過建議名單上的每一個人嗎？」

「這是村井的工作。」

村井修伍是製造部的副部長，在生產管理方面很優秀，但其他方面做事很馬虎。

「村井沒有仔細確認課長交上來的人事考績就照單全收。你要知道，對員工來說，這關係到他們的人生，可以請你們在提出建議名單時更慎重一點嗎？」

三上情緒激動地說，連他自己都感到有點驚訝。

雖然都是董事，但朝比奈遭到年紀小三歲的三上指責，臉頰漲得通紅。

「如果你這麼說，那一開始就應該由總務部決定人選。」朝比奈說，「由不同的人評考績，結果當然會不同，但不要說得好像是我們部門的事務工作有什麼疏失。」

「中層主管憑自己的主觀列出了那份建議名單，完全看不出曾經經過客觀的研究。」

「你不要隨便亂說話。」朝比奈怒不可遏地問：「你憑什麼說這種話——」

「別爭了。」這時，細川打斷了他們，「所以總務部會重新討論製造部提出的名單，對嗎？」

「我打算在重新研究後，再交還給製造部。」

朝比奈一臉憤怒地瞪著三上。

「無論如何，都必須加快速度。我們要搶時間。」細川語氣急促，似乎無暇顧及三上內心的想法，「我想應該很快就必須著手進行第二波的裁員計畫，我希望在此之前，先完成這批人員的精簡工作。我們沒有時間了。」

「我知道。」

三上鞠躬說道，內心不禁感到痛苦。到底要裁掉多少人，才能夠看到未來？

他鞠了躬後，走出會議室。

三上愁眉不展地準備回總務部時，突然在走廊的佈告欄前停下腳步。

因為佈告欄上貼了兩張棒球相關的海報。

其中一張是每年舉辦的公司內部棒球大賽「青島盃」的海報，那是各部門、工廠之間的友誼對抗賽，獲得冠軍的球隊將和青島製作所棒球部對戰的表演賽每年都很受歡迎，但目前的業績狀況可能會影響比賽的舉行。

此刻三上注視著旁邊那張「JABA東京日本體育大賽」的海報。

那是將在三天後舉行的正式比賽。

「敬請聲援！」

三上想起貼在海報上方的宣傳單是古賀寫的，他打算貼在公司內各處，希望動員公司的同仁到場聲援他們。

不祥的預感掠過三上的心頭。

球隊好不容易漸入佳境，希望目前的業績狀況不會再次引發棒球部存廢問題的爭論。

三上身為棒球部部長，打算在下次比賽時去選手休息區觀戰。目前只能打好每一場球，留下好成績。

「大家好好加油。」

三上在內心自言自語，快步走回總務部。

6

棒球部主要有兩大盛事。

分別是在盛夏季節舉辦的城市棒球對抗賽，和在秋季舉行的日本錦標賽。這兩大比賽都必須經過在全國各地舉行的嚴格預賽才有參賽資格。除此以外，還有主要在關東地區舉行的正式比賽，俗稱為日本體育大賽，正式名稱為「JABA東京日本體育大賽」。

這是有超過六十年歷史、富有傳統的正式比賽，目前包括關東地區以外的參賽隊伍，總共有二十九支球隊爭奪冠軍。

「我們一定要獲得冠軍，重新躋入知名球隊的行列！」

青島會長在昨晚舉行的激勵會上激勵所有球員。

公司的許多員工都參加了在棒球部大樓的食堂舉行的激勵會。

「正因為目前是這種情況，所以大家要一起去現場加油。明天要在球場上團結一心！」

熱愛棒球的青島這番激情演說打動人心。

狹小的食堂內響起了如雷的掌聲，聽到眾人聲援：「加油！」時，古賀又忍不住感動不已。

我們將帶著大家的期待在球場上奮戰。

我們會在球場上展現英姿，一定會打出好成績。他在內心發誓。

——然而，事與願違。

一直注視球場的大道突然叫了一聲：「阿猿！」時，古賀懷疑自己聽錯了。

接到上場命令的猿田也一臉錯愕，但還是聽從指示，帶著後援捕手水木一起跑向牛棚。

目前是三局下半。

先發投手萬田面對成棒強者東洋石油隊，只失了一分。

會不會太早換人了？

古賀暗自這麼想，轉頭看著大道，看到大道臉上嚴肅的表情，忍不住倒吸一口氣。大道似乎察覺到了什麼狀況。

五局下半，再次面對東洋石油的攻擊。萬田面對站在左打擊區的第一棒，轉動著手臂，用力深呼吸。他用右腳踢了腳下的泥土，看著井坂的暗號。第一球是太高的內角球。

球速為一百三十公里。

古賀身旁的大道低下頭，然後又抬了起來。

為什麼氣氛這麼沉重？古賀還來不及思考其中的理由，萬田連續投出壞球，把自己逼入絕境。

古賀終於發現，萬田和平時不太一樣。

他的球速變慢了。

關鍵的一球失誤，對方球隊的應援團響起一陣歡呼聲。那個直球成為四壞球。教練松崎跑向投手丘，對萬田簡短交代幾句又回來了。

比賽重新開始，萬田用戴著手套的手臂擦擦額頭的汗水。

空氣很沉悶。

古賀覺得腋下有一種異樣的感覺，忍不住露出了嚴肅的表情。三上部長從剛才就不停地抖腳。

萬田，撐住！但是——

萬田投的第一球就被擊中，平飛球飛向外野，左外野的鷺宮慌忙追過去，但球好像在嘲笑他一樣在外野滾落。

三壘安打讓對方追加得分。

不知道從哪裡開始出了錯。

萬田又對下一名打者投了四壞球。接著是四棒打者的強攻，對方球隊的應援團簡直就像參加廟會般歡聲雷動。轉眼之間，對方球隊接二連三擊出安打。

萬田，這是怎麼回事？平時痛快的節奏怎麼不見了？

古賀坐在長椅上握緊拳頭。萬田在這一局的投球太單調，簡直就像沒有律動感的音樂。從投手丘丟出的每一個音符都沒有意義，收尾也不漂亮，在形成旋律之前就在空中擴散。

目前的比數是三比零。

而且無人出局，一壘和三壘都有跑者。據說對方球隊的投手實力不亞於職棒投手，很難從他手上得到超過三分，所以絕對不能讓對方再得一分。

大道衝去球場。

更換投手。

萬田把球交給從牛棚跑向投手丘的猿田，微微低著頭回到休息區。迎接他的掌聲零零落落。

在東洋石油應援團的歡呼聲中走向球場的是一名體格偏瘦的打者。他在防守時擔任游擊手，用弓身姿勢將球棒握得比較短。

歡聲宛如巨大的氣球持續膨脹，整個球場都被高漲的情緒吞噬。猿田拿下帽子，活動一下肩膀，然後吐了一口氣。

猿田，打敗他們。

第一球是滑球，打者揮棒落空。接著用固定式投球投出了第二球，下一剎那，就被直直地打了出去。

古賀只能茫然地注視著在外野滾落的白球。

之後，對方又追加得分，在打擊方面完全被對方投手牽著鼻子走。青島製作所的初戰以七比零遭到完封。

比賽結束後，所有球員站在球場上列隊致意。抬頭看到的觀眾席上已經空空蕩蕩。

「大家都走了！」

包裝課課長長門站在最前排破口大罵。雖然他很毒舌，卻是棒球的死忠球迷，以前青島製作所還有應援指導部時，他曾經擔任負責人。如今已經年近五十的他只是一個挺著鮪魚肚的醉漢，再也看不到當年的樣子了。

「丟人現眼，根本看不下去，你們是為什麼打棒球？」

第三章　棒球神

1

「真是太不爽了。」

倉橋突然說道，古賀放下了正準備喝的大杯啤酒。

在確定遭到日本體育大賽淘汰的當晚，井坂約球隊的人一起來喝一杯，於是一行人來到「權田」喝酒。

倉橋是曾經在高中棒球界很活躍的左投技巧派，今年二十九歲，雖然沒有參加過職棒選秀會，但是頂尖的成棒選手。

「哪裡不爽？」

古賀從倉橋的表情中察覺到緊張的氣氛，於是問道。

「就是對東洋石油那場比賽的投手安排，越想越火大。」倉橋咬牙切齒地說，「既然讓萬田當先發投手，至少要讓他投完五局啊。結果在第三局時就叫猿田去暖身，這叫萬田怎麼投得下去。對不對？」

萬田沒有反應。他在不遠處的座位上拿著大杯啤酒不發一語。

青島製作所在初戰大敗後，始終無法扭轉劣勢，最後以一勝兩敗的成績遭到淘汰。以新陣容挑戰的第一場大賽以略帶苦味的結果告終。

「阿哲，總教練怎麼說？」猿田問，「剛才不是去向老闆報告了嗎？」

每次比賽結束，部長、總教練和經理三人都會去向社長報告比賽結果。這是青島製作所棒球部的傳統。

「他說——選手都盡了全力，是他力有未逮。」

古賀轉述大道說的話。

「是喔。」猿田說完這句話，默默喝著酒。因為他知道前任總教練村野向來都會說很多藉口，把敗戰的責任推卸給選手，死也不會說是自己的錯。

「總教練力有未逮也是事實。」倉橋說完，陷入了一陣尷尬的沉默，「要起用年輕選手當然沒問題，但我們現在需要的是成果。公司的業績越來越差，對我們很不利。」

古賀驚訝地看著倉橋。倉橋似乎知道公司高層正在討論棒球部的存廢問題。

「大家應該都知道，棒球部目前面臨遭到裁撤的危機。」

「果然不出所料，」猿田開口說道，所有人都露出沉重的苦惱表情陷入沉默，「阿哲，對不對？你是不是也聽說了？」

猿田眼神銳利地瞥了一眼，古賀慌忙說：

「我只是聽說有人在高階主管會議上提出，是否可以考慮裁撤棒球部，並沒有正式討論——」

「笹井專務向來是主張廢棒球部。」猿田說，古賀沉默以對，「社長心裡應該也這麼想。」

猿田不知道從哪裡聽說了這些事，他的意見刺進所有人的心。

「業績再繼續衰退，專務也不可能不說話。正因為這樣，才希望能夠打出好成績。」

猿田懊惱地說。

「對不起。」萬田費力地擠出這句話，「都是我的錯。」

氣氛越來越沉重。

「不是你的錯。」猿田嘆著氣說，「每個人都有狀態好和狀態差的時候。」

猿田在第二戰中擔任先發投手，在前四局失了五分後被換下投手丘。

日本體育大賽持續六天的比賽。第三戰時照理說可以送萬田上投手丘，但大道決定由倉橋，而不是萬田擔任先發投手。

這場比賽的雙方勢均力敵，難分勝負，最後終於險勝，也成為這次大賽中唯一的勝利。

「總教練的指導缺乏原則，」倉橋說，「如果力求球隊年輕化，不就是應該讓萬田擔任先發嗎？一次先發失敗，就不再讓他上場嗎？總教練的信賴才這麼點嗎？」

這——

古賀也有同感。

不，不光是古賀，在場的所有人應該都有同感。

如果要以年輕球員為主，讓萬田擔任王牌投手，不是應該貫徹這樣的原則嗎？敗戰讓球隊軍心動搖。

那不是單純的勝負而已，而是心靈的鴻溝。古賀不知道該如何填補這個鴻溝，不，甚至不知道能否填補起來。古賀已經無法理解大道在想什麼。

2

「社長，有件緊急的事要報告，不知道你時間方便嗎？是有關東洋相機的事。」

細川外出時接到營業部長豐岡的電話，他在電話中的聲音聽起來似乎已經走投無路了。

細川剛好走出客戶的公司，正準備順道拜訪附近另一家客戶，於是立刻改變原本的行程。青島製作所的主要客戶東洋相機是國內最大的相機廠商。

他急忙趕回公司，果然不出所料，豐岡立刻臉色鐵青地衝進社長室，笹井也跟在豐岡身後走了進來。

「東洋相機說，要將原本打算在明年推出的新產品從七月上旬提前到四月下旬，希望我們在六月底之前提出新產品所使用的影像感測器相關內容。他們希望提前推出，對明年的營業額有幫助。」

今天是彷彿又回到二月般的薄寒日子，豐岡的臉頰通紅，額頭上冒著汗水，他身旁的笹井眉頭深鎖。

「我們公司來不及開發吧？神山部長怎麼說？」細川慌忙問。

豐岡一臉懊惱的表情搖頭說：「我剛才問了，他說沒辦法。」

技術開發部長神山謙一向來嚴格遵守事先決定的開發日程，不會默默接受因為經營上的判斷而改變日程的要求。

按照原本的計畫，新的影像感測器將在八月底完成試製品，要提前兩個月到六月底的確相當困難。

偏偏在這個節骨眼——細川咂著嘴。

東洋相機推出的單眼相機系列在家庭主婦和年輕女性之間爆紅，銷售量十分可觀。目前所使用的影像感測器在細川以前擔任營業部長期間迅速成長，成為青島製作所主要收益來源的主力產品。如果無法配合東洋相機的開發，不僅會對本年度，甚至對明年度的收益也會造成巨大影響。

「但是，如果我們的影像感測器來不及開發出來，東洋相機不是也很傷腦筋嗎？」

笹井問了理所當然的問題。

「三和電器。」

笹井聽了豐岡無力的回答，忍不住瞪大眼睛，「三和也加入戰場了嗎？」

細川也同樣感到驚訝。他之前就聽說三和電器加入了影像感測器市場，沒想到竟然在這個時間點，而且是在青島製作所主要客戶東洋相機的生意上和他們競爭。

「聽說比我們公司目前的產品便宜兩成左右，而且性能也很強。」

「具體規格呢？」細川問。

「不知道。」豐岡搖了搖頭，「聽說三和電器在銷售上展開很強烈的攻勢。」

豐岡用手帕按著額頭。

「我前幾天才見到尾藤社長，他完全沒有提到這件事。」細川難以相信地說。

那天在宴會上遇到時聊了十分鐘左右，完全沒有想到對方暗中竟然和三和談生意。

「會不會是刻意不提？」笹井露出嚴厲的眼神問，「即使是要求我方降價，只要願意攤開來談都還好。之所以沒有提這件事，很可能已經考慮結束和我們之間的合作。」

「你是說我和對方溝通不足嗎？」

細川忍不住生氣地反問。笹井剛才那句話，簡直在說細川的銷售能力有問題。

「尾藤社長做事很謹慎。」豐岡為細川解圍，「他向來不會透露內心的真實想法，他們公司的人都知道。」

「既然這樣，你應該更早蒐集相關消息。」笹井沒好氣地說，「提前上市這種事不可能臨時決定，之前應該就有動靜。如果營業部及時發現，就可以提前採取因應措施。」

「很抱歉，聽說東洋相機內部有人提出，為了提升業績，應該提前推出新產品。」

「影像感測器不是相機的關鍵嗎？」笹井說，「之前和我們公司的合作關係良好，為什麼完全沒有和我們商量一下？」

豐岡沒有回答，但細川大致猜到是什麼狀況。

應該是三和電器說服東洋相機。

「如果東洋相機願意接受目前產品的升級版，應該還有希望吧？」細川提出替代方案，「用低於三和電器成本的價格去試算一下。」

「我會試一試。」豐岡雖然這麼回答，但臉色仍然很凝重。

如果為了和三和電器競爭降低兩成的價格，利潤可能微乎其微，甚至會虧本。一旦虧本，就沒必要勉強做這筆生意，即使有利可圖，也只有蠅頭小利。這意味著即使可以走出目前的不景氣，仍然無法走出業績衰退。只有一個方法可以徹底解決這個問題。

「如果能夠提前完成新型感測器投入生產……」

豐岡說出了細川在內心思考的事。

有了高性能的新型感測器，就可以提升附加價值，將價格設定得比目前的產品更高，也就能夠期待獲得高收益。這是唯一的解決之道。

「目前是關鍵時期。」

笹井小聲嘀咕，細川默默點頭。

由於一次接一次的生產調整，本年度的赤字恐怕無法避免。如果明年度的主力產品也栽跟頭，就會陷入連續赤字的泥沼。

如果不克服這個難關，青島製作所就沒有未來。

「如果神山部長有空，可不可以請他過來一下？」

細川拿起電話指示秘書後，皺著眉頭，靠在沙發上。

一個小時後，技術開發部長神山一臉不悅的表情，抱著雙臂，不發一語。

「我剛才聽豐岡部長說了相關情況，」神山終於開口，「但提前有困難，我無法保證。」

「現在已經不是說這種話的時候了。」豐岡激烈反駁，「如果——如果我們無法提前推出新產品，就會被三和搶走生意。」

「所以呢？」神山用右手手指推了推銀框眼鏡說，「難道就要因此犧牲性能嗎？新型影像感測器還在開發階段，為了能夠穩定達到我們想要的規格，正在不斷進行測試和調整。我們部門必須保證這個零件的品質，東洋相機之所以願意用我們的感測器，就是對我們的技術有信心，我絕對不願意背叛他們的信賴。」

「誰要你背叛他們的信賴？」

豐岡和神山兩人同齡，所以相處時也無拘無束，正因為這個原因，說話毫不客氣。「只是希望你想辦法提前兩個月完成，要去打仗卻沒有子彈，這場仗要怎麼打？」

「開發日程絕對沒辦法變更。」神山堅持不鬆口，「遵守日程就是維護品質，希望你能夠瞭解這一點。」

豐岡忍不住仰著頭，細川提出了新的解決方法。

「如果來不及完成試製品，是否可以把預計的規格交給對方呢？只要有明確的規格，就可以向東洋相機推銷。」

「即使可以提出規格，也無法細算成本，這樣有辦法談生意嗎？」神山冷冷地回答。

私人企業不像公家機關那麼死板，而且目前遭遇了公司創業以來最大的瓶頸，在處理問題時不能這麼一板一眼。

「因為必須根據工序計算成本後，才能夠報價，而且規格本身也可能需要調整。」

神山完全不理會細川內心的想法，無情地拒絕他的建議。

細川面對神山完全不顧公司目前面臨困境的態度，難掩內心的煩躁，他覺得技術開發部簡直就像是另一家公司，完全沒有團結一心的感覺。

「神山部長，我們公司目前面臨了創業以來最大的困境，全公司都在大規模裁員，努力想要克服眼前的難關，你有想要協助公司度過難關的想法嗎？」

初春的陽光照進社長室，在神山的眼鏡上產生了反射，看不到他眼鏡後方的雙眼。

「這不是重點。」神山毅然地回答，「我是技術人員，我的工作就是維持青島製作所的技術水準，回應客戶的信賴，絕對無法服從背道而馳的事。」

「你不是公司的高階主管嗎？」神山的話激怒了細川，「你應該親眼看到了上個月開始，大家在討論裁員的事，現在不是說這種場面話的時候。」

「這不是場面話。」神山完全沒有退縮，「而是我的真心話，如果非要這麼做，那就先撤換我。如果社長的作風是業務調度比技術更優先，就不妨這麼做，不必有任何顧慮。」

我的作風？這真的是我的作風嗎？細川有點懷疑自己。

3

「神山真是太離譜了。」

結束完全沒有交集的溝通後，神山匆匆走出社長室。豐岡咬牙切齒地說了這句話，一臉氣憤難平地看著細川說：「他也不想想自己是靠誰才能成為技術開發部長。」

「他是不是還無法走出過去犯下的錯？」細川嘀咕道。

細川進入青島製作所的三年之前，神山負責開發的影像感測器曾經召回。在營業部門的催促下交給當時某家相機廠商的感測器，使用之後發現了瑕疵，產品召回導致了十多億圓的損失。

神山雖然技術能力很強，但因為那次的失敗，所以一直在技術開發部坐冷板凳，直到細川擔任社長後才重新提拔他。那次之後，神山對自己負責項目在開發日程上絕不讓步，即使在細川成為社長，提拔他成為開發部長之後，這一點仍然沒有改變。

「一直拘泥過去有什麼用。」

細川重重地嘆了一口氣，不知道如何宣洩內心深處的怒火，和無法解決眼前困境的苦惱。

「如果靠營業部的努力可以解決，我會全力以赴，問題是對方……」

豐岡皺著眉頭。東洋相機向來不吃「嘴皮子銷售」這一套。雖然價格很重要，但是更重視品質的廠商，根本不會採用規格差的產品。

「總之，我會盡量努力。」

豐岡說完這句話，靜靜地走出社長室。

怎麼辦呢？

細川忍不住自問。

此刻的他不知道該走向哪裡，宛如在濃霧瀰漫的迷宮中徘徊，拚命尋找出口。

是因為太近反而看不清，還是根本沒有解決的方法？

細川用手指用力按著額頭陷入了沉思。這是他在思考時的習慣動作。

不知道思考了多久，最後聽到了敲門聲，把他從思緒中拉回現實。

「打擾了。」秘書仲本有紗走進社長室，「社長，Japanix的諸田社長來電詢問，是否有時間一起吃飯，請問要怎麼回覆他？」

「Japanix？」

細川驚訝地抬起頭。繼上次的生產調整之後，這次又有什麼事？

「妳馬上為我調整行程，配合對方的日期。」細川指示有紗後嘀咕說：「真是虎頭蛇尾。」

有紗瞪大了眼睛問：「哪一件事？」

「我說我們公司，青島製作所。」細川看著窗外的公司廠房，嘆了一口氣說：「雖然規模並不大，但各部門相互對立的情況並不輸給大企業，各部門都獨善其身。以前就這樣嗎？」

細川有點無奈地問，但他並不期待有紗回答他的問題，只是想要發洩內心的不滿。沒想到有紗露出認真的表情表達了很正面的意見，「我認為大家都很努力。」

「希望如此。」

「社長，就是如此啊。」有紗說，「就說那位頑固的神山部長吧，和他聊天之後，就發現他其實是個好人。上次我去食堂時沒帶零錢，他還請我喝果汁。」

「是妳很容易被這種事打動吧。」

「才不是呢。」秘書聽了細川的話，一臉認真地搖頭，「只要牽涉到食物，就可以瞭解一個人的為人。」

「是這樣嗎？」細川意興闌珊地回答。

「就是這樣啊。」有紗用力回答，細川忍不住苦笑起來。有紗在公司內被稱為「療癒系秘書」，無論和她討論任何事，她都是這種態度。

「真羨慕妳啊，無憂無慮。」細川說。

「沒這回事，我也有煩惱，只是不會表現出來而已。」有紗語氣堅定地說。

「是嗎？那真不好意思，希望妳的煩惱可以很快解決。」

細川說完，無奈地深深嘆了一口氣。

和Japanix之間的生意因為之前的生產調整變得很吃緊，這次可能有什麼新的生意機會。即使無法立刻有合作機會，細川也打算和對方見面好好討論以後的事。

希望是好事。

有紗走出社長室，五分鐘後進來報告說：「已經敲定下個星期二。」

笹井邀在傍晚來找他談事情的朝比奈一起來到公司附近的這家餐廳，走進包廂後，露出了嚴肅的表情。

「先是Japanix，後是東洋相機，情況越來越不妙了——」

笹井說完，兩人陷入了令人窒息的沉默。

「細川社長有辦法撐過眼前的難關嗎？」

朝比奈終於開了口，說出了對細川的不信任。也許是因為喝了酒的關係，所以才會說這種平時不可能說出口的話。

細川社長在五年前進入青島製作所擔任營業部長兼董事。

青島一路走來，憑著自由奔放的想法開拓了技術，公司高階主管對他所做的事都不會太驚訝，但得知他從公司外，而且是靠獵人頭公司找人來擔任營業部長這個公司內重要職務時，所有人都跌破眼鏡。

細川剛就任時，很多人都冷眼旁觀。

雖然聽說細川是優秀的顧問，但理論和實踐是兩回事。即使是獵人頭公司獵來的，但一定無法做出什麼成績——大家當初根本不看好他，沒想到細川很快就和東洋相機談成了大生意，讓全公司上下都大吃一驚。

青島內部的人往往因為當局者迷而無法真正瞭解產品，細川的武器是客觀評價產品的觀察力，所以能夠及時發現影像感測器在技術上的優勢因而獲得巨大成功。

細川擔任營業部長時，並不會讓下屬背負業績壓力，而是很快發現自家產品比其他競爭公司更有利的優勢，在具有競爭力的領域拉生意。

當他接連談成一筆又一筆生意時，讓那些原本冷眼旁觀的人閉了嘴，細川在公司內的地位也迅速提升。這五年期間，青島製作所的年度營業額能夠從原本的四百五十億圓提升到超過五百億圓，全都是細川的功勞。

但是，朝比奈這些老臣對細川的活躍感到很不悅。

他只是剛好做了幾筆大生意，博取了青島的歡心，但他是當社長的料嗎？這種有一半是吃味的想法背後有複雜的原因。

因為細川的出現而無法成為社長的笹井應該也有相同的想法，只是沒有說出口而已。羨慕和嫉妒只是一體兩面的情感。

笹井吸了一口氣，最後吐出一句嚴厲的話。

「撐不過就傷腦筋了。」

「那當然，只不過實際做事時，會顧慮會長，結果連棒球部也沒辦法裁撤掉。」朝比奈促狹地說，「專務，這種時候，你是不是應該代替社長主導大局？」

笹井露出凝重的表情。朝比奈又繼續說：「只有你能夠突破眼前的困境。」

笹井沒有回答。

「專務，拜託你了。」

「會長——」當朝比奈帶著悲痛的聲音懇求時，笹井才終於語帶遲疑地開了口，「會長把公司的大權交給了細川，並不是我。這就代表了一切，根本沒有我插手的餘地。」

從事會計工作多年的笹井一臉嚴厲的表情，靜靜地說著冠冕堂皇的話。

4

「總教練，原來你還沒走。」

古賀在總務部完成工作後離開辦公室，時鐘已經指向晚上十點多了，發現球場旁棒球館二樓的總教練室還亮著燈。

「喔，是啊。」

大道靠在椅背上，一臉沉思的表情看著電腦上的比賽資料。

「我以為你已經回家了。」

「因為我在研究一件事。」大道注視著螢幕上的資料回答說。

「如果有我可以幫忙的事，請儘管吩咐。」

大道聽到古賀這麼說，才終於抬起頭，問了一個很奇怪的問題。「阿哲，萬田那傢伙最近有沒有對你說什麼？」

「萬田嗎？」

古賀回想起日本體育大賽後，大家一起在「權田」喝酒聊天時，萬田低頭坐在角落的身影回答說：「沒有，並沒有說什麼。」

「這樣啊……」

總教練室內有歷任總教練使用的大辦公桌，大道開著桌上的檯燈，抱著雙臂，靠在椅背上思考了片刻。

「你對萬田的投球有什麼看法？」

「第一戰嗎？」古賀問，「老實說，我沒想到他會那麼失常，可能是對自己成為主力投手感到壓力很大吧。」

「就只是這個原因嗎？」沒想到大道問了令人意外的問題。

「還會有其他原因嗎？」

大道露出嚴肅的眼神坐直身體，把手肘駕在桌子上，交握著十指問：「他是不是哪裡出了問題？」

「哪裡出了——」古賀驚訝地問。

「我剛才看了分數紀錄，發現他投變化球的比例少了很多。」大道發現了連古賀都沒有察覺的配球變化，「他拿手的不是內飄球嗎？他的手肘是不是出了問題？他在和東和大學的比賽中，也在第四局之後就失常了。」

「的確，好幾次都是靠精采的防守才守住。」

古賀說到這裡，突然打住。

他想起在回程的車上，萬田一臉茫然的表情看著車窗外。

萬田是不是因為受了傷，才會露出那麼凝重的表情？想到這裡，就覺得大道說的話突然有了真實感。

「所以你並沒有問過他。」

「沒有。」大道說，「我也太大意了，看到他在日本體育大賽時的投球，我完全都沒有想到，也不願意相信，但剛才看了分數紀錄，覺得似乎不能排除這種可能。」

「總教練，那次比賽時，你在第三局就叫猿田準備上場。」古賀問，「該不會是在那時候發現的？」

「老實說，當時並沒有把握，但如果是這樣，我不希望他勉強投球。」

古賀忍不住感到心被揪緊。

「總教練，對不起，我應該第一個發現的。」

「比起這事，你可以去問一下萬田嗎？」大道問，「你去問他，他應該比較願意說實話。說到底，他的身體狀況只有他自己知道。拜託了。」

古賀一時說不出話。

古賀立刻聯絡了井坂。

「耕作，你人在哪裡？」

井坂的手機中傳來嘈雜的聲音。

「我在『權田』啊，你要不要過來？」

古賀離開公司，快步走去居酒屋，內心湧起了不祥的預感，忍不住皺起眉頭。

萬田是因為棒球專長，每年度和公司簽約的約聘員工。

當因為棒球專長錄用的約聘員工無法打棒球，在這家公司就沒有立足之地。

對他們來說，成棒就像是另一種形式的職業棒球。

古賀之所以感到坐立難安，是因為從萬田的身上，看到了當年因為膝蓋受傷而不得不結束選手生涯的自己。

古賀當時差一點失業，幸好之前的球隊經理離職，剛好有了空缺。

「你願不願意當球隊經理？」

三上部長當時這麼問他，拯救了因為受傷差一點走投無路的他。從這個角度來說，三上是他的恩人。

但是，如果萬田的手肘受了傷而不得不引退，就無法像他這麼幸運。

古賀掀開「權田」的布簾，在店內找了一下，確定萬田不在。「你怎麼了？為什麼露出這麼可怕的表情？」井坂問。他把井坂拉到店外。

「耕作，我問你，萬田上次投球怎麼樣？」

井坂聽到他突然這麼問，聽不懂是什麼意思，露出驚訝的表情。井坂是捕手，直接接萬田投的球，照理說應該瞭解萬田的狀況。「他的球和之前有沒有不一樣？」

「不一樣？什麼意思？」

井坂露出莫名其妙的表情。

「耕作，他的手肘是不是出了問題？」

井坂聽了他的問題，目不轉睛地盯著他，但眼睛深處應該重現了萬田在這幾場比賽中投出的球。

「你這麼問，是有什麼證據嗎？」井坂表情嚴肅地問。

「沒有。」古賀搖了搖頭，「是總教練觀察了他這一陣子的投球。耕作，你改變了配球嗎？」

井坂皺起眉頭，他似乎心裡有數了。

「他的球的確不像以前那麼猛，球的威力不如以前了。在我比內飄球的暗號時，他經常搖頭。但是——」井坂被商店街霓虹燈映照的臉轉向古賀問：「真的是這樣嗎？」

「那我知道了。」古賀只說了這句話，就轉身準備離開。

「阿哲，你要去哪裡？」井坂驚訝地問。

古賀停下腳步說：「我去問萬田。」然後又邁開了步伐。

「我和你一起去。」井坂說。

「這件事交給我來處理，」古賀制止了他，「我自己去找他，因為我不希望事情鬧大。我最能夠瞭解受傷的人的心情。」

井坂站在原地，還想說什麼。古賀移開視線，快步沿著來路往回走。

古賀穿越球場，走向位在另一側的單身宿舍。老舊的鋼筋水泥兩層樓宿舍呈L形，其中有一部分是員工進修的場地。

他走過反射了路燈和三月寒冷夜空的進修室窗前，走進玄關，換了拖鞋後，走上通往二樓的樓梯。右側第二間的門口掛著用蹩腳的字寫著「萬田」的門牌，可以隱約聽到門內傳出電視的聲音。

古賀敲敲門，高大的萬田那張長臉從門縫探了出來，看到古賀突然上門，瞪大眼睛。

「咦？阿哲，有什麼事嗎？」

「可以打擾一下嗎？」古賀問。

「請進，請進。」萬田請他進了屋。

三坪大的房間內只有一個壁櫥，感覺很單調。

古賀坐在暗綠色地毯上，直截了當地問：「你的手肘怎麼樣？」

萬田愣了一下，移開了原本看著古賀的視線。

果然猜對了——萬田臉色蒼白，看起來很緊張。古賀看著他的側臉說：

「萬田，你告訴我，你的手肘怎麼了？」

「有點怪怪的……但沒什麼大礙。」萬田勉強擠出笑容，視線飄忽起來，「阿哲，你幹嘛露出這種表情？」

「明天去給三雲醫生看一下。」古賀不由分說地對萬田說道，「即使你不想去，我也會把你拖去。」

「別這樣啦。」萬田的眉毛皺成八字形，語帶懇求地說，「沒什麼大礙，而且過一陣子應該就好了。」

「不要自己亂判斷。」古賀斥責他，「萬田，萬一真的受了傷怎麼辦？到時候就會造成無可挽回的後果，你不怕變成我這樣嗎？」

萬田沒有回答。

「這不是你一個人的問題，也會給球隊添麻煩。無論如何，明天去醫院，沒問題吧？」

萬田終於很不甘願地點頭答應後，古賀走出了單身宿舍。

「王八蛋！」

古賀想到萬田覺得手肘不對勁，卻獨自藏在心裡，忍不住自言自語道。

對棒球人來說，沒有比受傷更可怕的事了。

更何況萬田是很有前途的選手。

雖然他目前默默無聞，但如果在成棒打出成績，有可能受到職棒界的矚目。無論對萬田和球隊來說，目前都是重要時期。

「希望真的沒有大礙。」

古賀向大道和井坂說明情況後，對著沒有雲的夜空祈禱。

5

三雲保太郎把X光片插進燈箱內，仔細打量片刻。

等待他開口的時間感覺格外漫長。萬田臉色蒼白地坐在圓椅上，在他背後的古賀目不轉睛地盯著根本看不懂的X光片。

三雲多年來都是青島製作所棒球部的隊醫，他個性開朗，如果是平時，應該會說幾句玩笑話，此刻露出嚴肅的表情，然後將視線從X光片上移向萬田。

「你從什麼時候開始覺得痛？」三雲問。

萬田瞥了古賀一眼後回答說：

「差不多半年前開始覺得有點怪怪的——」

古賀瞪大眼睛。他很驚訝原來萬田這麼早之前就已經出了問題。

「醫生，情況怎麼樣？」古賀問。

三雲在回答之前，看著不安地坐在椅子上的萬田說：

「肱骨內上髁炎——也就是『棒球肘』，雖然不是治不好，但需要時間，暫時不能再投球了。」

「大概需要多長時間？」古賀問。

「以目前的情況來看，至少需要半年。為了保險起見，最好休息一年。」

「一年……」

古賀沒想到需要這麼長時間，不禁愕然。「醫生，需要這麼久嗎？」

「不光是這樣，投球的姿勢也要改變，否則還會再復發。」

「醫生──」臉色蒼白的萬田一臉快哭出來的表情看著三雲，「我還可以像現在一樣投內飄球嗎？」

「我也不知道。」

萬田聽了三雲的回答，立刻用雙手捂住臉。

「喂，萬田。」三雲不愧是隊醫，把手放在他的肩膀上安慰他說：「你還年輕，不要勉強自己，這是神明給你的機會。」三雲又繼續說道，「如果你繼續用目前的姿勢投球，手肘早晚會報廢，但現在還來得及，要趁現在治好。」

萬田用力吸了一口氣，身體微微顫抖。當聽到他小聲回答說：「好」的時候，古賀咬著牙，注視著天花板。

棒球神會這麼殘酷嗎？竟然會讓像萬田這種前途無量的投手遭遇這種悲劇。

大道聽完古賀的報告後靜靜地陷入了沉默。窗外是訓練前無人的球場，早春的球場呈現一片深棕色。

「萬田怎麼樣？」

過了很久，大道才終於問道。

「他雖然來參加訓練，但似乎很受打擊……」

接下來的一年絕對要休息，但無法保證一年後能夠恢復原狀。不──雖然三雲沒有明說，但萬田應該無法再投出殺傷力很強的內飄球了。

古賀能夠瞭解萬田內心的不安。

對因為棒球專長遭到錄用的約聘員工來說，無法打棒球，碌碌無為過一年是莫大的痛苦和恐懼。

如果不得不離開球隊──

一旦想到這件事，就會夜不成眠。

棒球部的成員被認為是公司的活動廣告、員工的代表，因為有這種存在意義，通常只要上半天班，下午開始訓練。

如果世道不景氣，棒球部沒有餘力養無法打球的球員。

不光是青島製作所，所有企業的棒球部都是如此。不，不光是棒球，企業運動隊可能都差不多。

「雖然三雲醫生鼓勵他，但他可能打算退出球隊。」

古賀觀察萬田當天的態度後，產生這樣的想法。萬田目前很灰心失望，快撐不下去了。

「這種事由他決定，我沒資格說三道四。但是──」大道靜靜地說，「如果他想重新站起來，我就會等他。」

古賀克制著內心湧起的千頭萬緒，看著總教練。

「每個人都會遇到挫折，但挫折並不是終點。我會去找萬田談一談，也打算去拜託部長，讓他能夠繼續打棒球。」

「拜託了。」古賀鞠躬說道，突然想到大道可能也曾經遭遇過挫折，所以才能夠這麼善解人意。

「對了，阿哲，我們必須思考萬田不在期間，接下來該怎麼辦。」

大道說完，把針對即將舉行的比賽所安排的先發陣容名單拿到自己面前。

「目前的陣容也不是不能打，只不過投手陣容缺乏可以成為核心的人選。」

如果飯島還在的話——雖然要求自己不去想，但這種想法還是忍不住浮上心頭。前任總教練挖走主投手對球隊的影響實在太大了。和飯島同時被挖走的新田表現活躍，讓如今成為宿敵的三和電器在日前的日本體育大賽上獲得冠軍，所以更令人扼腕。

但目前對這件事也無能為力。

「剛才接到三上部長的電話，希望我們加入棒球大賽的表演賽。」

古賀瞪大眼，看著總教練問：

「所以最後還是決定要舉辦『青島盃』嗎？」

古賀一直以為「青島盃」也會成為裁員計畫的一部分而停辦。

「聽說是因為尊重青島會長的意願，他認為目前這種情況，更希望員工能夠開心一下，而且聽說是會長自己出錢舉辦這次比賽。」

這種關懷的確很有會長的作風。

青島製作所的棒球比賽由各部門為中心組成的球隊舉行淘汰賽，最後由冠軍隊和棒球部舉行一場表演賽。比賽當天會設置很多攤位，許多員工都帶著家人一起來參加，成為公司的一大盛事。

「雖然最近能夠動員到的觀眾人數越來越少，也許是恢復人氣的大好機會。」古賀說。

棒球部原本就被批評是一群吃閒飯的傢伙，這一陣子在比賽時又常輸，在公司內部的人氣陷入長期低迷狀態，所以很希望可以藉由這種交流，讓大家對棒球部產生親近感。

「無論是練習賽還是表演賽都無法放鬆啊。」

大道用力嘆了一口氣，起身準備走去球場。

下班鈴聲響起，生產線也靜靜地停下。

旺季時，生產線三班制輪班，就需要和下一班人員交接，但由於目前不景氣，採取了減產體制，所以下班鈴聲也同時宣告生產線的機器停止一天的作業。

沖原和也把零件放回箱子，閉上眼睛，轉動著脖子。

脖子發出喀喀聲音的並不是沖原，而是他身旁的田川。田川用力轉動肩膀時說：「喂，阿沖，我記得你以前不是打過棒球嗎？那就來加入我們製造部的球隊。」

他說的是公司棒球比賽的事。原本以為會停辦，最後因為會長的一句話，決定今年也會舉辦。

「咦？昨天不是聽你誇口說，我們部門陣容齊全，所以一定可以得冠軍嗎？」

沖原笑著說道，田川尷尬地輕咳一下。以田川和其他製造部員工為中心組成的俱樂部隊是業餘棒球比賽中的常勝軍，所以他才揚言這次比賽一定可以奪冠，而且要在表演賽中讓「本業」就是打棒球的青島製作所棒球部也難以招架。

「因為吉田臨時有事無法參加，所以只剩十個人了。」

「十個人的話，不是還多一個人嗎？」

「多出來的那個人是投手。」田川說，「比賽中有一半的時間都是他一個人在投球，如果人數剛剛好，有個萬一時，人手就不夠了，但又不想讓完全沒有經驗的人加入。我忘了聽誰提過，你以前打過棒球。」

原來是這樣。沖原終於瞭解了狀況，但還是在臉前搖著手說：

「不必了，我對棒球沒興趣。」

「啊喲啊喲，阿沖，你別這麼說嘛。」

沖原正準備離去，田川用手臂抱著他的肩膀不讓他離開，「你不上場也沒關係，只要坐在休息區就好。萬一有人受傷的時候，你再上場就好。怎麼樣？這樣就沒問題吧？你不覺得打敗公司的棒球部很好玩嗎？」

沖原抬頭看著天花板稍微想了一下該怎麼辦，但既然前輩田川這麼拜託，他也不能斷然拒絕。

「既然田川哥這麼盛情邀請，我當然不能拒絕，但我真的只是坐在那裡而已喔。」

田川露齒笑了起來，用力拍拍沖原的背說：

「阿沖，謝啦！真是太好了。」

「那你下次要請我吃飯。」

「沒問題，我們得到冠軍，然後把棒球部也打敗，就來喝勝利的美酒。」

田川發出整個產線都可以聽到的大笑聲，自信滿滿地離開了。

6

星期二那天，細川比約定時間提早十分鐘來到這家位在天現寺附近的和風餐廳。

諸田應該還沒到。細川這麼想，但聽到老闆娘對包廂說「打擾了」，才知道自己猜錯了。抬頭一看，諸田獨自端坐在和室。

「社長，你來得真早啊，我以為你還沒到。」

「沒想到剛才的事情很快就處理完了，其實我也才剛到。」諸田泰然自若地回答。

「今天非常感謝社長的邀約。」細川雙手放在榻榻米上道謝。

「細川先生，我們就不必這麼拘謹客套了。」

諸田親切地說完，請細川坐在背對著掛畫的上座。

「不，這怎麼行，社長，我們還是交換一下座位。」

Japanix是青島製作所最重要的客戶，和重要客戶的社長諸田聚餐，細川當然不能坐在上座。

「座位不重要，而且今天是我臨時提出想和你見面，請坐請坐。」

細川覺得很不自在，但還是在和室椅上坐了下來，發現諸田身旁還準備了一個座位，不禁有點驚訝。

細川原本以為今天是和諸田兩人單獨見面，但似乎還有其他人。

「請問還有其他人嗎？」

細川猜想等一下出現的應該是Japanix的某位高階主管，但聽到諸田說「是啊，他很快就到了，等一下為你們介紹」，顯然並不是那樣。

不一會兒，另一個人就在老闆娘的帶領下探頭進來。

「諸田，今天謝謝你邀請。」

看起來比細川年長十歲，和諸田年紀相仿的男人親切地打著招呼走進來。從他很自然地在諸田社長身旁坐下的態度，可以察覺到他和諸田關係很親密。

細川難掩內心的困惑。因為雖然沒有和那個男人打過交道，但知道他是誰。

「你們初次見面嗎？」諸田面帶笑容地問，「那我來為你們介紹。這位是青島製作所的細川社長。這位是——」

「我姓坂東。」

那個男人接著自我介紹說。

坂東昌彥——三和電器的社長。

「雖然是同行，但之前竟然沒有機會像這樣打招呼，真是太不可思議了。」

坂東完全沒有一根頭髮的腦袋曬得很黑，感覺渾身充滿活力。之前曾經聽說他在擔任三和電器營業部長時代成績斐然，年輕時就被拔擢為社長，之後就一直擔任該公司的社長。

三和電器的營業組織很堅強，雖然有人在背後說，那家公司是靠銷售能力彌補技術能力的不足，但就是由坂東打造了該公司的營業部門，並發揮了強大的領導力。

「不，我成為經營者時日尚淺，所以一直沒有機會向坂東社長請益。我還年輕沒有經驗，請多指教。」

細川說完，深深鞠躬。

「不瞞你說，我和坂東是大學同學，我們每兩個月就會約一次飯局。你是我們今天的特別嘉賓。」

「謝謝，真是太榮幸了。」

細川笑著說，但感到難以理解。諸田他們定期聚餐當然沒問題，但細川和坂東是競爭對手，他搞不懂邀請自己參加的理由，而且應該有很多公司經營者比自己和他們更聊得來，更何況和他們的年紀也差了一輪。

細川帶著這種不太對勁的感覺和他們一起用餐，姑且不論目的，和他們聊天很有意思。

諸田除了是Japanix的社長，還兼任經團聯的副會長，在政界也有廣泛的人脈，聽他說了很多新聞沒有報導的秘辛，和他對這些事的見解，忍不住感到驚嘆。坂東雖然是競爭對手，但畢竟有帶領同行業其他公司的豐富經驗，細川不知不覺地深受吸引，也根據自己擔任顧問的經驗表達了自己的意見，三人越聊越投機。

聊了將近一個小時，彼此相談甚歡時，諸田突然問起細川有關公司的情況。

「對了，最近青島的情況怎麼樣？」

雖然諸田聽起來像是隨口問起，但他不可能不知道青島製作所業績惡化。

細川放下手上的筷子，坦誠回答說：「我相信你也察覺到了，目前我們面臨嚴峻的狀況。」

「是啊，我想也是。一方面因為景氣突然惡化，所以無法及時採取因應措施。」

雖然Japanix的生產調整也對青島製作所的業績惡化「貢獻良多」，但諸田隻字不提這件事，「我認為經營惡化有各方面的原因，最棘手的是當遇到不景氣，往往難以發現真正必須解決的問題。」

「必須解決的問題嗎？」

細川有點困惑，不知道諸田到底想說什麼。

「身為經營者，如果有唯一且絕對必須考慮的問題，那就是無論在怎樣的時代，無論在怎樣的景氣之下，都必須讓公司能夠繼續經營下去。而且不只要能夠繼續經營，還必須成長。為此，就必須洞悉未來，超前部署，但經營就像是謎底不斷揭曉的推理小說，必須推理出未來會有怎樣的結局，建立經營策略才有意義，等到謎底揭曉才建立的策略根本沒有價值，因為到時候已經為時太晚了。細川社長，你是優秀的顧問，在你面前聊這些簡直是班門弄斧。」

「不，我完全認同你的意見。」

細川謙虛地表示同意，諸田又繼續說了下去。

「說得好聽點，這是以公司命運作為賭注的策略，但其實是激烈的戰鬥。無論我還是坂東，都努力在摸索這種策略。」

「的確，我這些年都絞盡腦汁思考各種方法。」坂東聽到諸田提到自己，面不改色地接過話題，「尤其是最近，但有些問題無論怎麼思考，也無法自行解決。」

「比方說是什麼問題？」

細川不由得感到好奇。三和電器面臨的問題，應該和青島製作所大同小異。

「也許可以說是經營規模的問題。」坂東的回答令細川感到意外，「不瞞你說，我始終無法擺脫光靠我們一家公司是否能夠繼續經營下去的危機感。」

「經營規模嗎？」

三和電器有半導體部門，營業額幾乎是青島製作所的一倍。

「今後業界重整時，我很擔心以公司目前的規模，是否能夠繼續生存。雖然三和電器看起來很大，但其實還很小，這就是實際狀況。」

坂東說完這番話，露出詢問的眼神看著細川，但似乎並不是徵求他的同意，而是想瞭解細川內心是否也意識到同樣的問題。

細川正在思考該如何回答，坂東說了一句意想不到的話。

「細川社長，如果你也想到和我相同的問題，是否願意以和本公司經營整合為前提研究解決方法？」

細川說不出話，但終於瞭解了這個飯局的意義。

原來是這麼一回事。

這是為了向細川提出經營整合所安排的飯局。

細川把手上的啤酒杯重重地放在桌上。

原本的微醺一下子消失了，他可以感覺到坂東剛才的提案重重地沉在胃底。

坂東繼續對他說：

「我們公司有豐富的產品陣容，和無人可比的銷售能力。青島製作所具有開發嶄新商品投入市場的創造力。只要我們聯手，就可以成為電子零件相關市場的龍頭，只要妥善運用雙方的經營資源，可以發揮相輔相成的效果，更上一層樓。」

諸田聽了坂東的提議後接著說：

「青島製作所和三和電器——只要你們兩家公司整合，就可以成為不受市場動向影響的電子零件廠商。」諸田贊成這個提案，「因此帶來的好處難以估計，細川社長，如果你也同意，我可以向兩位保證，Japanix將提供最大限度的支持。」

諸田的話中充滿期待，但因為這個提議太突然，細川不知道該怎麼回答。

「是否可以給我一點時間研究一下？」

細川感到口乾舌燥，一口氣喝完了杯子裡的啤酒。

第四章　表演賽

1

星期天，青島製作所的球場上擠滿了員工和家屬。上午九點多之後，就陸續有員工帶著便當，和家人一起坐在設置於一壘和三壘側的看台上，在比賽開始的三十分鐘前，簡易看台上已經座無虛席。

「來了不少人啊，大家都這麼喜歡棒球嗎？」

犬彥發表了似乎有點事不關己的感想。

比賽前的暖身運動結束後，所有球員都在一壘側的休息區集合。今天的比賽對手——製造部隊的成員正在球場上練習防守，每次擊出朝內、外野手飛去的球，就響起一陣喝采。

「啊喲，真是好帥啊。」

二階堂遠遠地看著，一副篤定的樣子。

「你還笑得出來，他們可是勁敵。」井坂責備道。

青島製作所在上週日舉行了社內棒球大賽，今天對戰的這支球隊在包括決賽的所有比賽中都獲得完封的勝利。上週擔任裁判的古賀也看了那場比賽，知道那支球隊的實力不容小覷。製造部隊在決賽時也以十比零的分數提前結束比賽，在公司內沒有勢均力敵的對手。

「以練習的對手來說，還算是提得起勁。」

猿田看著球場說大話。

「阿哲，這場比賽也可以提前結束嗎？」

認定可以輕鬆贏球的圓藤問道。他今天是第五棒，是打擊陣容中的中心打者。

「如果在第七局贏五分就可以提前結束。」

古賀回答的同時，響起一陣歡呼。對手球隊的隊長田川擊出一支打向本壘附近的漂亮高飛球。

對手球隊的練習結束後，棒球部的選手跑向球場。

在掌聲中上場的選手立刻散開成練習陣形，開始傳接球。起初是短距離，漸漸變成長傳，然後站在守備位置上練習防守。

這些球員在球場上的動作總是那麼優美而有組織。

確認了從外野到中繼，再到內野在防守上的團體合作，最後由捕手接起打向本壘附近的經典高飛球。

前後的時間剛好七分鐘。古賀抱著記分簿，站在球場角落看著這一切，發現三上進入了視野，說了聲「辛苦了」，在休息區長椅最左側的固定座位坐下。

兩隊選手在本壘板兩側列隊。比賽終於開始了。

負責守備的球員在球場上散開，替補選手回到了休息區。

雖然是表演賽，但這是讓全公司近距離瞭解棒球部的機會，所以大道安排了和正式比賽時相同的陣容。

剛才要求井坂坐在球員休息區前練習投球的倉橋緩緩跑向球場。隨著宣告比賽開始的聲響徹整個球場，一派瀟灑的一棒打者在如雷的掌聲中跑向左打擊區。他是製造部的高木，古賀也和他很熟。

「什麼玩意兒。」

又高又瘦的高木在場上模仿起鈴木一朗，讓一旁的猿田忍不住咂嘴，觀眾席上響起笑聲。連一球還沒投，比賽就已經熱鬧起來。

「太厲害了。」三上語帶佩服地說。

「部長，你怎麼可以長他人志氣？」猿田忍不住反擊。

「我不是這個意思，」三上說，「我是說他們很懂得抓住觀眾的心。」

的確是這樣。雖然一出場就玩這種把戲似乎不入流，但也的確抓住了觀眾的目光。打者用球棒指著倉橋，倉橋板著臉，和井坂交換暗號。高木微微抬起右腳準備迎戰。

「那是搞笑球隊嗎？」

替補捕手水木不屑地說。此刻在休息區的所有人都不屑地看著站在打擊區的高木。

「倉橋，痛宰他！」

站在三壘守備位置的須崎叫了一聲，倉橋高高舉起了雙手。那是游刃有餘的揮臂式投球。過低的曲球沒有落入好球帶。

倉橋在手上捏著井坂丟回來的球時，高木又開始模仿一朗。用力揮動球棒後，用左手摸摸制服的袖子，然後把球棒揮向倉橋的臉的方向停在那裡，逗得觀眾哈哈大笑。倉橋一臉無趣地站在投手丘上等待他的表演結束。

「要什麼寶啊。」

猿田忍不住喝倒采時，倉橋投了第二球。

迎戰的高木右腳踩在地上不動。

「真的假的！」

猿田驚訝地發出叫聲的同時，球滾到了三壘線。是觸擊。

三壘手須崎立刻衝了過來，右手抓起球，直接側投傳向一壘。

安全上壘。

在球落入守在一壘的圓藤手套的前一秒，高木已經踩到壘板跑了過去。現場響起歡呼聲，哨子、大鼓和喇叭演奏的聲援曲響徹藍天。站在一壘上的高木舉起拳頭，立刻響起一陣歡呼聲。

「這簡直就像是對方的主場。」

三上說著，鼓起臉頰嘆了一口氣。一旁的猿田再度咂著嘴，把口水吐在休息區前的球場上。

突然被擊出一支觸擊的倉橋在投手丘上拿下帽子，用右腳踢著地面。雖然他故作平靜，但內心一定很惱火。

「倉橋，先讓他們贏兩三分，這樣才公平！」

水木自暴自棄地奚落著，引起了一些笑聲。二棒打者進入打擊區，做出準備觸擊的姿勢。

擊出的球緩慢滾向本壘和三壘之間的壘間線。

太厲害了。

「他們可不好對付，」這時，抱著手臂看著球場的大道嘀咕，「每個人都有相當的經驗。」

「該不會輸給他們吧？」

向來很愛操心的三上忍不住自言自語地說著洩氣話。

「當然不會輸。」

猿田好強地說，但當對方球隊的三棒打者擊出二壘安打掌握先機，他也只好閉嘴。

「媽的！」

投手丘上的倉橋嘴唇動了一下，可以看出他這麼罵了一句。

井坂跑過去，說了兩三句話後拍了一下他的屁股。目前一人出局，二壘上有跑者。

走進打擊區的四棒打者是製造部主任武藤，他在大學參加棒球社，自稱是強打者。

倉橋連續投了兩個變化球，在比剛才更響亮的歡呼聲中迎戰的武藤都沒有揮棒。

他的選球能力很不錯。

目前是一好兩壞，二壘上的跑者蠢蠢欲動。

古賀看到投手丘上的倉橋對井坂比的暗號搖頭，立刻產生不祥的預感。

他是不是想靠直球壓制對方？

倉橋是急性子。

盛氣凌人的氣勢有時候能夠發揮正面效果，但也會造成反效果。

果然不出所料，倉橋投了一個偏高的球。隨著一聲清脆的聲響，白球高高飛上了天空，輕鬆飛過雙手扠在腰上站在左外野，好像什麼事都沒發生的仁科頭頂。

「怎麼會有傻瓜真的讓對方贏了三分！」

水木在一旁小聲嘀咕的聲音被觀眾席上的歡呼聲淹沒了。

和棒球部的表演賽出乎所有人的意料，精采的發展令觀眾目不暇給。第一局時，趁對方投手之亂贏了三分之後的投手戰很精采。製造部棒球隊的投手是以前打高中棒球時小有名氣的植木，以獨特姿勢投球的軟投派風格成功地讓棒球部的打線只得了一分。比數仍然維持三比一，轉眼之間連續打了好幾局，終於來到了最後一局下半，即將迎接棒球部最後的攻擊。

製造部球隊有可能擊敗棒球部這種出人意料的發展，讓所有的觀眾都站了起來。

「比賽太精采了。」

坐在休息區觀賽的沖原對準備上場守備的田川說。

「當然啊，不要以為我們是業餘球隊就看不起我們，我們可沒有放下工作去練習，但也可以打得這麼好。」

田川露出認真的眼神。

「真羨慕啊，」沖原嘀咕，「你看起來好像很開心。」

「你也可以一起來啊。」先發投手植木聽了沖原的話笑著說，「你可以加入我們球隊啊，但只能當候補。」

中繼投手吾妻不知道是否肩膀太用力，在最後一局時，讓棒球部的一棒和二棒連續轟出兩支安打，面臨了一、二壘上都有跑者，無人出局的危機。這時，棒球部的三棒須崎瀟灑地把訓練球棒一丟，準備走向打擊區。

「拜託，一定要撐住。」

植木語帶祈禱地說這句話時，表情很嚴肅。

但是——上天沒有聽到他的祈禱，須崎毫不猶豫地揮棒擊中的球擦過橫向一跳的游擊手手套，滾向左外野和中外野之間。二壘安打。

比數被追回一分，目前是三比二，但是，更嚴重的是——

吾妻的表情中明顯透露出內心對目前無人出局產生的焦躁。無人出局，二、三壘有跑著，簡直就是一籌莫展的危機。

沖原縮著脖子，環視著充滿難以形容緊張感的球場。

這場比賽真的太精采了。

他完全沒有想到製造部表現這麼出色，不光是沖原，坐在看台上所有員工一定都沒有想到。

四棒的鷺宮接著上場，站在投手丘上的吾妻用力喘息著。不需要看結果，就已經知道這場對決的結局了。

「媽的！」先發投手植木懊惱地皺著眉頭，「只要撐住這一局就可以贏……難道真的沒辦法了嗎？」

植木把身體探出休息區的柵欄嘀咕道。這支勇敢奮戰棒球部，讓觀眾為之瘋狂的球隊目前完全洩了氣。

「植木哥，」沖原緩緩站起來說，「可以讓我上場投球嗎？」

「什麼？」植木目瞪口呆地看著沖原問，「你嗎？」

「拜託了。」

沖原拿起丟在長椅上的手套戴在左手，用拳頭敲了兩下，似乎在確認感覺，然後衝上球場。

「裁判，暫停！」

田川慌忙跑過來，「喂，喂，阿沖，你要投球？真的假的？」

「有什麼關係嘛，我偶爾也想玩一下。」

「在目前這種局面嗎！」田川驚訝地問。

沖原走過他身旁，緩緩走向投手丘。

「莫名其妙。」

吾妻把球丟給他時嘀咕，但他的臉上露出鬆一口氣的表情。

「阿沖，你以前當過投手嗎？」田川問。

「我以前投過。」

田川應該知道吾妻根本無法應付眼前的場面，改換沒有經驗的沖原上場，即使被對方打中，也可以保住球隊的面子。田川看著沖原的臉片刻，發現他一派鎮定自若，說了聲「是嗎？那就拜託你了」，跑回了一壘的守備位置。

「喂，阿沖，你會傳接球嗎？」

有人在觀眾席上開玩笑說，頓時引起哄堂大笑。

沖原投了幾個慢速球活動完肩膀，捕手告訴他幾個簡單的暗號後就定位時，鷺宮威風凜凜地走進打擊區。

意外的發展讓觀眾席沸騰起來，聽到有人說：「這下子完蛋了。」「啊啊，終於彈盡糧絕了嗎？」

「全壘打！全壘打！」

棒球部的應援團這時才終於活躍起來。

沖原用固定式投球姿勢投的第一球是直球。

砰！

當捕手的手套發出清脆的聲音時，整個球場都陷入一片寂靜。

那是令人精神為之一振的快速球。

坐在休息區長椅上的植木張著嘴，完全忘了闔起來，一壘的田川垂著雙手，看著投手丘。

「好球！」

裁判大喊的聲音響徹藍天。

2

細川在隔週週一下午，向青島報告了坂東提議經營整合的事。坂東在上週提出之後，細川思考了很久，始終沒有得出結論，但也無法和笹井討論。因為他認為笹井一定會馬上反對，無法討論出合情合理的答案。細川認為除了青島以外，無法和公司內部任何人討論這件事。

「這個提案還真大膽。」

喜愛園藝的青島停下手，用右手臂擦擦額頭的汗水，瞇眼抬頭看著天空。

青島身穿工作服，戴著草帽和手套的打扮很適合他，從在製造業活躍了一輩子的青島臉上，可以感受到他純樸、富有人情味的性格。

「所以我覺得必須向你報告這件事。」細川坐在簷廊上，看著和風的庭園說道。

庭園是主人的寫照，這個純和風庭園在樸素中散發出貫徹了某種信念的美。

青島沒有回答，在簷廊上坐下，喝了一口他太太剛才端來的粗茶。今天一大早氣溫就很高，晨間新聞報導，雖然目前是三月，但已經是往年五月上旬的氣溫了。

「你的想法如何呢？」青島把羊羹放進嘴裡問。

「我還沒有結論。」細川坦誠說出了內心的想法。

「這樣啊。」

不出細川所料，青島的反應很冷靜，「如果在經營上整合，或許可以帶來好處。」

「你不反對嗎？」

青島泰然自若的態度，讓細川忍不住問道。

青島從學校畢業後，就進入電器廠商擔任技術人員，在昭和四十一年（一九六六年）才創立了以自己名字命名的青島製作所。在披頭四訪日的那一年，他在府中的住家車庫創立的這家小公司，剛好搭上了日本經濟史上，從那一年開始連續五年成長的伊奘諾景氣，公司得以順利成長，經過了四十多年，如今成為一家擁有一千五百名員工，年度營業額超過五百億圓的中堅企業。一路走來也非一帆風順，受到石油危機、泡沫經濟崩潰等景氣衰退和社會變動的影響，克服了一次又一次的苦難。青島是一位勇者，他同時具備創業者領導力和領袖人物的超凡魅力，無論在任何時代都不輕言放棄，憑著天生的開朗和體力戰勝一切困難，可以說，青島製作所走過的歷史也是青島的人生。

如今，這位勇者在溫暖的陽光下瞇著眼睛，欣慰地看著含苞待放的春日庭園。

「和其他公司聯手，也許可以走出困境。只要規模變大，就容易感到安心。」

青島語氣沉著，聽起來好像事不關己。

「只不過我們公司和三和電器的企業文化差異太大。」

雖然都是生產電子零件的公司，青島製作所一路走來，隨時追求創新。三和電器的公司風氣缺乏創新，看到其他公司有暢銷產品，就會著手製造相似產品，靠這種手法累積公司的一切。

與其冒著不知道市場是否能夠接受的風險開發新產品，還不如研究其他公司在市場上已經獲得好成績的產品，製造相似產品的成本更低廉，也更加有利可圖。不光是三和電器，市場上有很多這種公司。

但是，因為必須擠入已經有其他公司產品的市場，所以必須具備銷售能力這項武器，這也是三和電器被人揶揄「銷售一流，技術二流」的原因。

「Japanix的諸田社長說，只要我們跟三和整合，他一定會提供全力支援。」細川說。

「那個人算盤打得很精，待人倒是很親切。」

青島這麼評論諸田這個人。

青島向來有情有義，所以可能對目前為止，和Japanix之間的生意往來感到怒不可遏，這也符合業界對Japanix的評價。Japanix在做生意時不講情面，為了確保自家公司的利益，砍價時毫不手軟。根本不在意下游廠商是否虧本，只為了讓自家公司的收益屢創歷史新高，完全沒有扶持弱者的同理心。

「諸田根本不管我們公司與三和在經營整合之後會變得怎麼樣，他只在意是否能夠降低成本。對Japanix來說，只要產品售價便宜就好，才不管是哪一家公司，根本沒有所謂的信賴關係。這種人竟然是目前經團聯的副會長，簡直笑死人了。」

「你難得說這種重話。」細川苦笑著說。

「討厭的人就是討厭。」青島理所當然地說，「但這只是我的感想而已，你可以仔細研究一下。」

「我知道了，但萬一認為經營整合對未來更有利——」

細川看著青島的側臉問，「也許需要會長出售手上的持股，到時候你願意考慮嗎？」

「沒問題，只不過——」青島突然露出嚴肅的表情，「社長，你應該知道我們公司的股東是哪些人。雖然現階段還不需要告訴他們，但如果要買賣持股，就需要徵求他們的同意。」

青島製作所的股票並未上市，有好幾位在青島創業時代支持他的大股東。這些大股東沒有參與青島製作所的經營工作，彼此的關係也不緊密。

「在此之前，你必須徹底研究這件事，你曾經擔任企業顧問，這種問題難不倒你。」

「我會徹底研究。」細川回答，「但在瞭解會長的想法之後，心情稍微輕鬆了一些，因為我一個人背負這件事未免太沉重了。另外，這件事請不要對外透露。」

「我知道。」青島從簷廊上站起來說，「你的優點就是會鉅細靡遺地徹底研究，但必須小心一件事，如果太謹慎，可能會錯失生意機會。雖然對你說這些可能是班門弄斧。」

「讓會長費心了。」

細川起身鞠了一躬，青島只是輕輕舉起右手，再度走去庭園蒔花弄草。

3

「你現在方便嗎？我想和你聊一下。」

表演賽隔週的星期一下班後，古賀去找了沖原。下班鈴聲響起後，生產線的員工全都用鬆了一口氣的表情在收拾東西，沖原正在把自己負責的零件箱子搬到旁邊的推車上，聽到古賀的說話聲，抬起了頭。

古賀協助他收拾完畢後，把他找去總務部的會議室。

「這個給你喝。」古賀把在自動販賣機買的罐裝咖啡遞給他，「不好意思，突然把你找來這裡，你昨天投的球很精采。」

古賀在道歉後稱讚道。這是他的肺腑之言。

「那沒什麼了不起，而且最後還暴投了。」沖原露出不感興趣的表情說。

「那不是暴投。」古賀看著他的臉說道。

沖原靜靜地抬起原本看著咖啡罐的雙眼，看到古賀認真的眼神。

昨天那場表演賽最後並不是由鷺宮的打擊，而是捕手捕逸決定了勝負。捕手沒有接到沖原投的變化球，那顆球穿過捕手的胯下，滾到擋球網後方時，連二壘上的跑者也跑回本壘，棒球部順利逆轉，結束了比賽。

「那不是暴投，」古賀又重複了一次，「如果有捕手可以輕鬆接到那種高速伸卡球，就不是業餘棒球了。這意味著你昨天的投球已經不是業餘棒球的程度了。雖然未經過你的同意，但我查了一下你的經歷。」

沖原皺著眉頭，移開視線。

沖原畢業於埼玉縣的公立高中二葉西高中。派遣公司提供的沖原履歷上只寫了「棒球社」這三個字，除此以外，並沒有提及任何關於沖原和棒球之間的關係。

「二葉西高中是棒球名校，」古賀說，「你為什麼被埋沒在這種地方？」

「我並沒有被埋沒，」沖原語氣中有點不耐煩，「我不是在工廠認真工作嗎？雖然目前還是約聘員工，如果得到公司的賞識，就會讓我成為正職員工。因為當初這麼聽說，所以我才會來到青島製作所。」

「原來是這樣，不好意思。」古賀坦誠地道歉，「那我換一種說法，你為什麼放棄打棒球了？我覺得很可惜。」

「這種事不重要吧？」沖原沒有正面回答，「要不要打棒球是我的自由，又沒有給別人添麻煩。」

「嗯，是這樣沒錯啦。」古賀對沖原固執的態度感到訝異，但仍然問他：「是不是發生了什麼事？」

「是啊，發生了很多事。」沖原含糊地回答，「只是事到如今，我也不想再提，反正都已經過去了。」

沖原並沒有說明詳細的情況。

「但你有持續訓練吧？」古賀問，「否則不可能投出那種球。」

「我喜歡運動。」

古賀點點頭，在桌子的另一側探出身體切入正題。

「那我就打開天窗說亮話，我找你不是為了別的，想問你有沒有意願穿上棒球部的制服？」

沖原愣了一下，隨即笑著說：「你在開玩笑吧？」

「我怎麼可能在這種問題上開玩笑？竭誠邀請你加入棒球部，拜託了。」古賀低頭拜託道。

「我已經放棄棒球了。」沖原冷冷地回答。

「為什麼？」

「是什麼原因不重要吧？」他露出固執的表情說，「反正就是這樣。」說完，他站起來，把還沒有打開的罐裝咖啡交還給古賀說：「謝謝。」

「喂，你等一下。」古賀推開椅子起身，追上沖原說：「如果你擔心工作的事，由我出面去交涉，所以請你不要這麼輕易拒絕，再好好考慮一下。」

「所以有辦法讓我成為正職員工嗎？」

沖原反問道，古賀答不上來。

「對不起，我在這個問題上沒有任何權限，但如果這是你的希望，三上部長也許可以幫忙。」

「我不相信這些。」

古賀聽了沖原的回答，忍不住倒吸一口氣。他怎麼會有這種自暴自棄的態度？古賀沒有感到生氣，而是不解。

「這是什麼意思？」

「就是字面上的意思，即使死心眼地充滿信心打棒球，最後遇到的都是一些狗屁倒灶的事。」

「喂，沖原，你——」

「告辭了。」古賀的話還沒說完，沖原就打斷他，走出會議室。

「不相信嗎……他說的話真令人難過啊。」

大道聽完古賀的報告後，深深嘆了一口氣，將雙手抱在腦後。他看著窗外被雨淋濕的球場，休息區長椅前的水窪映照了黯淡的天空。三月接近了尾聲。

「他根本不願意談，我吃了閉門羹。」

古賀回想著剛才和沖原的談話內容，抓抓頭。他難以理解，而且也很在意沖原剛才的頑固態度。

「他是不是曾經有過什麼不愉快的經驗？」

大道低聲嘀咕，但古賀也猜不透會是什麼不愉快的經驗。

「我完全無法理解像他這麼優秀的選手為什麼會放棄棒球。」

他只在昨天那場比賽中第九局見識過沖原的投球。

但這已經足以瞭解沖原的實力。

不光是大道和古賀，實際和沖原交鋒的鷺宮在比賽結束後，仍然留在球場默默練習打擊。

因為他很清楚，雖然贏了比賽，但輸給了沖原。

不僅是鷺宮，昨天的比賽結束後，棒球部的每個人都在談論「那個投手」。

「如果他厭倦了棒球，那就無話可說，如果不是，那就是天大的不幸。」

大道仍然看著球場嘀咕，古賀聽到他說話時深有感慨，忍不住偷偷瞄著總教練的臉。難道大道也曾經因為不得已而放棄熱愛的棒球嗎？

「那我去找他看看。」

沉默良久，大道終於嘟噥道。

4

沖原的公寓位在從公司走路十五分鐘左右的住宅區。

木造灰泥公寓雖然看起來很乾淨，但沒有任何裝飾，外人也可以走上通往二樓的戶外階梯。大道在一樓的信箱確認了沖原住在哪一個房間後，高大的身體緩緩走上樓梯。

他事先打電話給沖原，說自己會上門，所以按了門鈴之後，沖原立刻出來開門。

「不好意思，突然來找你。」大道向他道歉。

「喔，沒事，請進。」沖原說話時有點不自在，請他進了房間。沖原的房間很簡樸，只有一張床、一台小電視、一張小桌子，報紙和雜誌堆在牆角。大道第一次近距離觀察沖原，發現他雖然是瘦高個子，但並不瘦弱。

「不好意思，家裡很亂。」

「我家也差不多。」

沖原貼心地為大道泡了即溶咖啡。大道背對著牆壁在矮桌前坐下，想起自己學生時代的宿舍。

「不好意思，你已經很累了，還來打擾。」

大道喝了一口咖啡說。

「剛才古賀先生找過我，是為了那件事嗎？」

「嗯，差不多就是這樣。」

沖原微微嘆了一口氣，垂下視線。大道繼續說：「我不知道你遭遇了什麼，但如果你喜歡棒球，要不要和我們一起打球？」

「打棒球有這麼單純嗎？」沖原的話太出人意料，他以嚴肅的眼神看著大道，「匆匆完成工作就跑去打棒球，萬一打輸了或是受傷，不是就無法再繼續留在公司了嗎？再加上還要考慮到以後的事，我沒辦法這樣投入棒球，更何況我還要照顧我媽。」

「工作可以繼續像現在一樣，」大道說，「我聽古賀說了，你想成為正職員工的想法很好，但如果所有的人生只為了這件事，不是很無趣嗎？」

「也許是這樣，但我現在無暇考慮棒球的事。」

大道忍不住想，到底是什麼原因把他逼到這一步？

沖原到底遭遇了什麼，讓他具備了這樣的資質，卻必須放棄棒球。

「阿沖，我問你——」阿沖。大道這麼叫沖原。「你從什麼時候開始打棒球？」

「小學五年級的時候，我同學的爸爸是當地少棒隊的教練，所以就找我一起去打。」

沖原提起當時的事時，臉上的表情稍微放鬆了。

但是，當大道問他「你當時的目標是成為職棒選手嗎」，他再度愁容滿面。

「嗯，是啊。」

沖原在回答時露出了自嘲的笑容。

「紅襪隊嗎？」

沖原的房間內掛著波士頓紅襪隊的月曆。

「小時候的夢想是去大聯盟，並不是因為有喜歡的選手，或是有什麼理由覺得紅襪隊很好，只是一種模糊的嚮往。」

現在也一樣。大道覺得沖原把這句話吞了下去。

「年輕時的夢想越偉大越好。」大道說，「你的伸卡球是在哪裡學的？」

「伸卡球？」

「就是你在上次比賽中投的最後一球。」

「那是……高中的時候模仿別人，然後就學會了。」

不知道為什麼，沖原說話時臉上沒有表情。

「你投得很出色。」

沖原沒有回答。大道看著他固執的臉，又喝了一口咖啡。「一直問你的事有點不好意思，我可以聊聊我的事嗎？」

沖原沒有回答，大道自顧自說下去。

「我以前也曾經想成為職棒選手，所以就以甲子園為目標開始打高中棒球，但高中三年讓我知道一件事，自己沒有成為職棒選手的才華。於是我在大學讀了運動科學，想成為棒球的指導者。我在大學時學了各種棒球理論，但我的專業是『棒球統計學』這個新的領域。雖然聽起來好像很複雜，但其實就是用科學的方式研究怎樣才能贏。我以日本職棒和大聯盟作為研究對象攻讀了十年，之後想要實際試一下自己的研究成果，就在五年前在某所高中新成立的棒球隊當教練。」

沖原沒有吭氣，但從他臉上的表情就知道，他很認真聽大道說話。

「我的教練工作算是很順利，在第三年時，就打到離甲子園還差一步的成績，在第四年終於如願拿到了甲子園的門票。可惜在甲子園的第二輪比賽就落敗了，但我對這樣的結果很滿意。沒想到隔年在我決定新球隊的正式球員陣容時，有家長來向我抗議。你知道為什麼嗎？」

大道不等沖原的回答就繼續說道：「有幾個學生為了打進甲子園進入棒球社，未來想要進軍職棒，但我只用了一半這樣的學生。」

「為什麼不用他們？」沖原問道，他似乎產生了興趣。

「因為還有更優秀的選手。」

大道很乾脆地回答，沖原可能有點失望。「想要在比賽中獲勝，不能只靠偶爾會轟出滿貫全壘打的強打者，確實能夠上壘的選手比那種人更好用，但那些棒球痴家長和被他們慫恿的校方開始挑剔我的做法，我不理會他們，結果有一天被叫去理事長室，說我被免職了。所以我打算回去繼承電力設備工程的家業，剛好有人來問我要不要接青島製作所的總教練。雖然我希望身為教練，能夠在甲子園大顯身手，但其實對我來說，不管哪裡都無所謂，我真正熱愛的是棒球本身，沒有比讓我必須遠離棒球更悲傷的事了。」

大道又喝了一口咖啡說：「不好意思，和你聊這些無聊的事。」

沖原雖然沒有回答，但聽了大道的故事，他的表情變得柔和了些。

沖原結結巴巴地和大道聊著棒球的事，大約一個小時後，大道站起來說：「我改天再來找你。」

雖然沖原對過去的事表現出頑固的態度，但和他聊棒球的事很愉快。熱愛棒球的人有一種獨特的感覺，也會和同樣是熱愛棒球的人有共同話題。大道在沖原身上感受到了，沖原也應該對大道有同樣的感覺。

但是，大道並不會天真地認為，只和沖原聊一次，就能夠說服他加入棒球部。這麼優秀的選手放棄棒球，必定有什麼原因。沖原還沒有說出這個理由。

「謝謝你的咖啡。」

大道離開沖原的公寓，沿著天色已黑的路走向車站。

5

大道造訪沖原的公寓時，古賀正獨自坐在總務部內的電腦前。

因為他打算查一下沖原在二葉西高中這所棒球名校時的成績。

他上網之後，找到了兩年前埼玉縣夏季大賽時的報導。

那是當地報紙的摘錄。

在報導第三輪比賽結果的內容中，提到了二葉西高中。對戰的隊伍是川越大榮高中，雖然是頗有歷史的高中棒球隊，但最近這幾年都沒有打進甲子園。

二葉西高中在和川越大榮高中的比賽中落敗。

「原來在第三輪比賽中被打敗了。」

古賀並沒有感到意外。即使是很強的球隊，也可能在一次定勝負的比賽中輸給實力遠不如自己的球隊，但古賀在意的是比賽結果。

七比零。

「沖原竟然被對方攻下七分？」

古賀看了網路上那篇簡短的報導，看到了意想不到的內容，甚至忘了眨眼睛。

『川越大榮在第七局攻克二葉西，一口氣拿下五分，決定了比賽的勝負。』

一口氣拿下五分？沖原的投球竟然讓對方得了這麼多分？但是簡短的報導中沒有提到投手的

相關內容。

二葉西高和沖原——他用這兩個關鍵字開始搜尋。

這次找到了三筆相符的資料。

三篇都是關於四年前，沖原讀一年級時的秋季大賽。

『二葉西　一年級投手的精湛投球驚豔全場』

那篇報導出現了這樣的標題。

——二葉西高中一年級的投手沖原和也受到矚目，在這場比賽的前五局投出了無安打，無人上壘的好成績，為該校的勝利貢獻良多。

「這樣才對嘛。」

古賀忍不住高興起來，自言自語地說著。沖原投的球打出這樣的成績理所當然。

根據他查到的報導和資料顯示，二葉西高中在那一年的秋季大賽中進入了準決賽，以一比零輸給了進入決賽的彩都高中。

彩都高中在第九局得了關鍵的一分。沖原在進入第九局後露出了疲態，教練把二年級的投手換上了投手丘，那個投手被對方球隊得了一分，沖原並沒有自責分。

接著是有關隔年春季大賽的報導。

二葉西高中在春季大賽中進入了第三輪，和彩都高中對戰時再度失利。這次的比數是二比零。沖原投了前七局，在無失分的情況下離開投手丘，交給了中繼投手。

難以理解的是那一年的夏季大賽，也就是為了進軍甲子園進行的全縣預賽，不知道為什麼，竟然沒有看到二葉西高中的名字。

為了謹慎起見，他又去確認了賽程表，還是沒有二葉西高中。

「沒有參加嗎？」

怎麼可能？古賀以為自己搞錯了什麼，但似乎並不是這樣。

發生這種情況的可能性並不多。

難道發生了醜聞？

很有可能。

古賀重新面對電腦，輸入了兩個新的關鍵字——「二葉西高」、「退出比賽」，很快就找到了看起來相符的內容。

「這個嗎……？」

——二葉西高因為球隊成員的暴力事件遭到處分。

他看到了以此為標題的新聞。

「高中棒球聯盟公佈了之前發生暴力事件的二葉西高中的處分，處分內容為禁止本年度所有對外比賽。今年五月，發生了該校一名二年級隊員將三年級隊員打成骨折的事件，警方也介入調查這起傷害事件。該校在事件發生後，已經申請提出了退出全縣預賽的申請，並獲得受理。」

這篇報導的日期是沖原二年級那一年的六月，剛好是甲子園預賽之前。

「所以才沒有參加預賽。」

古賀終於恍然大悟，但立刻想到了一個問題。

「二年級隊員的暴力行為……」

沒錯，沖原當時就讀二年級。

大道抬起頭，用力吸一口氣之後吐了出來。他們正在「權田」的角落。雖然時下經濟不景氣，但這家以平價酒為賣點的居酒屋內有八成的座位都滿了。

「原來是這樣啊。」

「不光是這樣，我又繼續調查了一下，在禁止對外比賽的處分解除之後，沖原就再也沒有上場投過球，接下來的事只是我的想像，」古賀這麼說明後，繼續說了下去，「那起事件會不會和沖原有關？」

「很有可能。」大道皺起眉頭說，「所以沖原在二葉西高中只有一年級時的秋天和二年級的春天上場投球嗎？」

「即使這樣，應該也會引起球探注意，但他退出棒球社，真的就沒戲唱了。」

「也許他像現在一樣，固執地拒絕了所有的邀約。我今天和他聊了之後有這種感覺。他是那種一旦決定就會堅持到底的人。我並不討厭這種類型的人。」

這時，居酒屋的門打開，一個男人走了進來。他是《棒球月刊》的記者西藤。

「嗨，這裡、這裡。」

古賀叫了一聲，西藤微微鞠躬後，一臉親切的笑容走來。

「不好意思，你這麼忙還來打擾。」

西藤是古賀熟識的記者，今天中午接到他的電話，說他要寫棒球城市對抗賽的特別報導，希望古賀可以接受採訪。

「反正你認定我們初戰就會大敗，或是提前結束比賽。」古賀忍不住挖苦。

「沒這回事。」西藤一臉嚴肅的表情搖著手。雖然古賀經常接受報社和雜誌的記者採訪，但因為和西藤同齡，所以彼此經常互開玩笑，偶爾也會一起喝酒。

「雖然你們在日本體育大賽輸得很慘，原本很期待的萬田投手表現失常也很令人遺憾，但我看好青島製作所的實力，這是真心話。」

「你每次都很會說好聽話。」

古賀皺著眉頭說話時，生啤酒送了上來。

「你也採訪了其他球隊吧？情況怎麼樣？」

乾杯之後，古賀立刻問道。因為他要求西藤最後來採訪青島製作所，這樣就可以瞭解到其他球隊的情況。

「嗯，我覺得東洋石油越來越有氣勢。」

「三浦嗎？」大道問。

西藤點了點頭。三浦是東洋石油的王牌投手，在之前日本體育大賽較量時對他完全束手無策，最後遭到完封。

「目前巨人隊和日本火腿隊為了爭取他，已經在檯面下展開激烈的競爭，他一定會在下一次選秀進入職棒界。東洋石油正在煩惱三浦離開之後該怎麼辦，所以今年比賽時應該會讓有潛力的年輕選手上場投球。這麼優秀的人才一旦離開，造成的影響會很大。」

人才不足可說是成棒的命運。有才華的明星選手早晚會進入職棒界，所以能夠長期留在成棒界的都是無法成為職業選手的人。

妥善運用這些各有不同狀況的選手，維持和競爭隊一較高下的戰力，就要靠總教練和經理的手腕。

「但是，今年呼聲最高的還是三和電器。阿哲，對不起。」

西藤看到古賀皺起眉頭，忍不住道歉。

「三和個屁，真火大。」古賀咬牙切齒地說。

「但三和真的很強。」西藤又說了一句逆耳的話。

「你是想和我吵架嗎？」

「我哪敢啊？」西藤慌忙搖著頭，「我只是把我身為記者採訪到的事實告訴你。」

「什麼狗屁記者，你只是個喜歡棒球的酒鬼。」

「這才是真正的記者啊，總之，三和這次的目標是在城市對抗賽中名列前茅。」

「這也是我們的目標啊。」

古賀惱火地反駁，但因為雙方戰力明顯差了一大截，所以這種話說了只是徒增傷感。

「在飯島和新田加入之後，三和電器的選手實力很雄厚，感覺已經遙遙領先了。以球隊的實力來說，三和與東洋石油可能會不分伯仲。」

「你別忘了城市對抗賽的預賽是淘汰制。」古賀心浮氣躁地抱著手臂，「一場定勝負的比賽無法預計會發生什麼事，而且我也無法原諒三和電器，因為他們橫刀搶走了我們的王牌選手。既然是企業棒球，就應該遵守一般的常識和規範，不該做出這種讓人難以苟同的行為，你一定要在報導中提這件事。」

「唉，這種事嘛，」西藤不置可否地說完，立刻改變了話題，「青島製作所本季的鬥志怎麼樣？」

「當然鬥志滿滿啊。」古賀挺起胸膛說，「尤其絕對不能輸給三和電器。」

「如果你們真的遇到，那還真是『狹路相逢』。」

西藤在不知道什麼時候拿出來的筆記本上寫了「狹路相逢」幾個大字。

「沒錯，就是這樣，如果我們輸了，就代表這個世界根本沒有正義，所以無論如何都不能輸。」

「那你們的戰力呢？有可能補足嗎？」

古賀瞪著西藤。西藤問這種問題簡直太神經大條了。

「至於戰力方面，我們會越來越強。」

古賀努力讓自己的回答聽起來不像是逞強嘴硬。

「但你們的王牌投手和第四棒都走了，以將棋來說，不就是少了飛車和角行這兩大最厲害的棋子嗎？而且連王將也易主了。」

「我們有大道總教練啊。」

西藤聽到古賀這麼說，停下來鞠躬說：「對喔。」

這個王八蛋。

古賀知道西藤在想什麼。

和經驗豐富，也有一定成績的前總教練村野相比，大道在成棒界的實力還是未知數。業界紛紛傳言，村野離開後，青島製作所為總教練人選陷入苦惱，最後找來大道來「墊檔」。

「總教練，你也說幾句教訓他。」

但大道只是笑了笑，似乎覺得西藤想說什麼就隨他去。那些傳聞應該也傳入了大道的耳裡，只不過大道從來沒有提過。

「完全沒有補充戰力嗎？」

西藤問話時瞥了大道一眼。

「如果可以，我希望接下來可以補充。」

西藤認真記下了大道說的話後問：「目前已經有在洽談的選手了嗎？該不會是大學棒球的選手？」

「不，目前還沒有接洽大學棒球的選手。」

「所以是另外的？」西藤似乎對大道微妙的回答產生了興趣，「飯島離開了，萬田又受了傷，所以目前需要的是即戰力的投手嗎？」

「嗯，可以這麼認為。」

「總教練，請你告訴我，我保證不會寫出來。」

西藤把原子筆塞進衣服內側口袋。

「不，現在還沒有到可以談的程度。」

「總教練，要不要和他交換條件？」古賀說出他臨時想到的主意，「我們可以告訴他，然後請他幫忙調查那件事。」

「也許是好方法。」大道想了一下說。

「調查？要調查什麼？」西藤一臉納悶地問。

「我跟你說……」古賀壓低嗓門。

6

三月最後一次高階主管會議很沉重。

因為笹井在會議一開始，就提出了第二次裁員計畫。由於Japanix等主要客戶實施生產調整，而且最重要的客戶東洋相機的訂單也可能生變，所以需要進一步降低成本，精簡人事。

三上看著裁員計畫中的項目，滑動的手指在其中一個項目上停下來。

棒球部——朝裁撤的方向研究。

三上驚訝地抬起頭，笹井眼神銳利地直視議場方向，正在說明計畫中的項目。

三上完全聽不進去。這是怎麼回事？他渾身的血液都衝向腦袋，聽到心臟劇烈跳動的聲音。

在笹井說到棒球部之前，他一動也不動地僵坐在那裡等待。

「接下來是關於棒球部——」笹井終於提到棒球部，然後瞥了三上一眼說：「我希望朝裁撤的方向研究。」

「請等一下。」三上說，「棒球部的問題，不是已經決定繼續觀察到本年度結束嗎？青島製作所的球隊有相當的歷史，在公司內部也很受歡迎。目前已經換了新的總教練，球隊煥然一新，正準備重新出發，可不可以不要裁撤棒球部？」

三上用手帕拍著額頭上噴出的汗水。

即使是笹井提出的裁員計畫，這麼重要的事，怎麼可以不向身為負責人的三上打一聲招呼就擅自推動？

「你是不是對現狀的認識太膚淺了？」笹井冷冷地說，「精簡人事的工作進度不是也嚴重落後嗎？目前正在跟時間賽跑，耗費這麼多時間就失去意義了，你到底有沒有搞清楚？」

「我知道。」

三上一臉不悅地回答。人事精簡工作已經完成候補名單的確認，上個星期三才終於開始實際通知解僱。由人事窗口分頭和遭到解僱的對象面談，但因為重新調整裁員名單耗費了不少時間，所以比原訂日程稍有延遲。

「既然這樣，你應該知道本公司目前的處境？」笹井毫不留情地說，「目前公司沒有餘力特別照顧棒球部，要減少所有可以減少的成本，會長應該也已經同意了。」

青島並沒有來參加這一天的會議，三上懷疑笹井故意趁青島不在的時候發表這項計畫。

「專務，青島製作所的棒球部有多年的傳統，一旦裁撤掉，就再也無法恢復了。」

三上訴說道。

「在眼前的狀況下，還有值得每年花費三億圓經費的意義嗎？」笹井負責青島製作所的財務，所以他的發言很有分量，「三上，你是棒球部長，所以有你的立場，但希望身為董事的你，做出具有常識的判斷。」

「我知道，」三上說，「雖然知道，但細川社長的意見也相同嗎？」

只有細川能夠解決目前的局面。三上露出求助的眼神看著細川。

但他在細川臉上看到了一絲遲疑。

業績的殘酷現實、對會長的顧慮，細川夾在兩者之間陷入苦思。

「我知道棒球部有多年的歷史，」細川說話時並沒有只看三上，而是看向所有人，「但是目前必須正視精簡大量員工的狀況，而且也要顧慮銀行方面的想法，所以我希望三上部長不要拘泥於結論，認真研究一下繼續維持棒球部的意義。」

顧慮銀行的想法？

三上內心充滿懊惱，用憤怒的眼神看著細川。難道為了討好銀行就要毀了棒球部嗎？資金調度和棒球部到底有什麼關係？

但是，他當然不可能把這些話說出口，只是拚命思考反駁的話。

「既然這樣——」三上勉強想到了反駁的理由，「可不可以在討論維持棒球部的成本和回報之後，再決定是否要裁撤？」

慘了。他說完之後，立刻感到不妙。因為他很清楚，一旦比較成本和回報，對棒球部很不利。

坐在細川旁邊的笹井皺著眉頭，露出憤怒的眼神看過來。為了棒球部的五十名成員，三上當然不能退縮，現在只有身為棒球部長的自己能夠為他們挺身反抗。

「好，」過了一會兒，細川說道，「但希望你趕快做出結論。」

「是。」

笹井混濁的雙眼瞪著三上，三上原本以為他會說什麼，但他並沒有說任何話。

終於被逼入絕境了。

三上咬著嘴唇，發現腋下冒著黏稠的汗水。

7

這場比賽真不是滋味。

在隨時會下雨的陰鬱天空下，先發投手猿田投了五局。對戰的大日鋼鐵隊是棒球城市對抗賽的資深參賽球隊，各界評價頗高，今年也有望獲得冠軍，所以猿田在五局中只失了三分的成績算很不錯。

在天空開始飄雨的八局上半，第四棒鷺宮轟出一支全壘打逆轉了形勢，問題在於下半局中繼投手倉橋站上投手丘後一下子就被對方逆轉，之後因為下起傾盆大雨而中斷比賽，最後也因為這場雨提前結束比賽。

這是東京都春季區域大賽的一場比賽，只要在這場大賽中擠入前幾名，不需要參加棒球城市對抗賽的第一次預賽就可以直接晉級，結果卻失敗了。大道總教練仍然留在大田體育場觀察競爭球隊，其他人都搭巴士回公司。

這場球根本輸得沒有可看之處，讓人忍不住嘆氣。

巴士快到公司時，古賀的手機震動起來。

「今天的比賽太可惜了。」

不愧是《棒球月刊》的記者，西藤已經知道了比賽的結果。

「也談不上可惜，」古賀太累了，所以有點自暴自棄，「目前的實力差不多就這樣。」

「別這麼說嘛，對了，阿哲，那件事我查到了，就是沖原的事。在電話中說不方便，要不要一起吃飯？」

他們約在新宿見面，然後走進車站附近一棟大樓地下室的居酒屋。

「阿哲，我要先謝謝你，謝謝你爆了這麼有趣的料。」

「喂，你別搞錯了，」古賀把手上的大啤酒杯放在桌上，「我並不是向你爆料，只是請你幫忙查這件事。」

「好啦，有什麼關係嘛。」西藤露齒一笑，「沖原來自埼玉縣，讀小學時就在少年棒球聯盟很活躍，是少棒界無人不知的投手。之後進入二葉西高中，一年級時的秋天，就已經是拿到王牌背號的優秀人才，沒想到在二年級的春天發生了醜聞。」

就是二年級學生毆打三年級學生，導致對方骨折的暴力事件。古賀也藉由調查知道這件事。

「那個受傷的三年級學生因為被沖原的鋒芒蓋過，所以一直沒有出場的機會。對想要進軍職棒的那個學生來說，被沖原搶走機會當然很不是滋味，所以就經常整他。」

西藤不愧是記者，採訪得很深入。

沖原之前的主力投手和另外幾個三年級學生一逮到機會就整沖原，把沖原放在社團活動室的私人物品藏起來，或是擺出一副學長的態度，要求沖原一個人加倍訓練還只是小意思，在練習打擊時指名他擔任投手，要他一天投超過兩百球。

「這樣肩膀不是會受傷嗎？」古賀驚訝地問，「教練到底在幹嘛？」

「問題就在這裡。」西藤探出身體，「沖原遭學長惡整後，起初還咬牙忍耐，但後來情況越來越嚴重，於是就去找了教練。」

「教練怎麼處理？」古賀問。

「教練說，交給他處理，他會解決，但那個教練似乎並沒有認真看待沖原報告的情況，結果那幾個學長非但沒有收斂，還因為他去向教練告狀而變本加厲。沖原當時的隊友目前在大東門士隊的二軍，是姓川西的野手，你聽過嗎？」

古賀搖搖頭。大東門士隊是主場在千葉的職棒球隊，是很受歡迎的球隊，只不過古賀並不認識二軍的選手。

「剛才說的那些事都是聽川西說的，事件發生當時，那些三年級的學長在討論沖原家的事。」

「他家的事？」

「沖原是單親家庭的孩子，家裡欠了不少債務。那些學長說了一些看不起他媽媽的話，結果沖原就揮拳打向對方的臉。我覺得那個三年級學長挨揍根本是活該，但學長的家長把事情鬧大，學校方面也不得不向高中棒球聯盟報告這件事。」

「怎麼會這樣？」

古賀仰頭看著居酒屋的天花板咂著嘴。

「那個三年級學長的爸爸是不惜一切代價，也要把兒子培養成職棒選手的超級棒球痴，可能輕率地以為只要向學校投訴，把二年級的投手趕走，自己的兒子就可以成為主力投手。」

古賀重重地嘆了一口氣。雖然的確趕走了沖原，但二葉西高中也因為這起事件必須退出那年夏季的縣內預賽，那個三年級學長的家長一定沒有料到事態竟然會朝向這個方向發展。學長的家長太掉以輕心，以為教練會擺平這件事，根本沒想到事情會這麼嚴重，所以那個三年級學長也只好放棄參加夏季的甲子園，但是，在高中棒球聯盟做出處分之後，沖原的惡夢才開始。」西藤繼續說道，「在校方調查時，教練自始至終都沒有提沖原曾經向他報告過這件事。」

「沒有人說出這件事嗎？」古賀驚訝地問。

「知道這件事的人都被下了封口令，因為在那種狀況下，如果知道有人遭到霸凌卻沒有處理，就會追究教練的管理責任，最後以動粗的沖原自行退出棒球社解決了這件事——」

「怎麼會有這麼荒唐的事？」古賀氣憤地說。

我不相信這些——他終於瞭解沖原說這句話的背景。

「雖然的確是沖原動手，但對方一再霸凌他，而且還大談他不願被別人知道的家庭狀況，更出言污辱他媽媽，如果換成是我，也會揍對方的臉。二葉西高中的教練是誰？」

「兼島孝三教練。」

古賀忍不住輕輕咂嘴。他是在高中棒球界小有名氣的教練。

「二葉西高中能夠成為棒球名校，也是兼島教練的功勞，校方當然不願意因為這種事失去有功勞的資深教練。」

「這就是所謂大人的世界嗎？哼，真是太骯髒了。」古賀咬牙切齒地說。

兼島不僅不提沖原曾經向他求助，更捨棄了沖原。

「因為還牽扯到其他原因。」

「還有其他原因？」

古賀瞪著西藤，西藤露出難以啟齒的表情。

「那個三年級學長的家長好像和兼島教練是多年老友，教練應該也想幫朋友的兒子，就是那個三年級學長。不過，好玩的事還在後頭。」西藤說完，露出意味深長的表情看著古賀說：「阿哲，其實你認識那個三年級的學長。」

古賀放下準備拿起的啤酒杯，打量著西藤的臉。

「這是怎麼回事？」

「那個毀了夏季甲子園的三年級學長最後並沒有進入職棒界，而是在成棒界。雖然他不如沖原，但在沖原進去之前，他是二葉西的一軍球員，所以也有相當的實力，目前是某球隊的主投手。」

「到底是誰？」

古賀忍不住問。

「三和電器的如月，如月一磨。」

「真的假的……」

古賀說不出話，目不轉睛地注視著西藤。

如月一磨是兩年前進入三和電器球隊的右投手，去年對戰時，把青島製作所球隊的打擊火力完全封鎖，以七比零獲得壓倒性勝利。

「沒想到沖原在青島製作所，真是太令人驚訝了。」

這件事顯然充分刺激了西藤的記者魂，他壓低聲音說：「他什麼時候開始上場投球？」

「現在還不知道。」古賀回答說，「也還沒有決定要不要加入棒球部。」

「他這麼長時間沒打球，沒有問題嗎？」

「這一點倒不是問題，」只要看沖原的投球，就知道這一點，「接下來就看他本人的意願了。」

「如果他真的加入，那就太好玩了。」西藤雙眼發亮，「他和三和電器的如月之間就是命運的對決，而且這麼一來，青島製作所也有了不能輸給三和電器的理由。不光是這樣，除了今後有可能進軍職棒的如月以外，還有一度離開高中棒球界的天才投手奇蹟似地回歸——這會引起話題，讀者絕對會買單。」

西藤一臉陶醉地說著，舔了舔嘴唇。

「讀者會不會買單和我沒有關係，但你現在還不能寫這件事。」

古賀一臉嚴肅的表情叮嚀，西藤收起輕浮的笑容。

「我知道，但到了可以寫的時機，這個獨家新聞絕對很受歡迎，對其他家雜誌絕對要這樣，」他把食指放在唇上說，「到時候我要寫獨家。」

接著，西藤開始告訴古賀，他在採訪時聽到沖原是多厲害的投手。

即使不聽西藤說這些事，古賀也知道。

沖原和也是非常厲害的投手，更厲害的是他離開棒球界這麼長時間，仍然能夠投出那麼猛的球，代表他進行了嚴格的自我管理。

這件事讓古賀確信一件事。

沖原無法離開棒球。即使遭到環境的作弄，但必須發揮的才能早晚會被人發現，不會被埋沒。這個世界就是如此。古賀投入棒球多年，非常瞭解這一點。

他要讓沖原再次站在舞台上。

古賀靜靜地思考著策略。

8

「他真的會來嗎？」

坐在古賀身旁的井坂從剛才就心神不寧，不停地看向觀眾席的後方。

「我猜他應該會來。」

古賀和西藤見面的隔天，去了製造部的生產線，把今天比賽的門票交給沖原，並告訴他，這場比賽的先發投手是如月。

「你還真篤定，這種方法真的能奏效嗎？」井坂露出無奈的表情，「應該用繩子套住他的脖子，即使硬拉也要把他拉來。」

「他不會吃這一套。」

古賀說完，看著球場上的球員即將進行比賽前的防守練習。這是在橫濱舉行的正式比賽。

「沖原還沒辦法走出過去，所以我對他說，逃避過去無法解決問題。如果想要往前走，面對過去是唯一的方法。」

「沖原怎麼說？」

「他什麼也沒說。」

井坂做出跌倒的樣子。

「但是我很清楚。」古賀說，「想要繼續往前走，就必須面對過去，如果是痛苦的過去，就更要面對。我也是這樣走過來的。」

古賀曾經在比賽中受了重傷，選手生涯也畫上句點。

「是嗎？對不起。」

井坂道歉時，三和電器的選手身穿以胭脂色為基調的制服，在球場上散開了，三壘後方內野看台上的應援團頓時響起一陣歡呼。

今天三和電器的對戰對手是神奈川縣的強隊京濱精鋼，將是一場很有看頭的對戰。

古賀正在看三和電器守備練習，然後看向在本壘板上揮棒、身材矮胖的村野三郎總教練。

「他還真好意思啊，」身旁的井坂咬牙切齒地說，「剛才在休息室剛好遇到，他看到我竟然當作不認識。那個總教練對自己拋下球隊，投靠敵營完全不覺得不好意思，還把主力投手和第四棒打者挖走當作伴手禮帶過去，這種陣容，即使由我來當總教練也穩贏啊。」

簡短的守備練習在出色的防守中結束，對戰球隊京濱精鋼的選手在球場上散開。

晴朗的四月第一個週末，是即使坐著不動也會微微滲汗的暖和天氣，是打棒球的好日子。坐在古賀和井坂旁的大道從剛才就一直看著球場，靜靜等待比賽開始。

京濱精鋼的選手在規定時間內結束練習後退場，場地整理員跑到球場上，兩隊應援團的音樂聲越來越響亮，球場上充滿了決賽的緊張。

接著公佈了先發球員的名單。每喊出一個名，看台上就響起一陣歡呼聲。

不出古賀所料，三和電器的先發投手是如月，第四棒打者是從青島製作所轉戰三和電器的新田。三和電器去年的第四棒打者擔任第五棒打者，完全是重量級打線。京濱精鋼的球員雖然沒有三和電器亮眼，但由被認為是今年職棒選拔賽矚目焦點之一的戶田擔任先發投手。

「在決賽時讓飯島休息，由如月上場投球，真羨慕有兩個看板投手的球隊。」

井坂聽完名單後忍不住挖苦，雙手抱在腦後。

「說到底，村野總教練還是以自己為最優先，」古賀說，「他為了自己的利益，從我們這裡挖走了主力投手和第四棒，對他來說，最重要的並不是球隊，而是他自己。」

從這個角度來說，我們和沖原沒什麼兩樣。

在遭到拋棄後變得固執，為了走出痛苦拚命掙扎。

然後希望有朝一日，給背叛自己的人一點顏色看看。

沖原應該也想要向背叛自己的教練和隊友報一箭之仇。

所以古賀才會給他這場比賽的門票。對沖原來說，來這裡看宿敵投球將成為他這場奮戰的第一步。

比賽開始了。

比賽開始的宣告聲還沒有結束，戶田就高舉起手，準備投出今天的第一球。

快速球落在打者膝蓋的位置。是好球。戶田轉眼之間就解決了三名打者，進入下半局。

「這場比賽是投手戰。」

井坂說得沒錯，激烈的投手戰在緊張中持續，記分板上全都是零。

第六局時，終於打破了僵局。新田用力揮棒打中戶田投出的球，越過左外野與中外野之間的牆外。新田在胸前握拳，緩緩繞菱形壘板一周時，三壘後方的應援團全都站了起來。

這時，古賀看向身後的觀眾席，視線停留在站在出入口旁的男人身上。

「喂，耕作。」

井坂順著古賀下巴所指的方向看去，露出驚訝的表情。

沖原站在那裡。

「阿哲，要不要去叫他過來？」

「他如果想過來，自己會來這裡，我們先不要吵他。」

當他說完將視線轉向球場時，看到戶田毫不留情地解決了之後的打者。如月在沖原的注視下緩緩走向投手丘。

古賀再度看向後方時，忍不住倒吸一口氣。因為他看到沖原面無表情，露出從來沒有見過的黯淡眼神。

歡呼聲淹沒了裁判判定好球的聲音。

「這傢伙真是好投手，他的球比去年更猛了。」

井坂說道，他露出嚴肅的眼神看著球場，好像是自己在球場上對戰。

如月在沖原的注視下三振了三名打者，在到第八局為止都無失分的情況下交給中繼投手，走下了投手丘。

一比零。如月穩穩地獲得了勝利投手的資格。

最後一局，隨著京濱精鋼最後一名打者揮出的一支內野飛球落入二壘手的手套，也為緊張的投手戰畫下了休止符。古賀看著應援團的歡呼聲和亂舞的彩帶，當大道起身，緩緩沿著看台上的階梯往上走時，他也立刻跟了上去。

沖原失魂落魄、一臉茫然站在前方。他的視線注視著被球場上歡喜漩渦淹沒的如月。

大道在他身旁停下來，把手放在他肩上。

沖原驚訝地轉過頭，露出好像在害怕什麼的眼神。

「你應該還有未完成的事。」

大道說，在後方屏氣斂息地觀察的古賀也清楚地聽到這句話。

「如果你就這樣放棄棒球，無法解決任何事。只有你能夠拯救你自己——我們等你。」

大道說完，緩緩走下通往出入口的階梯。

沖原一動也不動地繼續注視著球場。

不知道過了多久，他才終於緩緩轉頭看著古賀，乾澀的嘴唇動了動，好像終於想起了該怎麼說話。

「我……很不甘心，真的很不甘心。」

沖原的眼中含著淚水，古賀看了於心不忍。

「不要再說了。」古賀說完，用力摟住他的肩膀搖晃了一下，「我知道你想說什麼，因為我們感同身受。耕作，對不對？」

「對，沒錯。」站在身後的井坂說，然後向沖原伸出右手說：「我們一起奮戰！」

第五章 棒球部長的憂鬱

1

「竹本，你來一下。」

三上去倉庫作業區叫來了竹本政臣，走進總務部旁的會議室，再次打量著眼前這個三十二歲的瘦男人。

竹本在老家附近的高中畢業後，曾經進入兩家公司工作，七年前進入青島製作所成為正職員工。

他的月薪二十七萬圓，在製造部擔任「組長」，但工作態度與公司的期待相去甚遠。

他完全不照顧兩名下屬，即使是繁忙期，也照樣請假休息，還經常遲到。他無法獲得下屬的信賴，和他合作的其他部門主管經常抱怨他，但他從來不反省。

「我相信你也知道，目前公司面臨極其嚴峻的狀況，公司盡可能減少各種能夠節省的成本，努力撐過目前的困境，但如今不得不考慮節省人事費用。」

三上說到這裡，竹本似乎察覺他的目的，輕咳一下，心神不寧地動了起來。他用食指摸了摸冒油的鼻頭，視線看著桌子，始終沒有抬起來。

三上對解僱竹本並不是沒有猶豫。

竹本一家五口，有妻子、讀小學二年級的女兒，還有年邁的父母，而且要繳房貸。

「廢話就不多說，直接進入重點。我看了你的工作情況，發現你去年一年內，有七次無故遲到，這是全公司最高紀錄，而且你也從來不指導下屬的工作。」三上繼續說道，「不僅如此，你還在公司繁忙期請假、遲到，和其他部門之間經常發生摩擦，甚至無法得到下屬的信賴。上司曾經一再要求你改善這些問題。」

三上在說話時，陷入了自我厭惡。

他覺得自己好像在攻擊一個手無寸鐵的人。

「——基於以上的原因，目前陷入困境的公司做出了結論，無法繼續容忍你的工作態度，很抱歉，希望你離開公司。」

沒有回答。

竹本像被石膏固定般一動也不動，呆呆地低頭看著桌子的某一點。

不一會兒，他的嘴唇開始顫抖，擠出了一句話，「這樣、我很傷腦筋。我老婆打工賺的錢很少，我家靠我的薪水過日子，如果公司解僱我，我就沒辦法付房貸，最近我爸的身體也不好，所以花了很多錢看病——有沒有轉圜空間？」

「不好意思。」三上對他說，「這件事已經決定了。」

早知如此，以前為什麼不認真工作？雖然三上腦海中浮現這句話，但現在說了也無濟於事。

沒想到竹本哭了起來。

三上能夠理解他內心的不安。

他既沒有技術專長，也沒有傲人的成績，只是個普通的工人。如今經濟不景氣，幾乎不可能找到和青島製作所相同條件的工作。

「我以後該怎麼辦？」竹本哭著問道。

「這由你自己決定。」除此以外，三上不知道該說什麼。

三上目送竹本垂頭喪氣走出會議室，忍不住嘆息。

真是痛苦的工作。

這樣大規模裁員，真的有助於公司重新站起來嗎？他忍不住產生這樣的疑問。

不，不，我想這種問題也沒用。三上調整了心情。

他用力甩開了浮現在腦海的疑問，打開放在桌子上的解僱名單，在竹本的名字上打了一個勾。

下一個要解僱的是——

當三上再度低頭看名單時，響起了敲門聲。

意想不到的人探頭進來。

「萬田，有什麼事嗎？」

「可以打擾一下嗎？」

「沒問題，你先坐下。」

三上指著沙發說，萬田一臉緊張的表情坐了下來。他雖然身材高大，但穿著工人的制服，雙手緊握著帽子的樣子看起來有點可愛。

「之前我手肘的事，給部長添麻煩了。」

萬田說完，鞠了一躬。

「原來是為了這件事啊，」三上笑著說，「我聽大道總教練說了，既然已經發生了，這也是無可奈何的事，你現在只要專心養傷。」

「謝謝。」

三上以為萬田只是來道謝，沒想到他低著頭沉默，似乎在猶豫。

「喂，萬田——」

三上叫他的名字時，忍不住把原本要說的話吞下。

因為他看到豆大的淚水從萬田的眼中流下。

「部長……」萬田用右手臂擦著眼淚，語帶顫抖地說：「我想離開青島製作所，謝謝這些日子以來的照顧，真的很感謝。」

「你說什麼？」

因為事出突然，三上說不出話，目瞪口呆地看著萬田。

「你等一下。」三上終於擠出這句話，直視著滿臉是淚的萬田，「大道總教練說，會等你的手肘治好，你不必這麼急。」

「也許吧。」萬田說，「但是——我和女朋友討論過了，萬一給大家添一整年的麻煩，最後手肘仍然沒有治好怎麼辦？到時候就會給總教練、隊友和公司添更大的麻煩。即使手肘好了，也不一定能夠像以前一樣投球。我之所以一直打棒球，是因為覺得也許有希望可以成為職棒選手，但這次的事讓我清楚知道，已經沒有這種可能了。」萬田吸著鼻涕，看著三上，勉強擠出笑容，「我覺得現在是時候了，既然這樣，就應該馬上邁向新的人生。我要放棄棒球的夢想，謝謝部長這些年來的支持！」

萬田站起來立正後，深深鞠躬，然後一動也不動。

「萬田，為什麼？你不是想繼續打棒球嗎？」

古賀的聲音在總教練室內聽起來格外空虛。

萬田沒有回答。

下午一點多，棒球部成員在窗外的球場上集合後，開始繞外野跑步。

原本應該和大家一起跑步的萬田正站在大道的辦公桌前，低頭咬著嘴唇。

「總教練，你也說說他啊。」

大道靠在椅背上，默然不語地看著萬田，然後鼓起臉頰，重重地嘆口氣，坐直了身體，把雙肘放在桌子上，抬頭看著萬田。

「有沒有重新考慮的機會？」

「我剛才已經向三上部長遞了辭呈，我不想再給公司和球隊添麻煩了。」

大道閉上眼睛，沉思很久。

當他再度睜開眼睛時，拿起萬田交給他的退部申請，又看了一次上面所寫的簡單內容。

「好！」大道思考良久後說。

「總教練——」

古賀正想要說什麼，大道伸手制止他，然後問萬田：

「之後的工作找好了嗎？」

「還沒有——」

萬田咬著嘴唇回答。你這個傻瓜——古賀看著他的側臉，忍不住在心裡罵道，很想叫他學會為自己把算盤打得精一點。既然讓他在這段時間養傷，就應該利用這段期間找新工作，這個人簡直老實得太傻了。

「你放棄棒球，有什麼想做的事嗎？」大道問。

「我喜歡吃拉麵，我會找拉麵店的工作，以後希望可以和女朋友一起開一家拉麵店。」

「是嗎？」大道點了點頭，「有想做的事很好，這是你的人生，你要自己決定如何過自己的人生。但是，我要告訴你一句話：不要把放棄棒球作為終點，這只是過程。至今為止的經驗一定會對日後的人生有幫助，人生所有的經驗都很寶貴，在未來的人生中，你要相信這一點。」

大道起身，向萬田伸出右手說：「謝謝你至今為止的努力。」

2

「敝公司一定全力以赴，請繼續多多指教。」細川鞠躬說道。

「細川先生，你說全力以赴是什麼意思？」東洋相機負責採購的高階主管大槻真之的反應很冷漠，「我們需要的是具體的提案，而不是口惠。」

「我明白，你覺得這個如何？」

細川從坐在一旁的豐岡手上接過新產品規格一覽表和估價單，從桌子上滑到大槻面前。「這是目前提供給貴公司的影像感測器的改良品，我們將以最優惠的價格提供，可以請貴公司研究一下嗎？」

大槻拿在手上瞥了一眼，立刻放下，嘆口氣說：

「這不行，恕我直言，這種規格和之前的產品沒有太大的差異，不管再怎麼便宜，也不可能用在我們的新產品上。」

大槻的言下之意，就是如果青島製作所的新影像感測器來不及開發，連競爭價格的機會都沒有。

「大槻先生，我們是多年的老交情了。」豐岡說，「如果是入門款，這個規格應該沒問題吧？而且也可以壓低價格。」

「你們要賣給我們不是最出色的產品嗎？」大槻斥責道，「難道要我們賭上公司命運的新產品使用這種湊合的東西嗎？開什麼玩笑！我們為了公司的生存可是拚了命，所謂技術能力，不就是應該在客戶需要的時候完成嗎？」

細川和豐岡無言以對，陷入凝重的沉默。

原本計畫從秋天之後，在生產線大規模生產東洋相機新產品所使用的影像感測器，也已經為此安排了人員和生產線。一旦合作破局，青島製作所將承受難以估計的損失。工廠倒閉、大量解僱員工、技術開發意願衰退——

細川覺得整個胃好像被揪緊般疼痛。

和三和電器的經營整合——

坂東的提議感覺像是向青島製作所伸出援手。

「大槻先生，可以請你透露一下三和的影像感測器規格嗎？」豐岡問，「敝公司正在開發新產品，但也許可以將現有的產品提升到與三和相同的規格，這樣的話，你們是否願意接受？」

「這可不行。」大槻冷冷地拒絕，「三和目前並沒有對外公佈規格，如果我告訴你們，就是洩露商業機密。」

豐岡垂頭喪氣。他知道即使拜託對方也沒有用。

他們束手無策，只能說改天再來拜託後告辭。

「沒想到三和電器會對我們造成這麼大的威脅。」豐岡在回程的車上說。

沒錯。細川也有同感。

三和電器的事業可以分為兩大類，分別是主力的半導體部門，和之前一直被視為累贅的電子工程部門。在之前提出經營整合一事之後，細川才得知坂東社長在該公司公佈的中期計畫中提出要加強電子工程部門，目前向東洋相機推銷的新型影像感測器一定是打算讓該領域成為公司主力事業的戰略產品。

「話說回來，三和電器為什麼要加強電子工程部門？真是愛找麻煩。」豐岡不悅地說。

「我們想要贏過三和，不能靠價格，只能在性能上超越他們。」

雖然細川這麼說，但他非常瞭解目前在時間上，很難做到這一點。

無論是基於任何理由，一旦標榜技術的公司在技術上遭到挫敗，就真的全盤皆輸了，到時候為了現實不得不與三和電器的經營整合的可能就更大了。

青島製作所正站在十字路口。

當朝比奈突然走進笹井的辦公室時，從他的表情就知道發生了狀況。

朝比奈向來都是會把內心想法寫在臉上的人，他臉色蒼白地走進來後說：「有一件事要向專務報告。我大學時的一個好朋友在森本證券公司，負責三和電器的業務。」

「森本？」笹井原本以為生產上出了什麼問題，聽了朝比奈說的話，忍不住反問，「我記得是三和電器股票的主要承銷商。」

「沒錯，聽我那個朋友說，三和公司內部正在討論，是否有必要進行徹底的產業結構調整。」

「原來三和的日子也不好過。」

笹井納悶朝比奈為什麼要這麼慌慌張張來報告這件事，沒想到朝比奈接下來說的話完全出乎他的意料。

「那個朋友不小心透露，三和的高層正在考慮和我們公司進行經營整合。」

笹井不禁坐直了身體，骨感的細瘦脖子挺直起來，目瞪口呆地看著站在辦公桌前的朝比奈。

「真的嗎？」他忍不住這麼問。

「據說應該已經向細川社長提出這個想法了。」

朝比奈接下來說的這句話，讓笹井陷入沉思。

「社長是理性主義者，一旦認為這樣有利，可能會決定這麼做。」

這時，笹井那雙黃色混濁的雙眼並沒有看著朝比奈，也沒有看著他背後的牆壁，而是注視著半空。「萬一真的發生，以規模來說，將由三和掌握整合的主導權，青島方面的高階主管都會受到冷遇。」

「該怎麼辦呢？如果由社長定奪這件事，我們的處境——」

「朝比奈，不用慌張。」笹井訓諭驚慌失措的製造部長，「即使社長贊成整合，也不能讓他這麼做，我一定會阻止他。」

3

傍晚，細川把椅子轉向面對窗戶，茫然地看著工廠的屋頂和向晚的天空，以及中庭盛開的染井吉野櫻。

Japanix 等多家客戶實施生產調整，和東洋相機針對訂單的談判也陷入瓶頸——

「竟然同時遇到了這麼多不利因素。」

他忍不住用旁觀者的自言自語評論目前這種禍不單行的經營環境。

細川也不知道，兩次的裁員計畫是否真的能夠度過眼前的危機。

時序進入四月，新的會計年度才剛開始，即使訂單開始恢復，本年度的業績仍然堪憂，而且東洋相機的訂購動向讓明年度之後的業績也烏雲籠罩。

「該與三和合併嗎？」

隨著恢復業績的各種可能性逐一遠離，細川陷入猶豫。

他不希望因為公司無法繼續生存這個理由與三和電器整合。因為救濟整合並不算是生存下來，然而，一旦被逼到走投無路，為了解決燃眉之急，就顧不了那麼多。既然這樣，在落到需要救濟的地步之前，同意與三和電器整合是否比較輕鬆？

但是，細川無法描繪出公司與三和電器整合後的樣子。

他也不知道要如何與很有個人特色的坂東協調折衝。細川的個性沒有那麼強勢。

是迫於形勢，做出迫不得已的選擇？

還是勇敢地裁員，找出新的活路？

細川在夾縫中陷入苦惱。

他嘆了一口氣後站起來，走出社長室去工廠。他去管理課之後，走去生產線。他只要有時間就會去第一線察看，這是他要求自己做的例行工作之一。

生產第一線充滿了刺激經營的啟示。

工廠是很刺激的地方，隱藏著各種不同的課題。有些是誰都能夠看到的顯著問題，也有的是很容易忽略的輕微徵兆。

他在工廠內察看了將近一個小時後隨意走進員工食堂，沒想到竟然遇到了青島。

青島的桌上放了在自動販賣機買的紙杯咖啡，看著窗外的球場。從那裡可以清楚看到棒球部的訓練。

「喔，你在四處晃蕩啊。」青島瞥了細川一眼問道。

「會長，至少請你說我在巡邏。」

細川苦笑著回答了青島的玩笑，受青島的邀請，在他對面坐了下來。

因為是上班時間，所以寬敞的員工食堂內沒什麼人。

「你剛才去看工廠嗎？很好，看了之後有沒有什麼想法？」青島注視著球場問。

「每次去工廠轉一圈，都會發現需要改善的地方，完全不會覺得這樣就足夠了。有不少工人在做無用的事，還有改善的餘地。」

細川說出自己的感想。

「還要再裁員嗎？」

細川以為青島在批評精簡人事的決定，但抬頭看到他的表情很平靜。

「是啊，因為人事費用是最大的成本。」

投球、揮棒擊球、奔跑。青島目不轉睛地盯著選手一直重複這種簡單訓練的球場，暫時沒有回答。

「業績可望恢復嗎？」過了一會兒，青島問道。

「老實說，形勢很嚴峻。」細川回答，「如果沒有新的生意機會，只能減少成本到極限。雖然別人可能會覺得這麼做很無情，但經營者的工作，也包括必須做出這樣的決斷。」

「是啊。」青島注視著球場，「但公司只追求利益，這樣真的好嗎？」

青島的話就像一根卡在心頭的刺。「工廠並不是只有賺錢的產品，還有員工的人生和夢想。身為這家公司的員工，在這裡工作是否有夢想？我覺得為他們帶來幸福和夢想，也是經營者的工作。」

「會長，這就是你所說的理念嗎？」

青島輕輕笑了，但這句話進入了細川的內心深處。

細川一直不遺餘力地提升業績，因為他認為公司就是必須賺錢。

但是，青島在思考經營一事時考慮到更深入的部分。

即使公司賺錢，如果員工不幸福，就根本沒有意義。只有連員工也能得到幸福，才能稱為經營成功。

的確沒錯。

但是——

細川立刻想到一個明確的矛盾。

目前面臨了不得不精簡人事的狀況，這與員工的幸福背道而馳，但在這種狀況下談理想，到底有什麼意義？

「會長，我目前不得不精簡人事。」細川不悅地說，「恐怕之後才能帶給員工夢想和幸福。」

「經營公司無法一直都很輕鬆。」青島說，「有時候的確不得不精簡人事，但是，即使是這種時候，也必須把員工視為一個人加以尊敬。我想說的是這件事，你能夠瞭解我的這種心情嗎？」

雖然青島的語氣很平靜，但這個問題像一把刀刺進細川的內心，他說不出話。

「謝謝會長。」

過了一會兒，細川行了一禮，靜靜地離開了仍然注視著窗外的年邁創業者。

前一刻響起了下班鈴聲，從生產線下班的員工超越在走廊上的細川。

細川觀察著他們，不知道是否因為心理作用，他覺得每個人臉上都寫著對公司經營的不滿。

細川在成為社長之後，思考公司的問題時，仍然沿用了和顧問時代相同的思維，只重視顯示業績的數字，卻從來不關心員工的人生和生活，但這正是他和創業者青島的不同。

進入公司工作的都是活生生的人，並不是零件。細川以為自己瞭解這件事，但他現在才發現，自己可能只重視效率——

「社長。」

正當他在思考這個問題時，突然聽到有人叫他，他停下了腳步。回頭一看，一名女工露出靦腆的笑容站在那裡。他記得以前好像見過這名女工，但不記得她的名字，從她身上的工作服可以判斷她在生產線工作。

「如果你有空的話，能不能來觀看棒球部下次的比賽？我們成立了啦啦隊。」

細川發現她身後還有好幾名年輕的女性員工對他露出充滿期待的笑容。

「啦啦隊？」細川問。

「我們要應援表演。」

細川再度看著她們。

即使標準再寬鬆，也無法說她們全都是美女，有的身材微胖，也有的以啦啦隊表演來說，年紀有點大。

女工交給他的門票上寫著棒球城市對抗賽第一輪預賽，比賽地點是府中市民球場，對手是東京棒球俱樂部。

「我們絕對會贏！請社長一定要來聲援！」

那幾名女工說完，對著細川鞠躬。

棒球部喔。他想起昨天高階主管會議上的一幕。

「我會去。」細川說。他對棒球沒有興趣，但員工相信絕對會贏的這種心意讓他感到欣慰。

「我也期待欣賞你們的表演，加油喔！」

「謝謝！」

幾名女工很有精神地鞠躬後離去，細川目送著她們遠去的背影，在這天第一次感到內心湧起一股暖流。

4

「課長，『夕會』快開始了。」

下午五點半過後，下屬木田珠子來提醒長門。

因為是在傍晚的時候舉行，所以不是朝會，而是稱為夕會。夕會並不是每天例行，而是偶爾有人事異動時才會舉行。

「好，我這就過去。」

長門拿下老花眼鏡，轉動著因為處理不熟悉的事務作業而變得僵硬的肩膀。當他準備站起來時，慌忙把攤在桌上的人事考績表翻過來。因為他正在研究該解僱誰，萬一被下屬看到考績的內容就慘了。

因為公司決定了追加裁員案，朝比奈部長要求包裝課總共必須裁掉三個人。包裝課共有十五名工人，所以每五個人中就要解僱一個人。

朝比奈部長要求他挑選解僱對象，他整個下午都在思考，但開除沒有犯下大錯的下屬是一項令人憂鬱的工作。

因為這個原因，長門覺得最近下屬看自己的眼神都充滿殺氣。

長門從專門用來處理事務的小房間內走出來，沿著堆放了許多包裝材料的通道，走向平時舉行朝會的廠區角落。

當他經過進貨口時，差一點撞到衝進來的犬彥。

「啊，課長，對不起。」

犬彥在千鈞一髮之際閃躲，避免了兩人相撞，搖晃著身體向他道歉。長門發現他還穿著沾滿泥土的棒球部制服。下午一點丟下包裝課的工作之後，他像平時一樣在球場上練球，結果就弄得滿身泥土。

「小心點！」

長門喝斥道，忍不住想起中午過後，和犬彥之間的對話——

中午過後，長門正在苦思該解僱誰，聽到敲門聲，犬彥探頭進來說：

「課長，我要去練球了。」

長門聽到這句好像理所當然的話，忍不住大聲喝斥：「開什麼玩笑！」

長門以前曾經擔任應援團團長，是棒球部的熱衷球迷，但無法忍受犬彥覺得去練球是「理所當然」這件事。因為有長門和其他人的理解和協助，他才能夠繼續打棒球。

如果棒球部捷報頻傳也就罷了，但即使去球場聲援，球隊仍然屢戰屢敗，讓人無法心情愉快地目送他去訓練。

「你到底在想什麼？訓練、訓練，也不看看現場的工作情況就拍拍屁股走人，不要以為參加了棒球社就有特別待遇！」

因為心情很差，火氣也特別大，不加思索地把內心的想法脫口說了出來。

挨罵的犬彥面對長門的大發雷霆目瞪口呆，好像鮮花枯萎一樣愁容滿面。

「對不起。」

如果犬彥反駁，長門可能會消點氣，看到他乖乖道歉，反而更加火大。

「這麼輕易道歉，就別打什麼棒球了！難道你對自己做的事沒有自豪嗎？難怪都贏不了球！」

犬彥咬著嘴唇沉默片刻，然後鞠了一躬，消失在門外。那是中午過後發生的事。

他可能一直在球場上練習，此刻穿了一身髒衣服的他退了一步，讓長門先走過來。

「你沒必要特別來參加，繼續練球就好，反正你們球隊會舉行歡送會。」

「不，不行啦。」

他們一起走在堆在兩側準備出貨的產品之間，來到工廠深處的空地，發現已經有一百名左右的工人在那裡等待夕會開始。

當長門和犬彥站在那些工人身後時，站在牆邊的茂木課長大聲說：

「請各位安靜，接下來要舉行臨時夕會。首先請朝比奈部長來為我們說幾句——」

一頭銀髮的朝比奈走到前面，露出充滿威嚴的眼神看著參加夕會的人。

「各位同仁，感謝你們在下班之後還抽空來參加。今天要向各位報告一個令人難過的消息，就是站在這裡的萬田——」

他回頭看了一眼站在他身後的萬田。

「他即將離職，今天是他在本公司的最後一天。萬田是捨己無私投入製造工程生產線中組裝業務的重要戰力，同時也是棒球部非常活躍的投手，失去這種前途無量的人才，對公司來說……」

說得比唱得還好聽，真是聽不下去了。

長門忍不住在心裡罵道。

全公司的人都知道朝比奈向來對棒球部抱著批判的態度。

萬田以前曾經在包裝課，所以長門也很瞭解他，這些年他因為朝比奈百般挑剔刁難，吃了不少苦。

朝比奈向來對棒球部的人沒有好臉色，現在竟然把什麼捨己無私，什麼活躍這種動聽的話掛在嘴上。

「那就請萬田對大家說幾句話。」

朝比奈終於說完了，剛才一直站在後方的萬田聽到主持人茂木這麼說，戰戰兢兢地走向前。

「我、我就是課長剛才介紹的萬田。」

萬田開口說的第一句話很拘謹，有人笑了起來。

「呃，各位在百忙之中，在這麼惡劣的天氣為我來這裡，真的萬分感謝。」

有人呵呵笑了起來。長門想起今天早上曾經下過一場雨，但雨早就停了，窗外一片晚霞。萬田可能死背了致詞大全中的內容，但這又不是演戲的台詞，根本是一知半解用錯了例文。

萬田一臉嚴肅的表情地繼續。

「想當年，我參加職棒選秀會失利，不知該怎麼辦，也沒有工作，覺得眼前一片黑暗，青島製作所給了我機會，讓我能夠繼續打棒球。之後，我就發誓要為青島製作所拚命打好棒球直到今天，只可惜沒有打出好成績，如今我的手肘受了傷，甚至無法投出讓自己滿意的球，我真的很不甘心。」

注視著萬田的工人們臉上都露出了嚴肅的表情，用同情的眼神看著他。

「我的夢想，是在公司很多人加油的球場，在投手丘上有精湛的表現，但不久之前的日本體育大賽上，讓對方大量得分，無法回應各位的期待，真的很對不起。」

長門注視著深深鞠躬的萬田，回想起那天他在球場上的表現。

雖然他那天的表現太差勁，但如果是因為手肘受傷，那就不能怪他。他原本就很老實，也許他獨自煩惱，沒有告訴別人。

為什麼獨自煩惱？長門暗自嘆息。

「這兩年來，我一直充滿夢想，但也許我拚過頭了，也許為了追求不屬於自己的東西太逞強了。」

萬田說話時，用左手摸著受傷的右肘。

「如今，我覺得這個夢想已經遙不可及，今天，我將離開棒球部，離開青島製作所，但我希望能夠把夢想託付給站在那裡的犬彥和棒球部的其他人。」

長門發現萬田每次提到「棒球部」這三個字，站在旁邊的朝比奈臉色就越難看。

雖然朝比奈剛才嘴上吹捧萬田，但心裡一定覺得終於擺脫了麻煩。即使萬田和其他棒球部的成員不主動辭職，他也一定希望趕快解僱所有人，難怪會有這樣的反應。

「最後，我有一個請求——」萬田說到這裡，向後退了一步，深深鞠躬。「可不可以請你們支持棒球部？拜託了。」

所有人都驚訝地注視著萬田。

「棒球城市對抗賽的預賽即將舉行，雖然只是第一輪預賽，但這是一場硬仗，請你們一定要去現場加油，哪怕只加油這一場比賽也好。」

工人們看著深深鞠躬的萬田，紛紛議論起來，朝比奈皺起了眉頭。

「棒球部的每個人都希望能夠得到大家的喜愛，他們都發自內心這麼想，拜託了！」

萬田一直沒有抬起頭，不一會兒，響起了掌聲。

「我會去。」

有人說。

「我也會去。」

四處響起響應的聲音，長門有一絲得救的感覺。他覺得雖然最近的職場因為不景氣而士氣低落，但萬田的這番話重新激發了同事之間的溫暖。

女同事上前送了一束花，萬田來不及擦去滿臉的淚水接過花，為歡送會畫上了句點。

棒球部那些傢伙真讓人傷腦筋。

長門再度走回自己的辦公桌，忍不住嘆著氣。但既然萬田這麼說，那我也來盡點力。

5

「怎麼樣？你們有沒有研究上次的事？」

坂東說話的語氣雖然很客氣，但細川察覺到他語尾的疑問句透露出一絲不滿。他問的是有關與三和電器經營整合的事。

為什麼不答應？

坂東一定很想這麼說。

他們正在元麻布的一家義大利高級餐廳的包廂內，細川從諸田和店員的對話中，知道他是這家餐廳的老主顧。

「當然有，再給我一點時間，一定會做出明確的答覆。」

細川很誠懇地回答，但坂東露出不悅的表情。

「細川先生，都已經一個月了。在當今的時代，『效率經營』已經成為常識中的常識，甚至根本沒有人再提這個字眼了，到底哪裡有問題？」

「我希望能夠正確掌握和貴公司整合時，到底可以如何發揮相輔相成的效果後再做決定。」

坂東毫不掩飾臉上的不悅。

「細川先生，我想聽聽你的真心話。你對這件事到底抱著積極的態度，或是否定的態度？可不可以至少在這個問題上明確表態一下？連這個問題也沒搞清楚，就讓我們一直這樣等待，未免也太痛苦了。」

「目前既不積極，也沒有否定，一旦有結論，我會馬上回覆。」

細川這麼回答。裁員正在進行，目前缺乏讓他得出結論的決定性因素。

「細川先生，這樣的好事機不可失啊。」在一旁聽著他們對話的諸田開了口，「如果你不答應，真的就吃虧了。目前的不景氣不知道會持續到什麼時候，即使景氣恢復，今後也可能因為各種不同的因素，再次面臨和目前相同的情況，所以不如利用這個機會，趁早重生為一家堅若磐石的公司。」

「言之有理。」細川回答，「我也很感謝坂東社長提出這樣的提議，上次因為事出突然，我來不及請教，請問坂東社長，你為什麼會選擇我們公司？」

細川提出了這個根本的問題。在他開始著手研究經營整合這件事時，就一直有這個疑問。

「因為考慮到我們彼此未來的發展，」坂東回答，「兩家有成長潛力的公司攜手團結當然會更棒，當我綜觀整個業界，認為非青島莫屬。」

「謝謝。」雖然細川這麼回答，但內心還是無法理解。即使坂東說在多家電子零件廠商中，青島製作所的成長性很高，細川也無法輕易同意。

「還有另一個原因，」坂東似乎覺得自己的說明不夠充分，所以又補充說：「雖然也許不該這麼說，但我認為我們兩家公司的規模都不夠充分，在經營整合之後，在規模上可以有很大的優勢。在加強財務體質和銷售基礎之後，可以創造出前所未有的競爭力。雖然目前我們為了Japanix等多家公司的生意展開激烈的競爭，一旦整合之後，就會有利可圖，可以向市場提供更低價格的產品，比兩家公司單打獨鬥努力生存更有效率。」

效率嗎？

為此必須犧牲多少員工？

細川輕輕吐了一口氣，凝視著包廂內空曠之處。

「現在只能靜觀其變了，沒想到他這麼小心謹慎。」

諸田目送細川坐的計程車離去後說。剛才對細川說，他們要去其他地方喝酒，送走細川後，又走回餐廳。

「是不是該說他缺乏決斷能力？」坂東語帶挖苦地說。

「我認為他的嗅覺很敏銳。因為青島製作所一旦與三和電器合併，他們的企業文化很快就會被取代。」

「諸田，你還真不厚道，這也不一定啊。」

坂東歪著嘴笑起來。

「是嗎？」

諸田拿著葡萄酒杯，偷偷皺了一下眉頭。

「對了，諸田，」坂東收起笑容，「這是我的直覺，我覺得如果這樣等下去，恐怕不會有什麼好消息，我認為必須採取一些措施。」

「喔？」諸田挑起眉毛，「你有什麼具體的想法嗎？」

「青島製作所有一個大股東並不是他們公司的人。」

諸田沒有吭氣，示意他繼續說下去。

「那個大股東就是城戶家，是青島會長母親的娘家，那裡的當家，具體來說，就是他的阿姨，手上有青島製作所三成的股票。」

「像是教母的角色嗎？」

「青島製作所的弱點就在於股東的結構，」坂東說，「會長青島手上掌握了三成的股票，和城戶家加起來，維持過半數的股權，但那些大股東都是沒有直接參與公司經營的遠房親戚，很難說團結一心。即使沒有青島，對他們來說，和我們公司經營整合更有利。」

「因為青島製作所的股票未上市。」

諸田把酒舉到嘴邊問：「難道你打算向他們保證，在整合之後要讓股票上市嗎？」

「如果是這樣，即使是小股東也可以拿到數千萬，甚至數億的現金。如果股票不上市，就只能領一點分紅，一旦股票上市，那些紙就會變成現金，簡直就是煉金術。」

坂東得意地竊笑起來。

「坂東，的確很像是你的意見。」諸田瞪大了眼睛說，「對了，你是不是認為有錢能使鬼推磨？」

「那當然啊。」坂東用毫不懷疑的口吻回答。

「你認識那個教母嗎？」

「不認識。她叫城戶志真，算是小有名氣的經營者。不知道你有沒有聽過一家『城戶不動產』？她就是那家公司的老闆。」

城戶志真在丈夫死後，繼承了他原本經營的小房屋仲介公司，讓公司迅速成長，如今已經是一家同時經營飯店事業的大公司，她也成為手下有數千名員工的女中豪傑，她是經常出現在商業雜誌上的名人，所以諸田當然也聽過她。

「喔，原來是那家公司。」諸田瞪大眼，「你打算怎麼說服她？」

「方法當然有，只不過──」坂東看著諸田，「雖然我們會努力，但這件事最後也可能搞砸，到時候會讓你臉上無光，所以希望貴公司也能夠採取相應的措施。」

「相應的措施？比方說？」諸田驚訝地問。

「能不能取消青島製作的訂單，改向我們公司下訂單？」

諸田默然不語看著坂東，雖然眼睛深處隱藏了某些想法，但他不動聲色。

「有什麼好處呢？」諸田一開口就問道，「不能因為我個人的面子掛不住，就拒絕和他們做生意。我可是經團聯的副會長，必須顧及別人的眼光。」

「我們當然不會讓貴公司吃虧，」坂東一臉恭敬地說，「和青島製作所競爭的零件，我們願意以更低的價格提供，怎麼樣？」

諸田凝視著手上的酒杯，好像酒杯上寫了答案。

「對我們來說，只要能夠降低成本，當然沒有問題，只不過這麼一來，青島製作所就會很傷腦筋。」

「當然會傷腦筋啊。」坂東露出不懷好意的笑容，「但是不用擔心，到時候我們會向青島製作所伸出援助的手。」

「是名為收購的援助嗎？」

「誰知道呢？」

坂東輕聲笑了起來。

「話說回來，你為了和青島製作所經營整合，不惜找上其他公司的股東，我無法理解其中的意義。對青島來說，和規模比較大的三和進行經營整合或許有意義，但細川社長剛才也問了你相同的問題，對貴公司來說，即使和規模不大的青島製作所整合，也無法發揮太大的相輔相成效果。你真正的目的是什麼？」

坂東沉默片刻。

「如果要說的話，應該是技術開發力。」

坂東的回答不像是他平時會說的話。

「技術開發力？論技術的話，三和電器也不差，研究開發費更是讓青島製作所望塵莫及。」

「那當然。」坂東挺起胸膛說，但眼神中帶著一絲難以釋懷的情緒，「但我必須遺憾地承認，我們只開發了那家公司一部分產品而已。如果說我們公司缺了什麼決定性的東西，那就是創造力。」

諸田內心驚訝地看著坂東。

這個自尊心特別強的男人，竟然承認規模不如自家公司的青島製作所技術開發能力更強。青島製作所一定有什麼讓他不得不這麼承認的東西。

到底是什麼呢？

「除了開發力以外，青島製作所還有什麼？」諸田問。

「只剩下垃圾。」坂東不屑地說。

6

在棒球城市對抗賽第一輪預賽即將舉行之前的會議終於結束了。

「接下來是一場硬仗。」

會議最後，井坂看著牆邊的玻璃櫃說。玻璃櫃內放著優勝獎盃、獎牌和紀念照，訴說了青島製作所棒球部光榮的足跡。

第一場比賽的對手東京棒球俱樂部球隊是曾經代表東京都出賽的強敵，雖然去年的戰績不理想，但今年補進了在大學棒球很活躍的選手，被認為是很可能回歸名門球隊行列的黑馬。

棒球城市對抗賽的東京大賽第一輪預賽中，將十八支球隊分為兩組進行淘汰賽。各組第一名的球隊，再加上由前幾名球隊參加的敗部復活賽中獲勝的兩支球隊，總共四支球隊可以進入第二輪預賽。

青島製作所被分到的A組中，青島製作所和東京棒球俱樂部這兩支球隊的實力比較突出，兩隊相遇將會是一場決定進入第二輪預賽出賽權的比賽。沒想到第一場比賽就遇到了，這種命運的作弄讓人忍不住嘆氣。

「真希望春季大賽那場球可以打贏。」圓藤說。

「阿圓，任何事都可以換一個角度思考。」井坂抱著雙臂說，「我們球隊好不容易調整好了比賽步調，與其直接進入第二輪比賽突然遇到強隊，還不如在第一次預賽中比賽幾場，慢慢培養感覺更理想。」

「不惜冒著打輸的風險嗎？」圓藤問。

「如果我們在第一輪預賽中就被打輸，這種實力原本就不可能進入第二輪預賽。」

在一旁聽他們說話的猿田露出嚴陣以待的嚴肅表情說：「現在和春季大賽時不一樣，這個球隊已經成長了。」

古賀也有同感。新的球員陣容開始發揮功能，如果沖原能夠加入，就可以解決投手的問題。古賀認為，目前的狀態完全可以彌補更換總教練、主力投手和第四棒離開造成的損失，甚至比之前的狀態更好。

大道頻繁去觀察第一輪預賽對戰球隊的練習賽，蒐集詳細的數據和資料，建立關於選手陣容、投手的習慣和配球的資料庫。

「關鍵是沖原到底什麼時候能夠加入？」猿田問。

「目前還無法預料。」

古賀很為難地回答。因為製造部反對沖原加入棒球部。

「雖然三上部長正在進行交涉，但因為目前的人手不足，製造部也面臨輪班吃緊的問題。」

製造部提出要求，如果沖原要去棒球部，就要再補充一個人手。但目前正在精簡人事，所以這個要求聽起來很矛盾。

「再給我們一點時間——沖原，你也再等等。」

古賀對坐在食堂角落參加會議的沖原說。這兩個星期以來，沖原在傍晚五點之前，都在工廠的生產線工作，下班之後才加入棒球部的訓練。雖然很希望他能夠和其他球員在相同的環境下練球，但這件事不是古賀力所能及，只能等待三上和製造部的交涉。

這時，球場上傳來小號的聲音，所有人都抬起了頭。

「喔喔，他們開始練習了。」

走到窗邊的犬彥說道，所有人都低頭看著球場。

是應援團。

除了小號，還有大鼓。五名啦啦隊員穿著不知道什麼時候訂做、胸口寫著青島的羅馬拼音「AOSHIMA」的相同毛衣，用力揮著手上的黃色啦啦隊彩球練習。

「這、這是怎麼回事？」

犬彥驚訝地問。因為他看到包裝課課長長門站在啦啦隊隊員中央，拚命擺動著手腳。

雖然小號吹得不怎麼樣，而且一眼就可以看出他們的表演還有很大的進步空間，但他們認真練習的心很真誠，深深打動了每一位球員。

不能辜負這些聲援自己的同事。古賀發自內心這麼想。

目前這支球隊應該可以完成這樣的比賽。

7

沖原在午休時間走去公司附近的銀行，在發薪日有點擁擠的自動提款機前排隊，匯了五萬圓到母親的銀行帳戶。

匯完款之後，帳戶餘額還剩下十二萬圓。其中六萬五千圓要付房租。他的生活並不寬裕。

沖原把領出來的五張一千圓零用錢塞進皮夾，快步走回工廠，擔心上班會遲到。

不知道這種生活會持續多久。薪水低也就罷了，希望可以早日擺脫沒有任何保障的約聘員工身分。

當初受到棒球部的邀請時，有兩個理由讓沖原猶豫不決。

第一個理由，是對重回一度離開的棒球世界產生的猶豫。另一個理由，就是擔心加入棒球部後，成為正職員工這件事會變得遙遙無期。因為他認為即使是約聘員工，只要持續認真工作三年，就可以升為正職員工。

在沖原周圍，有不少年輕人認為約聘員工實領薪資更高，所以覺得繼續當約聘員工比較好。因為他們並不打算一輩子都在青島製作所工作，對他們來說，在這裡當約聘員工只是尋找自我過程中臨時的工作。

沖原完全沒有餘裕這麼想。

一旦成為正職員工，實領薪資應該會減少，但沖原對青島製作所這個職場很滿意，很希望能夠一輩子在這裡工作。考慮到未來的勞健保和加薪問題，不需要思考，就知道哪一種情況對自己更有利。

沖原的老家以前經營一家鈑金小工廠。景氣好的時候還算賺錢，但在沖原讀中學二年級，父親突然去世之後，工廠的經營就出了問題。

母親之前只在工廠幫忙為員工算薪水，當然不可能突然有能力當老闆。最後聽取了稅務師的建議，賣掉工廠的廠房、土地和住家的房子，盡可能償還積欠的債務，結束了公司，但仍然留下一部分債務。

目前母親在住家附近的工廠打工，節衣縮食撫養目前就讀高中二年級的妹妹和讀中學三年級的弟弟。沖原寄回家的五萬圓對目前的沖原家來說，是不可或缺的、珍貴的生活費。

沖原沿著國道快步走回公司，內心再度浮現這幾年不知道曾經想過多少次的問題。

如果沒有那件事，自己現在會在哪裡？

是不是去甲子園比賽後，順利進入職棒界？還是在縣賽中失利，最後還是走上棒球以外的路？不知道能不能成為規模雖然不大，但正派經營公司的正職員工。

然而，真實生活中的沖原既沒有進入職棒界，也沒有成為任何一家公司的正職員工，他在高中畢業時剛好面臨就業困難時期，無法找到正職的工作，只能去派遣公司登記。被派遣到青島製作所當約聘員工並不是沖原提出的要求，只是巧合而已。

「沖原，可不可以來一下？」

他在下午上班的五分鐘前進入生產線，正在把箱子疊在一起做準備工作時，副部長村井來作業區叫他。終於來了。沖原神色緊張地拿下棉紗手套，塞進長褲後方的口袋裡。因為如果不是課長找，而是像村井這種更高階的主管找自己談話，十之八九是關於人事等重要的大事。應該是三上部長提出的有關直接僱用，也就是錄用自己為正職員工的事。果然不出所料，村井帶沖原走進工廠角落那間沒什麼擺設的會客室。

村井示意沖原坐在對面的沙發上。

「聽說你想加入棒球部？」村井把手上的人事檔案放在一旁問，「而且你的條件是希望成為正職員工。」

「因為比起約聘員工，我更希望能夠成為正職員工。」

村井聽了沖原的回答後輕輕點了點頭說：「我瞭解了。」

沖原露出欣喜的表情，用充滿期待的眼神看著村井。

「如果是景氣好的話還有可能，但公司目前的業績狀況，很難滿足你的要求。」

沖原內心高漲的期待迅速萎縮。

「是喔……」

「對，沒錯。」

村井重申道，然後輕咳了一下說：

「其實今天找你來這裡，並不是為了說這件事。我知道你為了成為正職員工，在工作上很努力，但現在景氣真的很差，接下來的裁員必須解僱許多正職員工。我相信你也知道，只解僱正職員工卻不解僱約聘員工也說不過去，所以——」

村井說到這裡，吸了一口氣，坐直了身體說：「你的約聘契約就到這個週末為止。」

沖原眼前的世界失去了色彩，變成一片蒼白。

8

下午六點多，三上接到製造部的報告後，急急忙忙來到球場。

「沖原被開除了？怎麼會有這種荒唐的事？」古賀忍不住大聲問道，「這是怎麼回事？」

這一天，平時都準時來訓練的沖原不見蹤影，原本還以為他在工廠加班。

「製造部的方針是解僱八成的約聘員工。」三上愁容滿面地說，很懊惱地擦著額頭上的汗水，「解僱正職員工時，公司內部有一系列手續要辦理，但和派遣公司之間的契約則由製造部全權處理，只要是在製造部的權限內決定的事，人事部也無法挑剔。」

「但之前不是已經申請讓沖原加入棒球部嗎？」古賀說，「他不是普通的約聘員工，製造部明明瞭解這一點，為什麼擅自做這種決定？」

古賀難以接受。

「我知道，目前正在研究有沒有變通的方法。不好意思，可不可以請你去找沖原鼓勵他一下？」

正在球場上練習的球員也都伸長耳朵聽三上和古賀的對話。

「我當然會去找他，但我要對他說什麼？」古賀皺著眉頭說，「根本不知道該說什麼，你倒是設身處地想一想沖原的心情。」

「我知道。」三上的表情透露出他內心的焦躁，「無論如何，你告訴沖原，我會設法解決，給我一點時間。」

「真的有辦法解決嗎？」古賀語氣強烈地問，「部長，你一直說給你一點時間，已經拖延了很久，我真的很不甘心。」

「我也很不甘心，」三上的情緒也很激動，說話時口沫橫飛，「總之，你這麼告訴他，請他相信我。」

三上的臉上露出了以前從來不曾見過的嚴肅表情。

「比起我去找他，你和他談話會比較輕鬆。」三上露出祈求的眼神看著古賀說，「那就拜託你了。」說完這句話，他又慌忙跑回公司大樓。

古賀轉頭一看，發現大道總教練、井坂，還有猿田等人都一臉擔心地看著他。

「阿哲，你去吧。」大道說。

但是——

「阿哲，阿哲。」古賀邁開步伐時，猿田叫住了他，「你可不可以告訴阿沖，我們都支持他，請他不要擔心？」

古賀點點頭，轉身離開球場，走向車站的方向。

古賀站在門前，在按門鈴之前，豎起耳朵聽著門內的動靜。

門內完全沒有聲音，但靠走廊的毛玻璃窗戶隱約透出了室內的燈光。

沖原應該在家。古賀敲了敲門。

「阿沖，我是古賀，阿沖——」

門內傳來動靜，隨著打開門鎖的聲音，門打開了，沖原蒼白的臉從門縫中探出來，他的臉上完全沒有任何情緒。

「可以打擾一下嗎？」

沖原沒有說話，打開了門。古賀在門口一坪大的水泥地上脫了鞋子後走進去，看到沖原失望的樣子，一時說不出話。

「三上部長剛才跑來球場，」古賀說，「他說會想辦法，請你給他一點時間。我就是來告訴你這件事。」

「想辦法……」沖原露出了事不關己的笑容，「還要等多久？朝比奈部長和村井副部長都把棒球部視為眼中釘，等待就有辦法解決嗎？」

「部長這麼說，阿沖，你就相信他說的話。」

古賀雖然這麼說，語氣卻無法很堅定。因為他內心覺得沖原說得沒錯。古賀並不是不相信三上想要努力的心情，只不過三上的能力有限。

「三上部長一定會盡力而為，所以請你相信他。猿田也要我轉告你，大家都支持你。」

沖原聽了古賀的話，咬著嘴唇。

「如果你方便的話，要不要和我一起去『權田』？」

剛才來這裡的路上收到井坂傳來的訊息，說最好約沖原一起去。

「你一個人在家心情只會越來越差，不如和大家一起吃飯，好不好？」

古賀說完，用力拍著沖原的大腿。「阿沖，你不要露出這種表情。」

他看到沖原仍然低著頭，鼓勵他說：「笑一笑，越是痛苦的時候越是要唱歌。我們走吧。」

他站了起來，在門口等沖原。

沖原走出來後，他帶著沖原去了「權田」。一掀開布簾，立刻聽到了井坂的聲音，「喔喔，這裡，這裡。」古賀看向店內深處，立刻瞪大眼睛。因為後方的包廂內擠滿了棒球部的球員，圍坐在前面的桌子周圍。

「怎麼……」

沖原目瞪口呆。

「傻瓜，大家都來給你打氣啊。」坐在後方的猿田說，「來這裡坐。」

猿田說完，騰出了自己和大道總教練之間的座位。

「不，那個座位有點……」沖原感到猶豫。

古賀拍了拍他的背說：「去吧。大家都希望你打起精神。」

沖原走去包廂深處時，所有人都拍著他的後背，簡直就像迎接完封的投手。

古賀在最前面那張桌子旁坐下來時，看到這一幕，懊惱得差點哭出來。

棒球神到底有多壞心眼？

竟然把這麼兢兢業業、有無限未來的年輕人逼向絕望和挫折的深淵。

三上部長，你千萬、千萬要想想辦法——古賀看著服務生送上飲料，大家準備乾杯時，忍不住想道。

這時，三上部長正獨自在辦公室內煩惱。

他為了沖原的事和製造部交涉時，遇到了朝比奈這個難關。

整家公司都在精簡人事，解除約聘人員的契約也是理所當然，但是三上完全沒有想到，製造部竟然會把沖原也列入其中。之前就已經提出了要加入棒球部的申請——即使要解聘，至少事先該和自己討論一下。

剛才——

「可不可以請製造部重新考慮解聘沖原的事？」

三上去製造部找朝比奈，向他詳細說明了棒球部目前的狀況，然後提出了這個請求：「棒球部認為他可望成為球隊的即戰力，也是球隊需要的人才。在目前萬田已經離開的情況下，他是棒球部重要的戰力。」

「我拒絕。」朝比奈斬釘截鐵地回答，「他現在還不是棒球部的人，把他當成即戰力，我們也很傷腦筋，更何況棒球部不是早就該裁撤了嗎？在這種時候還說什麼要讓人加入棒球部，還要轉成正職員工，你到底在想什麼？」

考慮到公司目前的業績情況，朝比奈的話完全正確，但三上不能退縮。

「我知道棒球部花費了不少經費，但棒球部多年來都很受員工的喜愛，青島會長也曾經長期擔任棒球部的部長，不能因為目前業績不良，就輕易把棒球部裁撤掉。」

朝比奈的嘴角露出了諷刺的笑。

「不管是不是棒球選手，不需要的對象就必須解僱，這就是我的想法。」

雙方的談話完全是平行線，甚至找不到產生交集的契機。

三上在辦公桌前抱著雙臂陷入沉思，最後只能心灰意冷地搖著頭。朝比奈太難對付了。

他思考著該如何解決這個問題，把堆積如山的待批示公文攤在桌上。棒球部的問題是一大難題，但目前三上還因為精簡人事和裁員的相關工作，有處理不完的事，忙得焦頭爛額。

晚上九點多時，當三上正埋頭工作時，下屬柿本進來找他。

柿本滿臉疲憊。因為他連續加班了好幾天，而且這一天也當面向員工告知遭到解僱，他的心理壓力同樣很大。

「部長，麻煩你批示。」

柿本把手上的人事資料放進待批示的盒子內。

「好，你辛苦了。」三上慰勞後，拿起資料隨手翻閱時問：「情況怎麼樣？」

「我認為大家都能夠接受。」

柿本說話時似乎鬆了一口氣。

這一天，柿本總共「面談」了七名員工。雖然無法改變解僱的決定，但目前是網路時代，很擔心有人在網路上寫一些負面文字，所以必須列舉幾項客觀的解僱理由，努力做到合理說明。

三上猛然抬起頭，因為他發現柿本在報告完情況之後仍然沒有離去，一臉欲言又止的表情。

「目前正在精簡人事，提出這樣的要求似乎很奇怪。」柿本用這句話作為開場白之後，瞥了一眼身後的門，「松原小姐還在加班，我覺得她的工作壓力太大了。如果只是短暫加班也就罷了，但目前還無法預估裁員的相關工作什麼時候才會結束，與其支付高額的加班費，還不如增加白天的人手。」

松原是今年才剛進入公司的女性員工，三上知道這一陣子因為工作繁忙，所以連這些新進員工也都每天加班。雖然他知道必須設法改善這個問題，但在柿本提出這個想法之前，他完全沒有想到可以增加人手。但是，考慮到事業部的支出問題，柿本的建議很有道理。

「有難度嗎？」

當柿本戰戰兢兢地發問時，三上腦海中浮現了解決方案。

「不──」三上說，「不，沒這回事，我來研究一下。」

柿本離開後，三上重新回想剛才浮現在腦海中的想法，反而納悶自己之前為什麼沒有想到這件事。

他打電話給古賀。

「沖原的事，應該有辦法解決了。」

「你說服了朝比奈部長嗎？」電話中傳來有點興奮的聲音。

「不，不是這樣。」

「部長，這到底是怎麼回事？」

電話的彼端安靜下來。三上把剛才的想法告訴了他。

「沖原可以來我的部門。」

9

笹井在拜訪幾家客戶結束，五點多回到公司後，接到了那通電話。

「三和電器一位姓坂東的先生打電話來，可以為你轉接嗎？」

秘書用內線電話向他請示。

「坂東？」笹井忍不住反問，「是坂東社長嗎？」

「對方沒有說，我覺得主動確認有點失禮。」

「他有說是什麼事嗎？」

「據說只是打招呼。」

笹井覺得太奇怪了。之前曾經在業界聚會時聊過幾次，但在坂東向細川提出經營整合的微妙時期，為什麼要來向自己「打招呼」。

「妳幫我轉接過來。」

「笹井先生，好久不見。我是三和的坂東。」外線電話立刻接通了，電話中傳來一個熟悉的聲音，的確就是坂東社長。

「真是難得，沒想到會接到你的電話。」

坂東聽了笹井的回答立刻說：

「不好意思，突然打電話給你，因為有一件重要的事想和你討論。」

息。

「討論？」笹井忍不住緊張起來。

「不知道你時間方便嗎？到時候再向你說明詳情，請問你什麼時候有空？」

細川對經營整合的事完全沒有透露任何消息，笹井覺得和坂東見面，或許可以得知一些消息。

「我沒問題……」

笹井回答後，坂東立刻說了幾個日子，笹井找來秘書確認了自己的日程安排。

「因為是私事，所以希望你對這件事保密。」

約好後天一起吃飯後，坂東靜靜地補充了這句話。

「沒問題。」

笹井回答後，感受到電話彼端的坂東鬆了一口氣。

「地點我再通知你。」

坂東用這句話結束了簡短的電話。

接到坂東電話的兩天後，笹井和他見了面。

「今天謝謝你在百忙之中抽空前來。」

笹井來到坂東指定的新宿一家日本料理店，發現坂東已經到了，正在等他。

「彼此彼此，你太客氣了，前天突然接到你的電話，讓我大吃一驚。今天你一個人嗎？」

笹井看到包廂內的桌上只準備了兩人份的餐具問道。

「我前天也說了，要和你談私事。」

坂東坐在下座，請笹井坐在上座。笹井遲疑一下，但覺得自己比較年長，所以就坐了下來，用服務生送上來的啤酒乾杯。

他們的關係並不熟，更何況坂東是競爭對手的老闆，所以氣氛有點尷尬。

「最近的景氣真是傷腦筋。」

坂東直率地和他聊起來，加上兩人的年紀相近，所以很快就相談甚歡。聊天的內容從雙方的共同客戶Japanix的海外發展，到下游零件廠商倒閉，話題很廣泛。坂東不時穿插個人見解的談話充滿趣味，引人入勝。他是個精通話術的人。

笹井之前就曾經聽說，坂東是因為帶領三和電器營業部門大有功勞才當上了社長，他和一直在這個行業打滾的笹井聊天時沒有聊宏觀的問題，只聊雙方熟識公司的貼心，以及雖然他們只有一起喝過一兩次酒，他卻記得笹井喝酒的習慣，都讓笹井不得不為他的細心和記憶力感到驚訝。

這個人並非等閒之輩。在一起吃飯不到一個小時後，笹井就對坂東這個人刮目相看。因為同是業務領域，所以忍不住會拿他和豐岡進行比較，但顯然無法期待豐岡能夠有像坂東那樣的能耐，和向來喜歡以理服人的細川也不一樣，難怪可以靠業務手腕成為三和電器的社長。

同時，笹井內心也忍不住產生一絲畏懼。

坂東率領的三和電器想要搶走青島製作所的主要客戶，青島製作所有勝算嗎？

「對了，今天約你來這裡，是因為有一事想要拜託。」

在雙方聊得很投機，飯吃到一半時，坂東終於進入了正題。

「拜託？」笹井謹慎地問道。

「對，細川社長有沒有對你說什麼？」

坂東也很謹慎，雙方相互試探著。

「你是指與三和電器相關的事嗎？如果是這樣，他並沒有特別對我說什麼。」

「這樣啊。」坂東垂下視線後抬起頭說，「接下來的談話內容希望你可以保密。不瞞你說，本公司向細川先生提出了一個提案。」

果然是這件事。笹井把原本準備喝的冷酒杯子放回桌上後看著坂東，坂東一改剛才侃侃而談的表情，露出嚴肅的眼神看著笹井。

「相信你也知道，貴公司和敝公司是在各個領域競爭的對手，雙方各有輸贏，但我認為最近這幾年，雙方競爭導致的負面效應越來越明顯。在目前的景氣下，會發現雙方的企業規模都還有發展空間，經營基礎也很難說非常牢固，所以我一直在考慮，如果兩雄繼續相爭，是否真的是上策。」坂東仔細觀察笹井的表情繼續說道，「我先說結論——笹井先生，你願意和我們公司合作嗎？」

笹井一時說不出話，注視著坂東。

「你什麼時候提出這件事的？」笹井問。

「一個月之前。」

「一個月……細川怎麼回答？」

「問題就在這裡，」坂東說著，露出有點為難的表情，「他到目前為止還沒有回覆，雖然他當初回答說會朝積極的方向研究，但就只有這句話而已，老實說，他的答覆太慢了。」

坂東表達內心的不滿，笹井立刻知道，這正是他今天找自己吃飯的原因。坂東很著急。

「笹井先生，在你能夠想到的範圍內，如果有什麼問題，可不可以請你告訴我？我希望可以及時解決。」

坂東發揮了他的風格，直截了當地提出他的要求。

「貴公司比敝公司的規模大多了。」笹井收起了前一刻的輕鬆融洽，不由得產生防備。「說整合只是好聽而已，但實際上應該算是吸收合併吧？」

「我只是希望公司變得強大。」坂東加強了語氣，「雖然目前還無法做到，但如果雙方正式達成共識，我希望可以結合彼此的長處，讓公司成為強大的組織。無論是敝公司的長處，還是貴公司的長處，我希望能夠不分彼此地加以評估。」

「但至少業務方面會由貴公司主導。」

「這必須由雙方評估後來決定。」

坂東沒有正面回應笹井斷定的意見。

「你太謙虛了，」笹井笑了起來，「既然你提出經營整合的提案，想必你內心已經有了藍圖，所以就請你打開天窗說亮話，貴公司的業務能力比我們強，這是眾所周知的事實，我也認為是這樣。但這樣比較之後，就發現敝公司並沒有太多長處可以彌補貴公司的弱點。」

這番話聽起來像嘲諷，或者說是自嘲。但是——

「笹井先生，貴公司有辦法生存下去嗎？」坂東露出挑釁的眼神看著他，「以青島製作所目前的狀況有辦法生存嗎？」

笹井啞口無言。因為他知道很困難。

能不能生存？這樣下去真的沒問題嗎？但是，他清楚知道一件事，一旦和企業規模將近是青島製作所一倍的三和電器合併，就一定會被吃掉。

「我稍微調查了一下，」坂東靠在椅背上，巧妙地掌控著話題，「青島會長退出經營後，將社長的寶座交給了在貴公司任職資歷並不算長的細川先生，公司內部也感到很震驚。一人獨大的公司才會做出這種人事安排，如果是普通的企業，不，至少在我們公司，一定會由充分瞭解整家公司，而且在公司擔任總管多年的你接班。」

「已經定案的事就別提了。」

笹井苦笑著，但坂東的表情很嚴肅。

「這件事並不是無法解決，我希望由你擔任新公司的社長。」

笹井猛然抬起頭，臉上的表情奇妙地扭曲著。

「請問這是怎麼回事？」

「目前只是我的腹案，我並沒有告訴細川先生，」坂東說，「我希望由你來擔任新公司的社長。」

「那你……」笹井驚訝地問。

「我只要當有代表權的會長就好。」坂東斬釘截鐵地說。

笹井沉默不語，各種思考在他腦海中交錯。

「我帶領三和電器已經三個任期六年的時間，自認已經為公司盡力了，如果能夠和青島製作所順利整合，確認經營基礎，我認為自己已完成使命，所以希望交棒出去。至於細川先生，可以請他擔任顧問，你意下如何？」

「你突然這麼問我，我也很傷腦筋。」

雖然笹井這麼回答，但從他的表情中不難看出，他對坂東提出的這個要求感到意外。

「而且，不知道你對新的經營團隊有什麼看法？部門之間的整合並不是一件容易的事。」

「笹井先生，經營團隊就按照公司的規模比來決定。」坂東表現出他擅長謀略的一面，「我相信你能夠理解，不可能各佔一半，有些部門在整合之後，還需要精簡人事。」

笹井靜靜地倒吸一口氣。

在精簡人事後，青島方面還能夠留下多少人？營業部門的員工恐怕有一大半會遭到裁員。

「笹井先生，希望你充分考慮一下。」坂東敏感地察覺到笹井的猶豫說道，「按照目前的狀況會走向窮途末路，到時候所有人都會失業。我們公司也一樣，然而，一旦兩家公司整合，雖然會裁掉多餘的人員，但至少公司可以繼續生存。改革都會有痛苦。」

沒錯。親自撰寫裁員方案的笹井非常瞭解這件事。

「我猜想細川先生應該會在近期和你討論這件事，」坂東說，「我不知道細川先生會表達怎樣的意見，但我希望你務必要贊成這件事。如果細川先生舉棋不定，希望你可以推他一把，告訴他他必須這麼做。」

坂東熱切地說，「而且我希望你可以在這家新的公司，以社長的身分發揮你的長才，拜託了。」

坂東雙手放在桌上，低頭拜託著。

第六章　六月的死戰

1

初夏的風吹來。

比賽前二十分鐘。準備練習的選手跑向球場時，響起了掌聲和加油聲。青島製作所在一壘後方的應援席大約有兩千名觀眾。一方面是因為應援團積極動員，另一方面是因為生產減縮，員工比較有閒暇時間，而且也是假日全家能一起參加的娛樂活動。總之，在古賀的記憶中，從來不曾看過在第一輪預賽時就有這麼大的應援陣仗。

「今天的比賽絕對不能漏氣。」

坐在古賀身旁瞇眼看著球場的三上部長滿臉緊張。休息區內，只有三上部長和古賀兩人穿著西裝，和身穿制服的球員坐在一起。

「他們的表現一定會很出色。」

古賀回答時，看著在球場上練習傳接球的沖原身上的制服。總務部重新僱用了被製造部解聘的約聘員工——雖然三上在職權範圍內做了這件事，但朝比奈得知之後，在高階主管會議上要求三上撤銷這個決定。三上以此舉的目的是為了節省總務部的加班費，堅持自己的意見，從某種意義上來說，三上也賭上了自己身為上班族的人生。

「聽說社長今天也會來聲援。」

「細川社長嗎？」

古賀忍不住瞪大了眼睛，完全沒有想到要求裁撤棒球部的社長竟然會親自來看比賽。也許這就是三上今天比平時更神經質的原因，「真難得啊。」

一方面是因為之前的多次主要大賽都在開賽沒多久就被打敗了，所以這是社長第一次親自來觀看棒球比賽，只不過古賀忍不住過度解讀，不知道社長只是單純來看比賽，還是為裁撤棒球部做準備。

「是不是有什麼特殊的意義？」古賀問。

「不知道。」三上也偏著頭納悶，「但有一件事很明確，就是我們有義務在球場上全力以赴。雖然這麼說有點誇張，但必須賭上自己的人生。」

一點都不誇張。

雖然成棒和職棒不同，但是這裡的大部分球員都是因為棒球專長而被公司錄用的職業棒球人。對他們來說，一旦棒球部遭到裁撤，就等於剝奪了他們的職場。

規定的練習時間結束後，選手都跑回來，場地整理員跑向球場整地。

圍在休息區前的球員解散後，在球場上散開，站在各自的守備位置。觀眾席上響起巨大的歡呼聲。比賽開始了。

休息區內的氣氛頓時緊張起來。

無論是在場上守備的先發球員，還是坐在長椅上看著場上的替補球員，每個人都露出嚴肅的表情注視著打擊區。但是——

第一棒打者一下子就把球打到了三壘手和游擊手之間。猿田的第一球顯然失敗了。雖然已經習以為常，但今天也出師不利。

第二棒打者的球飛過游擊手的頭上，滾到外野，陷入了危機。比賽開始還不到五分鐘，三上就忍不住開始抖腳。

「阿猿、阿猿！」替補捕手水木把手放在嘴邊大聲叫著，「慢慢來！」

站在投手丘上的猿田用右手碰了碰帽簷，他的表情很緊張。投手的狀態有好有壞，今天的猿田絕對不是理想狀態。

「四壞球！」

裁判的宣判聲響起，捕手井坂立刻要求暫停，拿下面罩，走向投手丘。三上低著頭，右手握拳按著額頭。

第一局就面臨了無人出局滿壘的危機，而且接下來的第四棒打者是去年之前在東都大學棒球隊很活躍的強打者。

簡短交換暗號之後，猿田投了一個內角滑球。好球。第二球是壞球。第三球是個好球帶邊緣的球，但裁判判定是壞球。打者的選球能力很厲害。

耕作，怎麼辦？

古賀看著捕手井坂，在內心問道。

當打者的選球出色時，很難欺騙打者完成雙殺。如果投好球，就正如打者所願。猿田的球速不夠快，無法投出偏高的直球讓打者揮棒落空。

猿田對井坂發出的暗號搖了兩次頭。投手和捕手對投球無法達成共識。猿田投出了第四球——

隨著清脆的聲響，白球一直線飛向左外野的方向，撞到了擋牆後滾落在地。仁科追到球丟回內野時，三名跑者已經跑回了本壘。

所有跑者都跑回本壘的三壘打，得分一下子就領先。

猿田茫然地看著外野的方向。

接著的第五棒打者犧牲觸擊，讓三壘上的第四棒打者安全得分。

2

坐在看台上的細川遠遠地看著第一局上半局分數表的數字。四分。

雖然他對棒球很外行，但覺得這個數字太沉重。

他之前雖然答應啦啦隊的女工要來看這場比賽，但其實他仍然舉棋不定。因為考慮到公司目前面臨的困境，他根本沒心情來看棒球比賽。但是，前天——

細川坐在辦公桌前看資料，有紗進來為他倒茶時問：「社長，後天的棒球比賽，你打算幾點去？」

「棒球？」他抬起頭反問時想起來了。原來是棒球城市對抗賽的預賽。「喔，那場比賽啊，我不太想去。」

「社長，這可不行。」有紗聽了細川的回答皺起眉頭，「大家知道你要去，所以都卯足了全力。」

「大家是誰？」細川忍不住問。

「應援團的人啊。最近棒球部的狀況也有起色，而且第一場比賽很重要，所以他們積極動員，後天去看比賽的員工都是為你而去。」

「我這麼受歡迎嗎？」細川半開玩笑地問。

「對不起，我太誇大了。」有紗道歉後立刻抬起頭，換了一種方式表達，「我相信不少員工是因為你會去聲援，所以他們才想去。」

「是嗎?那我不能辜負他們的期待。」

「真的不能辜負。」

「仲本，妳也會去嗎?」細川問。

「當然啊。」有紗語氣堅定地回答，「所以，社長也一起去，大家在球場上團結一心。」

有紗用青島的這句口頭禪邀請細川一起去觀賽。

此刻——

「第一局的比數就拉開了。」

細川坐在應援席的最前排，並不看好這場第一局出現濃厚敗戰氣氛的比賽。

他只是自言自語，但立刻聽到有人回答說：「才第一局而已」，忍不住感到驚訝。說話的是包裝課的長門。

比賽前應援練習時，長門和應援團一起讓觀眾席進入沸騰。在比賽開始之後，交棒給一名年輕男同事，坐在細川旁邊看比賽。對手隊的第三人終於出局，選手結束第一局上半局漫長的守備，回到了一壘側的休息區。

「好戲才要上場，好戲才要上場。」

看台後方傳來了聲援。回頭一看，觀眾席上的人數比剛才比賽之前更多了。細川之前完全不知道，原來棒球部這麼受歡迎。

「平時也有這麼多人嗎？」

細川問坐在身旁的秘書有紗。

「棒球部算是我們公司的傳統。」

有紗的回答讓細川暗暗感到驚訝。高階主管會議時，那些董事總是對棒球部大肆批評，但在現場觀察後，發現棒球部似乎很得人心。細川進入青島製作所五年，從來不曾來為棒球部的比賽加油，一直以為棒球部只是青島會長基於興趣成立的球隊。

「但其實我今天也是第一次來聲援。」有紗聳了聳肩坦承道，「因為這次成立了應援團，希望大家都來聲援。如果棒球部努力打好這場球，不是可以成為開心的話題嗎？」

如果說單純，這個理由的確很單純，從她說話的語氣中，完全感受不到第一局就被對方拿下四分的沮喪。

身後的應援席上響起一陣歡呼聲，細川看向球場，看到原本圍在休息區前的球員散開，第一棒打者犬彥正快步走向打擊區。

應援席上立刻傳來叫聲。

「阿犬，拜託啦！」

「全壘打、全壘打。」

第一棒不可能打出全壘打吧。細川對這種樂觀的聲援感到很受不了，但也忍不住拍著手。

「阿犬是誰？」細川問身旁的有紗。

「他的名字叫北大路犬彥，這個名字是不是很有趣？先不管他，聽說對方球隊的投手增田是去年在早稻田、慶應義塾、法政、明治、東京、立教這六所大學組成的六大學棒球聯盟中很活躍的本格派投手。」

犬彥轉眼之間就陷入了困境，似乎證實有紗的解說。

最後，犬彥揮棒打向好球帶邊緣的球，變成內野滾地球出局，第二棒的二階堂揮棒落空遭到三振，當第三棒的須崎打出界外球時，應援席上響起一陣嘆息。

細川接過有紗遞給他的寶特瓶裝茶，向她道謝。

看起來完全沒有會贏的跡象。有紗一定察覺了細川內心的這種想法，面帶笑容地對他說：

「我們要溫暖地守護他們。」

細川忍不住苦笑著說：

「是啊，那就溫暖地守護他們。」

「對嘛，才四分算什麼。」

「沒想到妳這麼樂觀。」

有紗露出驚訝的表情看著細川。

「既然都來聲援他們了，就要相信他們。」

相信嗎？細川似乎好久沒有聽到這句話了。

「對啊。」在一旁聽他們對話的長門也說，「要相信勝利，默默支持他們。因為我們只能聲援他們，如果連應援團也放棄他們，還有誰會聲援他們？」

「那倒是。」長門的話很有說服力，「那我們就努力聲援。」

「對！努力聲援！喔！」

有紗舉起右手說道，周圍的員工看到社長秘書滑稽的樣子都笑了起來。但是——

反擊遲遲找不到突破口。六局下半，好不容易等到了兩人出局，二、三壘上都有跑者的機會，第七棒打者仁科三振出局，看台上一片嘆息聲。

「只差一點。」

細川和其他聲援的員工一樣，仰頭看著天空說道。

細川起初很在意員工的視線，在看球時也保持冷靜。

但是，隨著比賽的進行，細川漸漸熟悉了球場的氣氛，看到所有人都站起來，齊聲為場上的球員加油，也跟著越來越投入。當他回過神時，發現自己就像棒球部的成員一樣專注在場上的比賽中。

我並不喜歡棒球。原來我是這麼單純的人？

細川忍不住自嘲地這麼想。

「真的太可惜了。」

身旁的有紗打了一個響指，用力跺著腳。看到有紗懊惱的樣子，就覺得自己越來越投入似乎也沒那麼不自然。

看台上的人都時喜時憂，這種單純天真的快樂感覺簡直就像回到兒提時代。

原來還有這樣的世界——細川已經遺忘了很久，但諷刺的是，從經營的角度來說，這些都是成本。

從這一局開始登板的倉橋在歡呼聲中站上投手丘。

同時，觀眾齊聲叫著猿田的名字，為他送上掌聲，慰勞他雖然被對手球隊奪走了四分，但之後仍努力守住的老練。

「倉橋原本是先發投手。」有紗立刻向細川現學現賣她在比賽前剛聽到的消息，「但如果輸了這場比賽，棒球部就沒有未來了，所以就讓他當中繼投手。」

「所以是傾全力而戰。」

倉橋雖然被擊出安打，但順利投完這一局，沒有讓對方得分。

要改變事態發展的趨勢並非易事。比賽的進展越來越快，青島製作所仍然沒有得分。無論是棒球還是經營，想要阻擋無形的節拍器發出的節奏，改變成自己的節奏都極其困難。沒有人比現在的細川更瞭解這件事難度有多高。

想到這裡，細川就覺得目前處於劣勢的棒球部就像是青島製作所的縮影。不知道大道總教練目前在休息區想什麼，注視著目前的戰況時又在思考什麼。他的精神狀態應該和此刻的細川差不多。

第七局下半局，青島製作所展開攻擊。第八棒打者，也是捕手井坂在聲援中來到打擊區。

「井坂是隊長，他以前是高中棒球很有名的——」

就在這時，球棒發出的清脆聲音打斷了有紗的解說。當直線球越過中外野手時，應援席一下子沸騰起來。

坐在前面的長門站了起來，高舉拳頭，猛然衝向應援團聚集的最前方舞台，好像要狠狠發洩累積已久的鬱悶。戰鬥進行曲響起，所有人都站起來聲援。

這一天的代打荒井走向了打擊區。

第一球和第二球都是壞球，第三球是速球——荒井擊出去的球不幸滾落到投手面前。

看台上響起一陣慘叫。壘審宣佈出局的聲音響徹整個球場，細川癱坐在椅子上。一次雙殺。

這場比賽的運氣太差了。

但是——

「別在意，別在意。」

應援席上的聲援此起彼落，細川忍不住抬起頭。

「沒關係，沒關係！繼續努力！」

長門站了起來，用嘶啞的聲音對著球場叫喊。即使遭到雙殺，即使壘上沒有跑者也沒關係。

——如果連應援團也放棄他們，還有誰會聲援他們？

細川的腦海中回想起長門的話。

打擊順序又回到了第一棒。犬彥一臉略微緊張的表情走進打擊區。

「加油！」

嬌小的有紗大聲叫起來，細川忍不住感到驚訝，不知道她從哪裡發出這麼大的聲音。前一刻籠罩看台的嘆息已經消失無蹤。

戰鬥進行曲再度響起，應援團再次卯足全力聲援。應援歌是〈Let's Go Blue〉。細川也站了起來，看著手上的歌詞卡和大家一起唱歌、聲援球員。

原來是這麼一回事……

細川想道。在球場上團結一心——他終於瞭解青島為什麼創立棒球部，為什麼多年來一直悉心栽培。

所有員工團結一心，無論面對怎樣的劣勢，大家一起相信勝利的這種真摯、真誠和可貴。

這是細川在不知不覺中遺忘的感情。

「繼續努力！加油！」

細川回過神時，發現自己也對著球場大聲聲援。

細川的叫聲引發了周圍更多的聲援，此起彼落，經久不息。

相信他們。無論最後是怎樣的結果，我們現在要在球場上和棒球部團結一心。

就在這時，犬彥的球棒擊中的球飛越了本壘和三壘之間的線。

3

「太好了！」

古賀說著，在胸前用力握拳。犬彥滑進二壘後拍著身上的泥土，臉上沒有笑容。

對手球隊的投手增田在這場比賽中第一次鼓起臉頰，拿下帽子。雖然從他的表情中看不出來，但他顯然已經累了，他投的球威力已經下降。

古賀遠遠地看向後方螢幕上的記分板。

落後四分。

希望這一局能夠追回一到兩分，才有可能反敗為勝。

雖然有兩人出局，二階堂擊出了安打，再加上跑壘成功，二、三壘上都有跑者後，第三棒打者須崎緩緩走向打擊區。

「現在是關鍵時刻。」

井坂嘀咕，熾熱的視線看著站在打擊區內的須崎，緊緊握拳。陽光的陰影遮住了須崎的表情。犬彥偷偷離開壘板，須崎晃動的球棒停了下來。

阿須，打一次好球。為了大家，一定要打出好球。

古賀注視著場上比賽，腦海沸騰起來。聲援、大鼓和小號的聲音——融合在一起，擴散出去，變成了從遠方傳來的浪濤聲。

連續兩個好球帶邊緣的球之後，投手做出了固定式姿勢，準備投第三球。

揮棒——

古賀將意念傳送給站在打擊區的須崎。大道總教練、三上部長、井坂和其他隊友，以及休息區上方所有青島製作所員工，都對著須崎的球棒祈禱。

犬彥一步又一步離開了壘板，增田無視犬彥。增田投球的動作感覺特別慢，在球離開他的指尖後，古賀快要麻痺的聽覺捕捉到球棒擊球的紮實聲音。

被須崎擊中球心的球好像噴火一樣，沿著低空軌道飛出去，從對方游擊手的手套上方數十公分飛過，轉眼之間就在外野的草皮上彈了起來，用力撞在牆上。

犬彥輕輕鬆鬆跑回本壘，二階堂全力衝擊，不顧一切地滑向三壘壘板。

「快跑快跑，快跑！」

休息區的大聲喊叫被看台上的聲援淹沒了，但古賀仍然放聲大叫。大道、三上、井坂、仁科和猿田——所有人都放聲大叫。

「快跑快跑，快跑！」

中外野手回傳的球沒有中繼，直接長傳飛過二壘手的頭上回來。

這是近身激戰。但在捕手碰到之前，二階堂的釘鞋已經滑過了本壘板。

二階堂在全場雀躍中，一臉若無其事地回來了。

休息區內響起掌聲和歡呼聲，即將失去的戰意又重新找了回來。

記分板上出現了「2」的數字，第四棒打者鷺宮帶著休息區的球員和看台上所有觀眾的期待，緩緩走向打擊區。

對方球隊的總教練要求暫停後衝向球場，叮嚀幾句又跑回來。

並沒有要求更換投手。

「只能揮棒。」三上部長說，「只能揮棒擊球，贏得勝利。」

「應該會投壞球。」冷靜的井坂預測著配球，「目前一壘上沒有人，所以可能會投壞球，讓他擊出滾地球。即使球速有點慢下來，但只有控球力出色的投手才能這樣配球。」

增田果然投了如井坂預測的球。那是捕手要求的偏外角直球，但是，據古賀的觀察，增田投的球比壞球向內偏了一個到一個半球身。

就在這一剎那，鷺宮揮動的球棒一閃。

那顆球在觀眾席上的聲援和慘叫聲中高高飛起，越過垂著雙手的中外野手頭頂，撞到了外野後方的觀眾席——彈了起來！

震耳欲聾的尖叫聲和歡喜的漩渦在轉眼之間席捲整個球場。

細川難以置信地看著那顆球飛到了外野看台上，興奮得一次又一次握緊拳頭，連他自己都覺得好笑。

激動情緒一直持續到接著上場的圓藤出局，攻守互換，在第八局上半上場投球的倉橋被連續擊出安打後迅速降溫。

「不太妙啊。」

細川皺起眉。目前一、二壘上都有跑者，無人出局，而且接著上場的是具有高打點能力的強打者，也是對手球隊的中心打者。

有紗立刻說道，細川也發現大道走出休息區，緩緩走向投手丘。

「啊，總教練出來了。」

大道的嘴巴動了動，說了「背號十四號」幾個字，和倉橋說了幾句話，從他手上接過球。

「是沖原！」

有紗興奮地叫了起來，觀眾席也同時響起了歡呼聲。

「沖原？」

細川覺得好像在哪裡聽過這個名字，但立刻想到之前高階主管會議時，朝比奈和三上曾經為製造部約聘員工的問題發生爭執。

「他是很受期待的新星。」有紗立刻為他解說，「大道總教練在上次公司的棒球大賽發現了他，邀請他加入棒球部，他原本就是二葉西高中的王牌投手。」

「原來是這樣。」

細川也知道二葉西高中，那是棒球的名校。雖然不知道沖原既然有這種才能，為什麼會在自家公司當約聘員工，但他發現從牛棚跑向投手丘的男人一臉精悍，鎮定自若。

和井坂的投球練習結束後，他抓起止滑粉袋後丟在地上，拉了拉帽簷。當微微前傾的井坂向他發出暗號時，他點點頭，用固定式投球姿勢投出了第一球。

對手球隊第三棒打者揮棒落空，球落入捕手手套的「砰」的聲音響徹全場。

球場響起一陣歡呼。那是一個筆直的快速球，或許是因為和軟投派的倉橋比較的關係，所以感覺球速更快了。

在緊張局勢下登場的沖原很快就將打者逼入絕境，最後接到了內野滾地球成功雙殺。接著，又順利讓第四棒打者揮棒落空，三振出局，英姿煥發地離開了投手丘。一切都發生在轉眼之間。細川身處歡呼的漩渦中，無法克制身體深處湧現的興奮。

「他真厲害啊。」細川語帶顫抖地說，「他是這麼厲害的投手嗎？」

有人用手指吹著口哨，所有人都站起來，用掌聲迎接沖原。

細川也拍著手，瞇眼看向記分板上的數字。原本敗戰意味濃厚的比賽，如今變成了白熱化的激戰。

就在這時——

「細川——」

他聽到背後有人叫他，回頭一看，發現是青島，情不自禁起身。

「會長！你也來了。」

「在球場看比賽對心臟不好，所以我原本留在公司，但在公司也坐立難安。不過，」青島抬頭看著記分板苦笑，「這場比賽果然對心臟不好。」

青島在細川右側坐下，瞇眼看著球場。青島和棒球場完全沒違和感。陽光、風、應援席的熱鬧，以及球場上進行的比賽。青島很自然地接受了這一切，泰然自若地出現在那裡，讓人無法忽略他的存在。

「細川，你知道棒球場上最精采的比數是多少嗎？」

青島突然問，細川偏著頭。

「我對棒球不太瞭解，是不是三比二？」

「是八比七。」青島回答，「最初是富蘭克林・羅斯福總統說，這是最精采的比數，所以稱為羅斯福遊戲。」

「是喔，所以是打擊戰。」細川瞇眼看著四比四的記分板說，「所以接下來雙方還要各得三分和四分。」

「但是，如何得分會對比賽有完全不同的印象。」青島說，「雖然有的比賽像翹翹板一樣，雙方一分一分增加，但我認為一口氣追上拉開比分的逆轉戰才精采。並不是一分一分增加，最後變成四比四，而是一開始就被奪走四分，最後順利追上比分，這種比賽才格外精采。絕望和歡喜只有一線之隔，就和某件事一樣。」

細川聽了青島最後這句話，忍不住轉頭看著青島。老練的經營者注視著球場，細川打量他的側臉片刻，也順著他的視線看向前方。公司球隊的打者遭到三振，沖原正走向投手丘。

九局上半，沖原的投球讓三名打者都沒有擊出安打，球場上的球員輕鬆完成了守備。沒有任何驚險場面，簡直就像在看事先安排好的舞台劇。

青島說的「某件事」當然就是經營。

細川忍不住想：我今天到底為什麼來這裡？

原本只是來看棒球比賽，沒想到獲益匪淺。如果青島製作所的經營目前處於七比零的劣勢，那再贏八分就好。要相信自己，相信員工，相信勝利的歡喜在前方等待——

「會長，謝謝你。」

細川看著前方說。

第九局，輪到青島製作所隊進攻時，指定打擊荒井走進等待打擊區用力揮動球棒，似乎想要掃除上次打擊時，沒有擊出安打，錯過了大好機會的印象，然後一臉充滿鬥志的表情走進打擊區。

「雖然剛才失敗了，但他其實是具有長打能力的選手。」

有紗向細川說明，荒井的球棒隨即噴出火。

球棒擊出的球在應援席的聲援中飛向左外野後方只有寥寥數名觀眾的看台，用力彈了一下，消失在細川的視野中。

4

「和東洋相機互動的感覺怎麼樣？」

坂東在三和電器業務會議上提出的問題有種不允許任何藉口的嚴厲，他的雙眼注視著執行董事河本。

河本被稱為是坂東的右手，目前統籌管理三和電器的業務工作。

「應該很快就會給我們正式的答覆，我們公司目前最具競爭力，這一點絕對沒問題。」

「青島製作所呢？」

坂東很在意競爭企業的動向。之前決定加強電子工程部，作為讓公司起死回生的重要策略，最大的競爭對手就是在技術方面領先的青島製作所。雖然坂東很少提這件事，但他始終無法擺脫在技術開發能力上比青島落後的危機感。

「據說我們的影像感測器的性能更好，」河本觀察著社長的臉色說，「而且性價比也更高。」

但是，坂東並不是思考膚淺的人，不會聽到這些話就馬上喜形於色。他仔細咀嚼了河本的發言後，又進一步問：「青島的規格數據怎麼樣？」

「目前還沒有正式交給東洋相機。」河本回答，「因為東洋相機打算將產品提前上市，所以青島很可能來不及開發。」

萬一來得及呢？坂東很想這麼問，但最後還是把這個問題吞下去。因為他覺得自己太疑神疑鬼了。

「東洋相機最終在六月底決定在新產品中採用哪一家的影像感測器一事仍然維持不變。」

坂東沉默不語。如果青島製作所的開發趕不上這個期限當然沒有問題，但東洋相機向來重視品質，如果青島的新型影像感測器在六月底之前完成，就很可能不採用三和電器的影像感測器。

會議室內陷入凝重的沉默。

影像感測器是坂東制定的中期經營策略中的重要商品，也因此進行了巨額投資，但由於比起規格，以性價比為優先這一點，成為之前向東洋相機推銷失敗的原因，然而，只有讓受到市場矚目的東洋相機願意使用自家產品，才能在新加入的影像感測器領域獲得相當的地位。

已經投入的百億圓規模資本必須回收，如果想要推出高規格的產品，就需要投入更多時間和成本進行研究開發。影像感測器事業才剛起步，照目前的情況，很可能會成為公司的負擔。

只有兩件事能夠挽救這項策略的失敗：第一，就是必須千方百計獲得東洋相機的訂單，再來，就是要消除青島製作所這個最大的威脅。

他想起青島製作所社長細川的臉。時下經濟不景氣，青島製作所應該也出現了赤字，為什麼至今仍然沒有答覆同意整合的提案？坂東忍不住感到心煩意亂。

5

東洋相機的採購部長大槻把手上的資料放回桌上後，冷冷地問：「今天有什麼事嗎？還是帶了試製品過來？」

「不——目前還沒有完成。」

豐岡一臉誠惶誠恐的表情回答，大槻失望地嘆了一口氣。

「我們將製造日程提前固然不對，但我沒想到你們公司的研發日程竟然拉得這麼長。」

「很抱歉。」

大槻也知道豐岡今天上門並不是有什麼特別的事，只是來套交情、拉生意。

「開發團隊幾乎不眠不休地努力，但因為這次的影像感測器難度很高，所以需要相應的時間。」

「你一直說難度很高、難度很高，到底是怎樣的影像感測器？」

大槻語帶挖苦地問，豐岡立刻把一份資料遞到他面前。

「這是什麼？」

大槻瞪大眼，隨手拿起資料。豐岡悄悄觀察到他的視線緊盯著上面的數字。

這是技術開發部目前正在開發的新影像感測器的預計規格。豐岡硬是向技術開發部的神山要來相關的數據，製成了這份極機密資料。照理說，這些規格數據不得對外透露，所以他答應神山，給大槻過目之後就會回收。

大槻看著資料，表情有了變化，默默地把資料放回桌上。豐岡立刻把資料收回皮包後問大槻：

「如果我們的產品能夠達到預定的規格，而且能夠趕上貴公司的測試，是否有可能採用我們的產品？還是說，這樣的規格仍然比不上三和電器的影像感測器？」

大槻皺著眉頭陷入了沉默，然後抱著雙臂。

「你真是哪壺不開提哪壺。」

大槻說完這句話，露出帶著苦澀的表情，豐岡猜想東洋相機公司內部應該有自己難以想像的苦衷。

「我接下來說的事請不要外傳，」大槻聲明了這句話後繼續說道：「我之前和開發部門討論之後，提出是否能夠重新調整新產品上市日程的提案，可惜遭到否決。」

意想不到的話讓豐岡瞪大了眼睛。

「請問你不惜這麼做的理由是什麼？」

「請你不要透露這件事是我說的。」大槻叮嚀後，壓低聲音說：「不瞞你說，規格不足。」

「三和電器的產品嗎？」豐岡問。

大槻沒有回答，但從他臉上的表情就知道，事實正是如此。

這是豐岡第一次聽到三和電器的產品相關的資訊。

「我認為這樣的影像感測器用在我們的新產品上不夠驚豔，只不過經營高層和製造開發人員有不同的判斷。」

豐岡也知道，這是很難解決的問題。

「雖然三和電器的主張就是強調性價比，但不瞞你說，有不少人對此有不同的意見。」大槻說，「入門款當然沒問題，但越是高階的高級相機，消費者的需求越高。既然要推出新款，就必須在性能上和現行款有足夠的差異，讓消費者想要購買新款。」

「但應該也有消費者認為價格便宜比性能更加重要。」豐岡故意這麼說。

「也許吧，」大槻冷冷地回答後斷言道，「這就取決於相機廠商的態度。再回到你最初的問題，如果——如果你們能夠完成這種規格的影像感測器，雖然還必須考慮到單價問題，但採用的可能性極高，不，無論如何都希望能夠採用。」

寧靜的興奮填滿了豐岡的內心。

「三和電器的影像感測器就只有這種程度的評價嗎？」

細川聽了豐岡的報告後，難以置信地嘀咕。社長室內除了細川以外，還有笹井，以及一臉不悅的神山。神山之所以不高興，是因為很生氣豐岡硬是要把這份預測規格數據拿給公司外的人看。

「太有意思了。」笹井嘀咕著，露出意味深長的眼神看著細川，「社長，你怎麼看？」

「三和是不是錯估了東洋的需求？」細川分析道，「他們可能認為東洋相機和其他相機廠商的需求不是性能，而是降低成本。」

「很有可能因此開發了半吊子規格的產品。」笹井說。

「也可能沒有能力開發。」

神山板著臉補充說。因為他瞭解開發影像感測器的難度，所以他的發言也毫不留情。

「果真如此的話，三和當然會急得像熱鍋上的螞蟻。」笹井說，「想要投入影像感測器市場，初期投資的資金很可觀。有價證券報告中顯示，三和投入了超過一百億的資金，一旦失敗，就會追究相關人士的責任。」

這時，細川內心終於確信了一件事。這就是三和提出要和青島製作所整合的理由。

「神山部長，怎麼樣？」細川看著技術開發部長問，「能不能將原本預定在八月完成的試製品提前兩個月？」

神山沒有回答。比起技術人員，他的氣質看起來更像是手藝人，而且好像總是在生氣。

「我會努力，但無法保證。」

他終於擠出的這句話為現場熱烈的氣氛潑了冷水，細川感到極度失望，甚至有點惱火。

「我並沒有要求你保證！」細川忍不住情緒化，「青島製作所目前正面臨生死關頭，你就不能再拚一點嗎？」

「我只是表達專業的意見。」神山冷冷地說，「開發需要時間，即使想要提前，也有無法輕鬆解決的問題。」

「就是因為你說這種話——」

豐岡聽了神山的話，大聲地想要說什麼時，細川打斷了他。

「算了。神山部長，你是不是擔心產品保證的問題？」細川嚴肅地說，「如果是這樣，由我負起全責，可不可以請你設法提前？」

「社長，」這時，微微低著頭的神山低沉地說：「社長，為什麼要討論由誰來負責任這種消極性問題？你不是最討厭這種事嗎？」

細川倒吸一口氣。

「你知道如果影像感測器出現不良品，會導致怎樣的後果嗎？」神山繼續說道，「不光是生產線上的相機，市場上的相機也都要回收、拆開，換上新的影像感測器。並不是只要補償我們公司的零件就好，這件事需要耗費巨額的成本，到時候要怎麼負責？根本不可能負起責任。」

細川把反駁的話吞了下去，神山對他斷言：「開發的責任當然由我負責，我並不是害怕要我負起責任這件事，只是想讓自己完全滿意的產品上市。」

「他還真頑固。」

笹井目送神山的背影消失在門外後，無奈地說。

細川也坐在扶手椅上嘆著氣。他完全不知道該如何說服神山，不，他甚至不知道是否能夠說服他。

「他甚至連盡力而為都不肯說，簡直太匪夷所思了。」

細川脫口說出了內心的不滿。

笹井露出同情的眼神看著細川，然後從自己手上的檔案夾內拿出一份用釘書針釘起的資料，默默滑到細川面前。

那是從上個月到昨天為止，各部門加班費每天變化的圖表，這是笹井掌握的即時成本資料之一。

「請看一下技術開發部門的部分。」

細川不知道笹井想要說什麼，翻開了那一頁，最先看到「待批示」的文字。

在向全公司下達降低成本的命令後，除了負責精簡人事的總務部以外，其他部門的加班費都銳減，只有技術開發部的趨勢相反，不只沒有減少，反而大幅增加。光看數字，會覺得完全無視細川等經營高層的指示。

細川抬起頭，一臉嚴厲的表情看著笹井。

「雖然神山剛才那麼說，但其實他已經全力以赴了。聽說影像感測器的開發團隊都住在公司，可不可以請你核准他們的加班費？」

原來是這樣。細川說不出話，只能注視著笹井冷淡的表情。

「……我剛才說了很對不起神山的話。」過了一會兒，細川這麼說，「笹井專務，我身為社長，能為他們做什麼？」

「如果有的話——」笹井開了口，「應該就是相信他們，等待他們的成果。」

相信——

細川腦海中浮現幾天前看到棒球部的比賽。

和那天的比賽一樣。

「笹井專務，我有一件事要向你報告。」細川鄭重其事地看著笹井說，「三和電器提出要和我們經營整合。」

笹井不動聲色地看著細川，細川覺得他的眼睛深處閃過了某種情緒，但細川並不知道那是什麼。

「我想聽聽你的意見。」

笹井在回答之前，眼神中似乎充滿了某種強烈的意志，但細川還來不及清楚瞭解，那種意志就消失在他耿直的眼睛深處。

「如果與三和電器整合，我們公司就能夠繼續生存嗎？」笹井睜大了眼睛，問了這個嚴肅的問題，「他們想要的是我們的技術能力，一旦得到了想要的東西，其他的就會棄如敝屣，大部分員工都會遭到裁員，離開這家公司。」

「所以你反對嗎？」細川問。

「我反對。」笹井明確回答，「從豐岡剛才的報告就可以明確知道，根本不需要與三和經營整合。」

細川目不轉睛地注視著笹井後，輕輕點頭說：「我明白了。」

他對坂東的提案終於有了滿意的結論。

6

笹井離開後，社長室內只剩下細川一個人，他拿起辦公桌上的電話。

「關於上次那件事，」細川沒有多客套，就直接進入了正題，「照理說應該當面答覆，但我認為越早通知你越好。」

「謝謝，請問你的答覆是？」三和電器的坂東聲音中充滿期待，「我可以認為是好消息嗎？」

「我從各方面考慮之後，認為無法接受這個提案。」

電話彼端陷入靜默。

「細川社長，可以請你說明一下理由嗎？」

坂東好不容易擠出的這句話因為難以克制的憤怒而發抖。

「因為貴公司和敝公司的企業作風差異太大了。」

坂東再度陷入沉默，他難以接受。

「兩家公司的企業規模不同，和以營業為主體的貴公司相比，敝公司就像是一家以技術為中心的小公司，我不認為兩家公司整合之後能夠順利。」

「正因為這樣，不是更好嗎？」坂東說話的語氣似乎覺得細川搞不清楚狀況，「正因為兩家公司不同，一起經營才有意義。兩家相同規模、內容也差不多的公司即使整合在一起，又有什麼意義？」

「也許是這樣，但我認為敝公司只會遭到併吞而已。」細川淡淡地說，「我認為這件事有點牽強。」

「細川社長，這是你個人的意見嗎？」坂東用嚴肅的語氣問，「還是董事會的正式意見？」

「這是我個人的意見，但也可以認為是公司的意見。」細川回答說，「因為當初有勞諸田社長費心，所以我想改天設宴招待兩位。」

「不需要。」坂東毫不掩飾聲音中的焦躁，「你讓諸田社長臉上無光，怎麼可能吃頓飯就解決？」

「很抱歉。」細川說，「但敝公司也有很多無法讓步的地方。」

「你的想法有問題。」坂東斬釘截鐵地說，「即使企業風格和企業規模有很大的不同，也未必不能整合，如果你拒絕，日後一定會後悔。」

「是嗎？」細川提出了質疑，「對三和電器來說，和敝公司整合或許有好處，但對敝公司來說未必如此。」細川直搗核心，「坂東社長，你直到最後，都沒有說出提出這個提案的真正目的。」

「真正目的？什麼意思？我不是說了規模帶來的利益，難道你忘了嗎？」

「不必說場面話。」

「什麼叫場面話！」

坂東大聲質問，細川冷靜地繼續說道：

「如果只是追求規模帶來的利益，不一定需要和敝公司整合，但為什麼你選中了敝公司，我始終無法瞭解其中的原因，但現在終於發現了合理的答案。」

「喔，真是太有趣了。」坂東不悅地回答，「那可不可以告訴我？我的目的是什麼？」

「是不是敝公司的影像感測器技術？」

「開什麼玩笑！」坂東聽了細川的回答，咬牙切齒地說，「你說我是為了貴公司的技術開發能力提出經營整合？你真的這麼認為嗎？如果是這樣，我真懷疑你身為經營者的眼光。」

「如果我說錯了，那就太抱歉了。」細川說，但坂東並沒有反駁。

「既然你都說到這種程度，那我只能認為這件事原本就不太可能，」坂東說，「看來我也很沒眼光。」

「也許吧。」細川說話時有點難過。如果沒有這件事，也許可以和坂東之間建立良好的關係，「事情就是這樣，恕我失禮了。」

細川就這樣掛斷了電話。

「怎麼會有這麼無禮的傢伙！」

就在此時——

「到底是誰無禮呢？」

坂東聽到背後傳來的嘀咕聲，滿臉怒氣的表情扭曲起來。

諸田這天剛好來找他，沒想到竟然在這個時候接到了細川的電話。這應該是某種暗示，他覺得自己太愚蠢，原本還期待可以當著諸田的面，聽到有關整合一事的好消息。

一陣尷尬的沉默。

「他不僅有一些無聊的誤會，而且還不給你面子，簡直豈有此理。」

諸田聽了他的嘀咕，忍不住露出苦笑。

「我可不認為不給我面子。」

「你太天真了。」

「是嗎？」

諸田拿起桌上的茶杯，喝著剩下的茶。

「最近有很多這種搞不清楚狀況的年輕人，絕對無法原諒他們這種不知天高地厚，目中無人的行徑。」

坂東無法平息內心的怒氣。

「所以你要著手執行之前的計畫嗎？」

坂東沒有立刻回答，銳利的視線注視著社長室的牆壁。

「給他一點好臉色，他竟然就得寸進尺。青島製作所根本是微不足道的對手，我會讓他搞清楚這一點。」

坂東氣得發抖，諸田喝了一口已經變涼的茶後站了起來。

「好，你有你的做法，那我就領教一下你的能耐。」

7

「嗨，是我。聽得出來我是誰嗎？」

接起陌生號碼打來的電話後，對方用熟絡的語氣問道。那是一個男人的聲音，雖然好像在哪裡聽過，但一時想不起來。

沖原伸手拿起遙控器，把電視的音量調小聲，然後對著電話問：「不好意思，請問你是哪一位？」

「搞什麼啊，你也未免太無情了。我是如月，怎麼可以忘記曾經照顧你的學長呢？」

沖原握著手機的指尖用力。

「你怎麼知道我的電話？」

「喔，我問了阿蒔。」

蒔田是二葉西高中棒球隊的隊友，目前偶爾也會聯絡。

「這種事不重要，聽說你又開始打棒球？還在第一輪預賽時投了球？」

沖原沉默不語，握著電話的右手臂腋下冒汗的感覺很不舒服。

「你沒有向我們打聲招呼就做這種事，太讓人火大了。我被你打的地方現在偶爾還會痛，希望你改天好好來向我道歉。」

「我正在忙。」

沖原正打算掛上電話，聽到如月在電話中說「我絕對會毀了你」，停下了準備掛電話的手指。

「你給我記住，我絕對會毀了你。」如月說，「引發暴力事件的傢伙竟然還敢打棒球。」

沖原聽著握緊的手機中傳來電話掛斷的嘟嘟聲。

第七章　八卦報導

1

棒球部漸漸有了起色。

在第一場比賽中征服了東京棒球俱樂部後，又在第一輪預賽中大獲全勝。青島製作所棒球部勢如破竹，進軍將決定代表東京都出賽的第二輪預賽。

春季區域大賽中名列前茅，不需要參加第一輪預賽就直接晉級的四支球隊，和在第一輪預賽中獲勝的青島製作所等四支球隊，總共八支球隊將參加兩週後舉行的第二輪預賽。每一支球隊都是在成棒界知名的強隊，但只有其中三支球隊能夠代表東京都出賽。

第二輪預賽中，在八支球隊的淘汰賽中獲勝的球隊將成為第一代表隊。在決賽中落敗的球隊，將和在其他六支球隊舉行淘汰賽後獲勝的球隊對戰，獲勝的球隊將成為第二代表隊。在決定第二代表隊的淘汰賽中獲得第二名和第三名的球隊將再次對戰，獲勝的球隊將得到最後一張門票，成為第三代表隊。

青島製作所的目標當然是希望代表東京都出賽，只不過雖然球隊的狀況漸有起色，但要達到這個目標並不容易。

古賀看完球場上的練習，轉身準備回去處理球隊經理的工作時，手機響了起來。

「古賀，你有沒有看報紙？」

打電話來的是《棒球月刊》的西藤，他的語氣聽起來很緊張。

「該不會是哪個球團要出售？」

古賀開玩笑說道，因為西藤這個人向來語不驚人死不休。

「現在不是開玩笑的時候，」西藤在電話中大叫著，「你是不是還沒有看今天的《日本日刊》？」

「《日本日刊》？」那是在車站賣的晚報，「那份報紙怎麼了嗎？」

「上面刊登了有關沖原的事。」

「沖原？」

正在走路的古賀停下了腳步，他看向球場，看著正在進行守備練習的背號十四號球員。

「古賀，就是之前的暴力事件，《日本日刊》當作獨家報導了這件事。」

「什麼？」古賀忍不住大聲問道，「這是怎麼回事？」

「我馬上傳真給你，你先看報導再說。」

西藤說完，就掛上了電話。

回到棒球館，傳真機正在吐出西藤的寄送單，當古賀看到接著傳來的報紙剪報時，忍不住懷疑自己的眼睛。

——成棒青島製作所隊的主投手隱匿的暴力事件

報紙上竟然出現了這種巨幅標題。

報導的主要內容是沖原以前在二葉西高中時代引發的暴力事件始末，那篇報導認為「被趕出高中棒球界的人雖然一度消失在眾人面前，如今隱瞞了過去，試圖在成棒界復活。棒球部的球員是企業活廣告，這種球員顯然有損青島製作所的形象。」

古賀抓著傳真的手忍不住發抖。

大字標題顯然想要吸引讀者的注意。

西藤立刻打來電話。

「這是怎麼回事？」

「阿哲，你不要對我發火啊。」西藤在電話中說。

「是哪個王八蛋寫了這種報導！而且也從來沒有向我們求證。」

「《日本日刊》原本就是這種八卦報。」西藤回答說。

「王八蛋！到底誰在胡說八道！」古賀義憤填膺地怒罵道。

「關於這件事，」西藤委婉地說，「其實村野總教練也曾經向我們雜誌的窗口提過這件事。」

「你說什麼？」古賀怒不可遏。

「他可能想用這種報導打垮青島製作所，他這個人在某些方面不是很卑鄙無恥嗎？」西藤想必是因為被別人用這種方式搶先報導了沖原的事，所以語氣中難掩煩躁，「為了達到目的不擇手段，村野總教練就是這種人，聽說和沖原打架的那個姓如月的投手，也和村野總教練一起四處放話，可見他們已經把青島製作所視為對手。」

「開什麼玩笑！」古賀咬牙切齒地說，「如果有什麼新的狀況，再隨時通知我。」說完，就掛上了電話。

王八蛋。

當他重新看傳真時，在報導中看到了如月一磨說的話。

——有些事沒辦法隨著時間消失，難以理解他毫不反省，一副以為沒人知道就無所謂的態度站上投手丘。

「為了把沖原趕盡殺絕，不惜耍這種手段嗎？」怒火在內心深處翻騰，古賀低吟著，「你們做的事太骯髒了。」

古賀抓著收到的傳真衝出了棒球館，快步走向總務部。

「部長，可以打擾一下嗎？」

古賀一走進部長室，坐在辦公桌前的三上抬起了因為連日操勞而疲憊不堪的臉。

「出現了這樣的報導。」

古賀走到辦公桌前，把緊握在手上的傳真遞給三上，然後看著三上的臉色越來越凝重。

不一會兒，傳真紙「啪」地從三上的指尖滑落，他陷入沉默。

三上把手肘撐在辦公桌上，握著的雙手用力按著額頭，閉上眼睛。當他抬起頭時，雙眼佈滿了血絲，臉上帶著憤怒和懊惱。

「據說是村野總教練提供的消息。」

三上把原本想說的話吞下，重重地靠在椅背上。

「好不容易有了點起色。」

從三上口中吐出的這句話可以感受到他的懊惱。

「部長，我們去向《日本日刊》抗議，這篇報導顯然充滿惡意，而且沒有向我們瞭解情況，就隨著三和電器起舞，一廂情願地亂寫一通。」

「我會去抗議。」三上說，「但事情可能沒這麼簡單，無論是基於任何理由，一旦出現這種報導，就會對青島製作所造成負面影響。」

「但是，部長，」古賀反駁道，「我們根本沒有錯，即使是沖原那件事，只要瞭解來龍去脈，誰都可以理解他的行為。」

三上用力閉著眼睛，顯然陷入苦惱，好像一下子老了好幾歲。

「我知道你想表達的意思，」三上繼續說道，「但是，我們公司目前身處的環境並沒有這麼簡單。無論如何，你去安撫沖原一下，我們只能咬牙撐過去。」

古賀走出部長室，確認了手機的來電記錄，忍不住輕輕咂著嘴，回撥給對方。

對方是《關東體育報》的熟識記者，可能看到了《日本日刊》的報導，想要針對這件事進行採訪。

古賀無法無視，也不可能逃避。一旦拒絕採訪，後續的報導就會一面倒向三和電器，簡直就像缺席判決時被判有罪。

「如果可以的話，我明天有時間。」

對方說希望明天見面，雙方約好時間後，結束了通話。

他走向球場。

「總教練，總教練——」

古賀叫著正在看球員守備練習的大道，走過去後，把報紙的影本交給他。

球員的吆喝聲響徹整個球場，大道在球場角落看了報導的內容，靜靜地咬著嘴唇，深呼吸般重重吐了一口氣，抬頭看著陰沉的天空。

「聽說是三和電器提供的消息。」

大道沒有回答，回頭對著身後叫了一聲：「阿沖。」然後招了招手。

「阿沖，你聽我說，晚報刊登了無聊的報導。」大道對跑過來的沖原說，「是關於你的內容，大家都很清楚你做得對，所以，你不必放在心上。」

沖原的視線看著報導的內容。

他的表情中明顯出現了慌亂，然後皺起了臉。

沖原看完之後，空洞的視線看向擋球網方向的空間，沉默不語。

「這是三和電器的策略，」古賀告訴沖原，「你只要專心做自己該做的事，知道了嗎？」

但是，沖原臉上的表情好像經過了漂洗，完全沒有一絲情緒。

2

「啊，老公，剛才三和電器打電話來。」

竹原研吾在晚上八點多回到位在練馬的家中。他從位在日本橋的公司下班之後，去了一趟證券公司，所以比平時晚了將近一個小時才到家。今年五十四歲的竹原在大學畢業之後，就進入日本橋一家專賣特定領域產品的商社，在那裡工作了三十多年。他在公司的職務是代理部長，明年就將退休，既沒有失去升遷的機會，但也沒有出人頭地，度過了平安無事的上班族生活。

兩個女兒都已經出嫁，目前和妻子兩人住在三十五歲時在新興住宅區買的獨棟房子。

竹原家以前是調布一帶很有名的地主，但竹原的父親做生意失敗，幾乎敗光了所有的家產，竹原是靠苦學才讀完大學。

至今為止的人生中，竹原不止一次覺得，如果父親沒有敗光家裡的財產，不知道該有多好，每次都忍不住對不甘於只做不動產業，投資做各種生意，一次又一次失敗的父親感到怒不可遏，覺得父親是個愚蠢的男人。如果父親是個腳踏實地的人，現在的自己就不會只是一個微不足道的上班族，而是可以悠閒度日的有錢人。

雖然竹原蔑視父親，但他也繼承了父親的投機性格。

竹原的投機性格表現在股票投資上。

最初是比他大兩歲的公司前輩教他買股票，那是發生泡沫經濟的五年前，他在前輩的建議下，花了一百萬圓投資在東證二部上市的電機類股票，短短半年就賺了五十萬圓。

股票能夠賺錢。竹原當時想道。

他以前對投資股票完全沒有興趣，看經濟報時，也會跳過股票欄，之後卻整天拿著紅筆，專心研究股價。

幾年之後，他投資的金額增加到五百萬圓，投資對象以電機股和運輸股為主。泡沫經濟時代，股價飆漲，竹原從股票中的獲利超過每個月的薪水，回想起來，那時候是他身為股票投資客的顛峰時期。

沒想到不久之後，泡沫經濟崩潰了。

許多公司和投資客因為投資股票失利而虧損、破產，沉迷股票的竹原當然不可能毫髮無傷，短短一年就把在泡沫經濟期間賺的錢全都賠光了。

竹原記取了教訓，決定再也不碰股票，接下來的確有十年時間完全沒碰。

在這十年期間，股票行情看似回檔，但又慢慢下滑，竹原看著每天的日經平均指數，每次都暗自鬆了一口氣，「幸虧我不再玩股票了。」但是，當日經平均指數跌破做夢也不可能想到的一萬點時，他的想法改變了。他覺得目前真的就是股票市場的谷底。

不可能再繼續跌下去。現在買股票，絕對能夠賺錢。

竹原再次開始投資股票。

由於他比之前多了可以自由運用的錢，而且對自己的判斷也有了自信，所以膽子就更大，做了以前不敢出手的事。

融資融券。雖然能夠靠很少的本金大賺，但一旦失敗，就需要繳交巨額「追加保證金」。竹原認為「不可能虧錢」，開始做融資融券，但其實只要冷靜思考，就知道這是毫無根據的判斷。曾經教竹原玩股票的前輩也沒有忘記告訴他股票的可怕。

「這個世界上沒有一個投資人能夠連戰連勝。」前輩說，「股票沒有常勝這件事，不要陷得太深。」

竹原在某檔電機股上栽了很大的跟頭。那是名為東京電器的新上市股票。

他愛上這檔股票，持續買入，靠融資投資了五千萬圓，結果美國引發了全球金融危機，如今股價只剩原來的一半，如果股價繼續不見起色，他就必須繳交數千萬圓的追加保證金，在上班族生涯即將結束之際，竹原陷入困境。他當然沒有把股票的事告訴妻子。

「三和電器打來的？」竹原的上衣脫到一半，忍不住問，「三和電器的誰？」

「他沒有說，」妻子在廚房回答，「只說晚一點會再打來，所以我也沒問。」

「這樣啊。」

他的公司與三和電器沒有業務往來，他也不認識三和電器的人，更何況如果是工作上的事，不可能打來家裡，而是會打去公司。

妻子從冰箱裡拿了一罐啤酒給他，他打開拉環，看著晚報。將近九點時，電話又響了，好像看到他已經吃完了晚餐般準時。

「老公，三和電器的人找你。」

接起電話的妻子把話筒交給他。

「不好意思，這麼晚打擾，我是三和電器秘書室的加藤。」一個陌生的聲音在電話中恭敬地報上了姓名，「因為敝公司的社長坂東想請教竹原先生什麼時候有空，所以冒昧打電話到府上叨擾。」

「社長？」對方說的話太唐突，竹原忍不住偏著頭納悶，「請問這是怎麼回事？你怎麼知道我家的電話。」

「是向城戶社長打聽到的。」

是城戶志真。她是竹原家的遠房親戚，很能幹，目前是不動產公司的老闆。

「為什麼會向城戶社長打聽我的電話？」

竹原問，但姓加藤的男人回答說：「不好意思，坂東社長有交代，他會親自向你說明詳情。」

「我根本不知道你們有什麼事，卻要我安排時間嗎？」竹原忍不住有點生氣。

「我很想告訴你，但因為有各種原因，」加藤回答說，「坂東社長有交代，可以事先透露，絕對是對你有利的事。」

竹原思考起來，雖然這通電話很冒昧，但既然是三和電器的社長要找自己，如果說他完全沒有興趣，當然是騙人的。

股票上市公司的社長親自說要和自己見面，當然不可能只是閒聊。

加藤希望他這個星期或是下個星期騰出一個小時的時間，竹原從公事包裡拿出記事本，和他約定了後天晚上七點的時間。

「如果時間方便，要不要一起吃晚餐？」加藤邀請他。

「不，只談事情就好。」竹原回答後，約好在公司附近的飯店咖啡廳見面，然後掛上了電話。

竹原在約定的時間來到飯店，看到一個身穿深藍色西裝的男人站在咖啡廳入口，拿著三和電器的簡介。竹原上前打招呼，那個男人把他帶到咖啡廳最深處一張四人座的桌子旁，一個五十多歲的男人已經坐在那裡，滿面笑容迎接了竹原，請他在對面的沙發上坐下。他就是三和電器的社長坂東。

「謝謝你今天百忙之中抽出寶貴的時間前來。」

坂東恭敬地鞠躬說道。雖然他的臉看起來很有個性，但笑起來的時候很親切。或許這是他在做生意時慣用的表情，他親切的態度不像是一家大公司的老闆，所以令竹原產生了好感。

「我們接下來聊的事，可不可以請你保密？」在聊了竹原的工作和一些無關緊要的事，彼此稍微熟悉之後，坂東單刀直入地切入了正題，「敝公司目前向青島製作所提出了經營整合的提案。」

「青島？」

坂東的話完全出乎竹原的意料。

「雖然目前還沒有進入要以怎樣的方式進行整合這種具體的內容，一旦和敝公司整合，青島製作所的股票當然就會上市。」

「是啊。」竹原回答。

這下子會有巨額的資金流動——他立刻得出這個結論。

而且這是可以大賺一票的機會。

青島製作所是懶鬼父親留下為數不多的資產之一，因為公司的股票未上市，無法在市場上出售，所以成為根本派不上用場的不良資產，但也因為這個原因，其他財產全都被拿走，只有青島製作所的股票還留在手上，他做夢都沒有想到那些股票竟然會以這種方式重見天日，而且還剛好在自己為錢煩惱的這個節骨眼。

上天似乎還沒有放棄竹原。

「竹原先生，你有那家公司的股票吧？」坂東問，「一旦股票上市，你就會有一大筆資本利得，甚至可能有好幾億。」

「請問什麼時候——」竹原問，「請問你們什麼時候會整合？」

到時候竹原就不需要為幾千萬的錢節衣縮食過日子，這次真的不能再玩股票，要用這筆錢好好享受。

坂東收起了親切的笑容。

「這件事目前暫停了。」

竹原難以相信。有什麼理由拒絕這麼好的事？

「暫停？請問是怎麼回事？」

竹原忍不住探出身體問。

「細川社長拒絕了。」坂東露出了懊惱的表情，「我相信你也知道，目前一些大廠都開始實施生產調整，將進一步縮減客戶，我猜想青島製作所在上一年度的決算應該出現了赤字，本年度應該更不樂觀。我認為在目前的生意環境下，和敝公司進行經營整合應該是有利的選項之一，你認為呢？」

「我完全同意，」竹原回答時對細川做出的判斷感到憤慨，「細川社長到底在想什麼？」

「我也很想請教他。」坂東委婉地表達了對細川拒絕整合提案的不滿，「所以今天約你來這裡，是想拜託你一件事，希望能夠藉由各位股東的力量說服細川社長。只要同意整合，青島製作所的各位股東就會獲得龐大的利益，無論對青島製作所、對各位股東，以及對敝公司，都是千載難逢的機會，所以我隨時可以為青島製作所的各位股東說明。」

「請務必讓我助一臂之力。」竹原義憤難平，「到時候可以召開臨時股東大會，推翻公司的決定，甚至可以免除細川社長的職務。我們也對赤字的未上市股票沒有興趣，那根本就是廢紙。」

「我完全同意你的意見。」竹原的反應讓坂東喜上眉梢，「只不過我們無法掌握青島製作所的所有股東，如果你認識哪位大股東，請你務必幫忙說服。」

「當然，我一定會這麼做。」竹原語氣堅定地說，「大家一定都會同意，我會隨時和你聯絡，告知最新的動向，如果你有什麼新的情況，也請隨時打電話給我。」

「竹原先生，今天能夠見到你真是太好了。」

坂東說完，恭敬地鞠了一躬。

「是我的榮幸。」竹原感到誠惶誠恐，但內心充滿喜悅地回答，「我們一定要搞定這件事。」

3

「你明知道這件事，還錄用了沖原嗎？」

笹井在高階主管會議上發言的聲音因為憤怒而發抖，所有人面前都有《日本日刊》的報導和各家報紙的後續報導影本。

「我知道，」三上沮喪地回答，「我向沖原瞭解了當時的情況，他的確打了人，事情的來龍去脈如說明上所寫的內容，有可以酌情處理沖原的餘地。」

「你真是大言不慚。」笹井很受不了地說，「事實上不是出現了這樣的報導嗎？這無關沖原這個人的對錯，而是一旦變成醜聞，就是重大的問題。我們不需要這種投手，馬上開除他，要讓球隊改頭換面，就可以向輿論宣傳，我們是一家有高道德標準的公司。」

「我無法這麼做。」

三上堅持自己的立場。

「既然這樣，那就乾脆裁撤棒球部。」朝比奈說，「無論怎麼想，都覺得你做的事大有問題，在目前裁員的節骨眼，竟然還為棒球部增加人手。既然知道新人曾經引發過暴力事件，就應該預料到這種事會見報，但你沒有絲毫的反省，為公司的員工做了最壞的示範。」

「從某種意義上來說，沖原是受害者。」三上堅持自己的主張，「他周圍的大人讓他一個人當壞人，從他的人生中奪走了棒球。我第一次聽說這件事時，覺得實在太過分了。我相信各位只要見到沖原就會瞭解，他是一個很優秀的年輕人。雖然薪水不多，但堅持寄錢回家給他母親，孜孜矻矻地工作，無論在職場還是棒球部，大家都很喜歡他。如果他能夠在我們這裡打出成績，一定會進入職棒界，到時候也可以大幅提升青島製作所的形象。」

「職棒界怎麼可能要這種有前科的人？」朝比奈不屑地說，「你也想得太天真了。」

「沒這回事。」三上發揮耐心說道，「說明上也寫了，第一篇報導的內容是三和電器的刻意操作，由《日本日刊》的記者寫了偏頗的報導，其他媒體的記者經過認真採訪之後所寫的報導完全沒有這種論調，這才是像樣的見解。」

因為暴力事件遠離棒球的高中棒球界王牌投手低調復活——後續報導都是這種內容，幾乎都對沖原表示同情，但其實都是古賀的功勞。古賀認真接待每一家媒體，仔細向記者說明之前那起暴力事件的真相。

「不用說了，你知道這件事的根源問題是什麼嗎？」笹井打斷了三上的說明問道，他顯然並不期待三上的回答，「那就是要討論棒球部是否真的需要繼續存在。你身為棒球部長，當然需要為眼前的比賽努力，但你在棒球部長之外，還是總務部長，無論你說什麼，在目前的情況下，棒球部很難繼續維持下去，希望你牢記這件事，由你做出最後的決斷。」

「我知道了。」

三上覺得有什麼沉重的東西壓在心頭，費力擠出了這句話。

「還有另一件事，」三上以為笹井說完了，沒想到他最後又補充了一句話，「等一下銀行的人會為融資的事來公司，到時候需要說明裁員的進度，希望你也一起參加。」

三上接到內線走進會客室時，細川和笹井、會計部長中川三人已經在那裡接待銀行的人。他們是白水銀行府中分行的磯部經理和融資課林田課長。

三上微微欠身打招呼後，在空位坐下，但他一走進會客室，就察覺到室內的緊張氣氛，感到坐立難安。

「請問審查遲遲沒有進展的理由是什麼？」笹井問。

「目前景氣不好，不光是貴公司，資金周轉困窘的企業暴增，總行的審查部門對債權回收問題也提高了警戒。」磯部露出愁眉不展的表情說明。

「也就是說，貴行並不看好敝公司的裁員嗎？」中川一臉嚴肅的表情問。

目前向白水銀行申請的周轉資金對青島製作所本年度來說是必不可少的，如果沒有這筆資金，青島製作所的周轉早晚會出問題。三上之前從高階主管會議上得知，為了獲得這筆融資，目前正在和銀行方面持續溝通。

「不是說看不看好，而是有些部分看不透。」融資課長林田代替磯部回答。

「我知道貴公司的裁員計畫現階段正在順利進行，」磯部說，「但是，我們最擔心的是貴公司的經營環境。即使按照計畫降低成本，但業績到底如何呢？根據這份計畫，預測這個月的業績是三十七億圓，但景氣越來越差。」

「我們知道景氣不好，」笹井回答說，「我們會盡最大的努力。」

「問題是無法保證。」磯部窺視著笹井的表情說。

「的確無法保證，」笹井回答，「但任何事都有終點，合作廠商也不可能一直持續生產調整。」

「貴公司認為什麼時候可以恢復呢？」磯部問。

「目前預計秋天時應該可以逐漸恢復。」

這個回答很勉強。因為預測終究只是預測。

磯部的身體微微前傾，雙手在膝蓋前握了起來。從他的態度中可以感受到他似乎試圖說服對方。

「恕我直言，」磯部說，「本行認為這份裁員計畫不夠徹底，是否可以請你們更進一步降低成本？業績已經大幅下滑，卻只精簡一百名員工也未免太少了，至少要增加一倍。」

「請等一下。」三上忍不住插嘴，他對這兩個銀行人說的話感到憤怒，「雖然你們說得很輕鬆，但員工並不是產品，而是活生生的人，他們都扛著全家人的生活，精簡人事並不是那麼簡單的事。」

「三上——」笹井不耐煩地制止他，「沒人在問你的意見。」

「而且——」分行經理繼續說下去，好像三上根本沒有發言，「貴公司對降低人事費用以外的成本意識不足，比方說，製造部的材料利用率和同行其他公司相比，還有改善的餘地。該怎麼說，從貴公司的裁員計畫中無法感受到奮力一搏的感覺。」

三上曾經在去年的公司宴會上見過磯部一次，回想起當時的情景，內心忍不住感到納悶。磯部是這樣的人嗎？因為之前在宴會上見到的磯部是個親切低調的老實人，而且社交能力很強。

但眼前這個人，簡直就像是滿口組織倫理的官僚。

「不，經理，並不是像你說的那樣。」細川忍不住開口，「我們認真面對目前的狀況，也根據業績隨時調整裁員計畫。如果生產調整持續下去，即使不需要銀行方面提醒，我們應該也會進行第二波的裁員。」

「我們希望現在可以拿到你們第二波的裁員計畫。」磯部挺直身體，好像要和細川社長對峙，「這種不乾不脆的裁員，不是只會讓公司陷入被動嗎？」

三上對這種說法感到不滿，對主要往來銀行的分行經理產生反感，但磯部接下來說的話讓三上忍不住屏住了呼吸。

「什麼時候要裁撤棒球部？」磯部問，「你們上次說，會朝裁撤的方向研究，但貴公司今年也像往年一樣參加了成棒比賽，而且不久之前還因為僱用曾經引發暴力事件的球員而鬧上新聞。你們到底在想什麼？發生這種事，無論我們分行的人再怎麼努力寫申請報告，總行也不會相信。社長，你們真的想要讓公司繼續生存下去嗎？」

「當然。」細川堅定有力地回答，「棒球部的問題，我們打算在近日做出結論。」

「上次溝通時，以為你們會馬上就裁撤，所以我們已經向總行報告了。」分行經理簡直強人所難，「細川社長，拜託你了，現在根本不是玩棒球的時候。」

三上費了很大的勁才把憤怒的話吞下肚。

這些傢伙認定棒球部只是耗費經費，不，不光是棒球部，他們認為公司的員工也一樣。這種人懂什麼？

「三上部長，拜託你了。」

磯部突然對他說，他沉默不語。因為他覺得自己一旦點頭說「我瞭解了」，就等於踐踏了某些寶貴的東西。這場面談也是在考驗三上的決心。

「我們瞭解了。」

笹井代替三上回答。三上看著地毯，始終保持沉默。

「包括這件事在內，我們會重新研究新的裁員方案。」笹井接著說道，「給各位添麻煩，屆時請貴行再重新研究一下，拜託了。」

「那就等你們的消息，今天就到此結束。」磯部說完這句話，結束了簡短的面談。

4

像鯨魚腹般厚實的烏雲籠罩了多摩川的上空。

不知道是否因為這個原因，球場上的吆喝聲聽起來有點模糊不清。

這是在第二輪預賽之前，和職棒球隊東京印第安二軍的練習賽。

今天由沖原擔任先發投手。

雖然在前三局完全沒有讓對方得分，但每一局都有打者上壘，所以有點出師不利。

這不像是沖原的表現。

古賀坐在休息區的長椅上觀看比賽，注視著主力投手和平時不同的投球表現。雖然乍看之下和平時的姿勢、平時的投球沒什麼兩樣，但有某些決定性的不同。

是鬥志。

今天的沖原既缺乏藐視打者的自信，也沒有勇於挑戰的堅毅。

或許聽起來像精神論，但他今天投的球沒有靈魂，完全感受不到他的心。

「阿哲，今天似乎不怎麼樣啊。」

間瀨向投手丘揚了揚下巴，對正站在長椅旁看比賽的古賀說。間瀨是職棒橫濱星光隊的資深球探，正抽著菸，露出銳利的眼神看著球場。

「應該並不是狀態不佳吧。」

間瀨果然是箇中高手，很瞭解狀況。

「不久之前，報紙上刊登了一些無聊的報導。畢竟才十九歲，如果你被媒體攻擊，應該也會陷入沮喪吧？」

「是啊。」間瀨說，把菸蒂丟進了從口袋裡拿出來的攜帶式菸灰缸，「但如果想成為職業球員，就必須具備克服這種事的毅力。」

間瀨很瞭解棒球界的各種秘辛，不可能不知道那篇報導問世的經過，但他仍然用嚴格的態度談這件事，是因為他深刻瞭解到職業棒球的世界有多麼嚴峻。

並不是只有會打球的人能夠在職棒的世界生存。

必須具備在事關重大的比賽中，在承受壓力的關鍵時刻發揮實力的毅力和運氣，才能夠成為明星選手。不光是棒球，在各種運動項目，或者在工作上也一樣。

古賀目不轉睛地看著投手丘上的沖原。

傷心的主力投手被兩名打者擊出安打，面臨了無人出局，一、二壘上都有跑者的危機。

大道總教練從剛才就不停地拉著帽簷，似乎在不停地自問；守備的選手也都空洞地踢著球場上的沙子，或是用拳頭敲打著手套。

那種報導可以造成這麼大的變化嗎？

這時，球場上傳來清脆的擊球聲，古賀的視線順著聲音望去，發現對方球隊的打者正緩緩跑向一壘。可以看到負責守外野的鷺宮的背號。白球在鷺宮的前方用力彈了一下，滾落在無人的簡易看台上。

沖原這天投完五局後離開了投手丘，換猿田上場。留下了三分自責分。

沖原回到休息區後冰敷著肩膀，用毛巾蓋住頭，在聽到宣佈比賽結束之前都一動也不動。

5

和銀行面談後，三上越發苦惱。

他對銀行方面把裁撤棒球部作為融資的條件感到怒不可遏，但只要那個姓磯部的男人不點頭，青島製作所就沒有未來也是事實。

這些傢伙不把人當人看待，只看數字就大放厥詞。

然而，當他想到笹井特地找自己去參加面談，也許是為了讓他對棒球部死心，就更加感到難過。笹井應該猜到磯部會提到裁撤棒球部的事。

笹井也許知道三上還在猶豫，想藉此推他一把。

不可思議的是，三上並不恨笹井。笹井雖然很頑固，但他很老派，身為專務，並不會不顧及其他董事的立場。

三上想起笹井以前曾經約他吃飯的事。當時不知道在聊什麼的時候，三上聽笹井說了他進青島製作所的過程。

「我是在昭和五十五年（一九八〇年）進公司，是青島製作所成立的第十四年。」

三上把喝到一半的啤酒杯放回桌上。說起來慚愧，三上一直以為笹井是公司創立時的元老之一。

「專務，你來青島製作所之前，是在哪裡高就？」三上好奇地問。

「汽車經銷商。」那是完全不同的領域，「但因為工作太忙，我累壞身體，在醫院躺了半年左右。公司的生意不好，當我出院時，已經沒有我的立足之處。那時候剛好在報紙上看到青島製作所在緊急招募會計人員，於是就來應徵了。」

「你在之前那家公司也是當會計嗎？」三上問。

「不，不是，我是當業務，每天從早到晚都在四處推銷汽車。」

三上很難想像笹井曾經做過業務工作。他並不是親切和藹的人，想必當時吃了不少苦。

「專務，你以前做過會計工作嗎？」

「沒有，完全沒有。」

笹井凝望遠方後低下了頭，露出了充滿懷念的笑容，「但被之前的公司踢出來之後，我領悟到一件事，雖然我之前既能言善道又能幹，但太容易被取代了，想要不被炒魷魚，就必須成為公司無論在任何時候都需要的人。於是我想到可以學習簿記當會計，因為我覺得會計不會輕易被解僱。我沒有時間，也沒有錢去學校讀書，所以每天拚命學習簿記。當時在領失業救濟金的同時自學了兩個月左右，剛好在報紙上看到那則廣告。」

那是笹井令人意外的一面。

「所以你當時雖然有某種程度的會計知識，卻完全沒有經驗，但會長還是錄用了你。」

三上瞪大了眼睛，因為他不禁思考，如果換成自己，會不會錄用這樣的人。

「可能他當時也很傷腦筋吧，但他沒有問太多經驗方面的事，只是問我想不想做好這份工作，我回答說『想』，他就說，那一定能夠做好。現在回想起來，那個時代還真隨興。」

笹井在聊往事時，收起了平時在公司時的嚴厲，看起來是一個親切的老人。

「但後來發現公司的帳簿根本亂七八糟，稅務師也很馬虎，當時我忍不住佩服，這樣的公司竟然可以撐超過十年。」

之後，他在工作之餘繼續學習，重整了青島製作所原本一塌糊塗的會計工作，並一路帶領至今，都是他的功勞。

當時，三上仔細打量著在公司擔任總管多年的笹井的臉。

笹井是個努力的人。

不知道笹井怎麼看青島這個人。青島喜歡冒險，做事向來憑直覺，簡直就像是一個老小孩，和笹井的性格、行事風格都完全相反。青島靠隨性的想法拓展公司業務，在背後默默支持的笹井想必有許多不為人知的辛苦。

也許正因為這個原因，笹井雖然在公司擔任總管多年，並沒有崇拜青島，反而帶著批評的態度看待青島。青島製作所該何去何從？也許笹井追求的是不同的經營方式，但在青島擔任社長期間，笹井始終把這些想法埋在內心。

雖然大家都說笹井太嚴格、不懂得通融，對他有很多負面評價，但三上知道他這個人沒有私欲，一旦卸下冷酷的表情，他是一個樂觀的老人。

笹井用自己的方式為青島製作所著想，認真思考如何才能讓這家公司繼續維持下去，如何才能讓這家公司更上一層樓，才會主張裁撤棒球部，節省成本。

以前青島擔任社長時絕口不提，在社長退居二線，擔任會長之後才說——雖然有人在背後如此批評他，但三上認為他能夠理解這一點。

無論做任何事，時機都很重要。

回想起來，在青島擔任社長時期，笹井從來沒有表達過支持棒球部繼續留下來的意見，雖然他嘴上沒說，但內心應該一直認為棒球部最好解散。他認為這樣對公司更有利，如今他終於能夠大聲表達自己的主張，就只是這麼簡單而已。

三上突然想起幾年前，公司內部紛紛傳聞，笹井可能會離職的事。

當時，青島社長退居幕後擔任會長，拔擢在公司資歷尚淺、年輕的營業部長細川成為社長。原本在經營顧問界很活躍的細川在五年前被獵人頭公司相中，成為這家公司的營業部長。他對青島製作所的技術有高度評價，順利將之前並沒有受到太大矚目的影像感測器賣給東洋相機，成為公司的主要收益來源之一，奠定了他在公司的功績。

雖然全公司上下都認同細川的實力，但沒想到青島沒有提拔笹井，而是拔擢他成為社長，為公司內部帶來很大的震撼。

因為全公司的人都深信，下一任社長一定是笹井。

笹井應該難以接受青島決定的人事，而且據說他也曾經表達過這樣的意見，這個消息在公司內不脛而走。

沒想到雖然傳聞不斷，但笹井沒有辭職。繼續在公司當專務，這兩年來，持續支持細川，發揮他的作風，不妥協，說自己想說的話。

笹井有笹井的立場。

這並沒有問題。

但三上也有三上的立場。既然他負責棒球部，就必須盡最大的努力讓棒球部存續和成長。這就是他的立場。

然而，剛才和銀行之間的談話，等於徹底否定了三上。

他們認定棒球部根本是微不足道的興趣愛好。

「不是。」

獨自在辦公室的三上情不自禁地說道。

棒球部並不是興趣愛好，也不是不值得花的成本。

因為青島製作所需要棒球部，所以才會存在。棒球部成為青島製作所重要的一部分。這種存在並不是對內，而是向社會表達的公司風格和政策。

但是，必須用明確的數字佐證，才能讓銀行瞭解這一點，必須用明確的金額證明棒球部對青島製作所做出的貢獻。問題就在於很難證明。

敲門聲後，人事課長廣野探頭進來。

「部長，吉川課長已經在會客室了，麻煩你一下。」

「好。」三上低聲應了一句，拿起上衣站起來。

吉川光義是物流部門的課長，也是這波遭到精簡的對象之一。因為他和廣野都是課長，所以昨天討論之後，決定由三上通知他解僱的事。

「我被解僱了嗎？」

吉川看到三上走進會客室後立刻問道。

目前全公司沒有人不知道，在上班時間被人事課叫去代表什麼意思。

「因為公司的業績持續惡化，無法再維持目前的人事費用。」

三上重複了已經說過很多次的說詞，沒想到吉川憤怒地反駁。

「這根本是說謊。」

「說謊？」三上驚訝地看著吉川說，「怎麼可能說謊？你看工廠的運轉率就知道了。」

「那棒球部呢？」

吉川抽出一支香菸點了火，在煙霧後方瞇起眼睛看著三上。

「只開除我們這些認真工作的工人，還繼續留著棒球部，好像什麼事都沒發生嗎？那些人到目前為止對公司的業績有多大的貢獻？即使出去比賽，也整天都輸，每天中午過後就丟下工作。既然公司有錢支持棒球部，不是應該繼續僱用我們嗎？不做該做的事，為什麼解僱我？」

老實說，吉川的工作態度很差，而且他能言善道，很難對付，所以廣野無法處理他的問題。

「棒球部這一陣子的成績的確不理想，」三上靜靜地說，「但他們打棒球並不是玩樂，從某種意義上來說，他們和職業球員一樣。」

「即使是職業球員，如果表現不佳，球隊也會不再錄用吧？」吉川嚴厲地斷言道，「比起那些成天輸球的棒球部球員，竟然先解僱我，我完全無法接受這種事。」

「他們並不是因為偷懶才輸球，你包括無故曠職在內，這一年請了多少天假？」三上忍不住生氣。他不想聽到這種人對棒球部說三道四。「你的年假早就用完了，更何況你根本沒有資格批評棒球部。」

「我是因為必須照顧我爸，所以才不得不請假。」吉川毅然地反駁，「雖然的確有一兩天曠職，但那是因為我爸突然發病，被救護車送去醫院。我當時慌了神，所以忘了打電話到公司請假。」

「我只能深表同情，」三上狠下心說，「但是，無論發生任何狀況，遲到或是要請假時，都必須和公司聯絡，這是身為社會一分子最低限度的義務。」

三上認為現在是關鍵的場面，所以瞪著吉川說，「你曠職造成了其他人的困擾，公司也無法把必須負起責任的工作交給不知道會不會來上班的人，對不起，這家公司不需要你了。」

吉川露出氣鼓鼓的表情。三上可以清楚知道他無法接受。

剛才這番話聽起來不講理嗎？

吉川覺得自己是冷血動物嗎？

然而，三上背負著必須說這些話的使命。

雖然無法說公司標準至上，但在目前必須解僱員工的狀況下，將平時的工作態度作為判斷依據，解僱吉川很合理。

「那這麼一來，我父親的醫藥費……」

吉川說到這裡，把話吞下。他似乎從三上的態度中發現，現在說這種藉口也沒有用。

「你是因為公司的原因遭到解僱，所以可以領到失業保險，希望你可以在這段期間內找到適合你的工作。」

三上說完，耐心地等待吉川的反應。

和吉川的面談結束，三上帶著疲憊回到總務部時，廣野這麼問他。他只回答說：「至少已經通知他了。」

「怎麼樣？」

他原本就不認為每個人都能夠接受遭到解僱一事。

但是，聽到吉川用棒球部作為藉口，聲稱自己遭到不當解僱，三上忍不住怒不可遏。

那就讓法庭做出判斷——吉川中途還這麼揚言，但他很清楚，自己的工作態度實在太差，真的打官司，公司方面不可能輸。即使他父親真的生病，他也太常無故曠職和遲到，而且已經多次警告，他仍然惡習不改。

但他竟然對棒球部說三道四。但是——

三上走回自己的辦公室後陷入了沉思，最後想到「是不是因為吉川說對了，所以自己才會這麼生氣？」不禁陷入了煩惱。

於是，他再度面對始終無法做出結論的問題。棒球部是否應該繼續保留？

三上必須做出決定。

棒球部每年需要花費三億圓經費，公司需要有三十億的業績才能賺到這筆錢。

青島製作所每年的營業額大約五百億，但並沒有統計數字可以顯示，棒球部對增加社會認知、提升公司形象貢獻了多少錢。

因此，如果要問棒球部是否有三十億圓的經濟效果，就連三上也無法點頭肯定。

接下來的幾個小時，三上列出各種數字加以組合、相乘，充分思考。他進入算術的森林，持續尋找可能隱藏在森林某個角落的寶藏。然而，即使他算了很久，仍然無法找到讓保留棒球部這件事正當化的理由。

業績已經出現赤字，而且公司經營內部發出了批判的聲音，在這種情況下，要找到無法掌握明確宣傳效果的棒球部繼續保留的意義極其困難。

目前著手進行的第一梯次裁員計畫將解僱大約一百名員工，每年可以因此節省六億圓的人事成本。

在銀行要求公司推出第二波的裁員政策之下，裁撤棒球部，立刻省下三億圓無疑是理所當然的選項。

在這種情況下，仍然要保留棒球部的意義到底是什麼？

三上回想起之前「青島盃」棒球大賽的景象。

員工帶著家人一起來參加，共度歡樂的一天，加深彼此的感情。

整間公司藉由棒球團結一心。那一天完全實現了這件事。

棒球部在成棒界的活躍表現，也有助於發揮廣告效果。但是，隨著足球的興盛，職棒人氣大不如前，成棒也漸漸無法吸引民眾的支持。

無論在成本的問題上再怎麼動腦筋，也很難找出每年必須支出三億圓的合理性。

左思右想之後，三上認為棒球部只有一個理由能夠保留至今。

那就是像青島這種領袖型人物的執著——就只有這個原因。

如今，青島只擔任會長，已經退出經營第一線，沒有任何一名董事對棒球部具有像他一樣的熱情。

三上擔任棒球部長五年了。

他很驚訝自己這個對棒球一竅不通的外行人竟然能夠堅持這麼多年。這些年來，他曾經多次硬幹，也因為是外行人，犯了很多錯。

此刻，他覺得自己的努力已經到了極限。

青島製作所的棒球部不可能繼續保留。

三上咬著嘴唇，仰望著天花板。

6

「會長，不好意思，突然在你百忙之中上門叨擾。」

當三上低頭道歉時，青島一派輕鬆地說：「如果你打電話給我，我可以去公司找你。」然後輕鬆地在客廳的扶手椅上坐下。

青島雖然看似從容不迫，但他很敏銳，憑著天生的直覺，應該知道三上今天上門是為了什麼事。

青島剛才可能正在忙他喜愛的園藝，他走進客廳時，長褲的膝蓋上還有泥土。

「啊喲，你怎麼就穿這身衣服。」

雖然送茶進來的青島太太這麼說，但青島一笑置之，完全沒放在心上。

「對了，昨天不是有人送羊羹來嗎？妳去拿過來。」

青島說著，請三上喝茶。

「三上，第一輪預賽打得太精采了。」青島說，「每一場比賽都很棒，應援團也越來越有架勢了。」

「會長，你也有去觀賽嗎？」

三上驚訝地問，青島輕聲笑笑。

「因為我很想知道新的球隊表現如何，這個球季應該很值得期待。」

三上聽了青島的話，一時說不出話，握緊了放在腿上的拳頭。

青島沉默不語。

「會長，不瞞你說——」三上一臉嚴肅地開口。

「你打算裁撤棒球部嗎？」青島搶先問道。

「很抱歉。」

三上說不出話，陷入沉默。

「——這樣啊。」

青島說了這句話後，也沉默不語。

只聽到青島的太太在屋內做家事的輕微動靜，麻雀在庭院內啼叫。

「對不起，辛苦你了。」

不一會兒，三上聽到青島說這句話，終於抬起了頭，看到年邁的經營者一臉開朗的表情，有點不知所措。

「我很瞭解你，你努力想要守住棒球部，真的很謝謝你。」

青島慰勞三上，三上看到他眼中的淚水，努力克制著內心湧起的千頭萬緒，才終於擠出這句話，「我才要謝謝會長，謝謝你的照顧。」

雖然陷入了尷尬的沉默，但青島的話打破沉默。

「我在創立青島製作所第七年的時候，想到要成立棒球部。」

青島娓娓道來。「這家原本在車庫成立的小公司幸運地搭上了高度成長期的浪潮，一路衝上成長的階梯。五百名員工每天從早到晚，汗流浹背地工作，經常加班不領加班費，假日也到公司加班，大家沒有半句怨言，都很努力工作。我很想回報這些員工，於是就成立了棒球部，希望能夠為他們帶來歡樂。」

三上第一次聽說棒球部成立的過程。青島繼續說了下去。

「大家都很高興，最初是由公司內喜歡棒球的員工組成棒球隊，但隨著企業棒球的興起，再加上公司逐漸成長，所以棒球部也越來越正統。當時，棒球部的活躍表現是青島製作所員工的驕傲，大家都熱愛棒球部。」

青島凝望著遠方，他一定回想起棒球部全盛時代充滿懷念的記憶。

「但是之後，經濟成長結束，整個社會也發生了驚人的變化。石油危機，還有近年的泡沫經濟崩潰，這個世界已經完全變了樣，其中最大的變化，應該就是每個人的態度。對工作、對員工和公司之間的關係，以及對棒球這種娛樂的態度都不一樣了。隨著社會的變化，原本全體員工共同擁有的、幾乎單一的價值觀也變得多樣化，而且公司內部對棒球部的看法也有所改變。」

青島從容地接受了自己熱愛的棒球部走向終點。

「棒球部原本就不是考慮到性價比而成立的，隨著價值觀的改變，而且面臨必須討論成本問題的這個階段，必然會出現這樣的結果，這不就是時代的變化嗎？」

青島說這些話，好像在說服自己，「當時代發生變化，公司也會變化。把握這種趨勢，並且順應趨勢就是經營的原則。只不過——」

青島停頓了一下，然後嘆氣道出自己的心情。

「老實說，真的很不甘心。」

三上聽著青島說這些話，抬頭看著放在客廳的一張照片。

照片中是年輕時的青島毅，身穿青島製作所的制服，在選手的包圍下，手上拿著優勝獎盃。

不知道是什麼時候的照片。

從那時候至今，應該已經過了數十年，然而，青島此刻打算接受棒球部遭到裁撤這件事。

三上痛切地感受到歲月的流逝太殘酷，無法抵抗時代潮流的自己又是多麼軟弱無力。

7

這一天，三上邀古賀來到公司附近的這家小餐館。

古賀似乎以為要去「權田」，看到三上走向相反的方向，雖然跟了過來，但沿途都不太說話。他一定從三上的態度中察覺到出了什麼事。

三上面對古賀時不知道該如何開口，先聊了一些無關痛癢的話題，在喝了幾杯之後，才終於開了口。

「其實有一件事要告訴你。很抱歉，裁撤棒球部這件事似乎沒有轉圜的餘地了。」

古賀把喝到一半的酒杯放回桌子上，凝視著三上。他想要說什麼，但還沒有說出口就吞了回去。兩人之間陷入尷尬的沉默。

「向銀行申請融資的條件是必須進行第二波裁員，裁撤棒球部幾乎已經是既定方針了。雖然我努力研究了，但在目前的狀況下，要找出繼續保留棒球部的合理理由，幾乎是不可能的事。」

「部長，怎麼可以這樣？」古賀費力地擠出聲音說，「球隊好不容易漸入佳境，竟然要在這個節骨眼裁撤，誰都沒辦法接受。」

「我能夠理解你的心情。」三上努力克制著情緒，「但是，無論怎麼研究，都無法找出在目前的狀況下，能夠回收每年花在棒球部身上三億圓經費的經濟效果。」

「但不是有很多同事都來聲援棒球部嗎？」古賀說，「考慮到棒球部對活化企業內部也有貢獻，應該——」

三上搖搖頭。

「這種程度的事無法彌補三億圓的經費，說到底，是否要繼續保留棒球部，取決於經營高層的原則。」

「以前青島社長的時代，從來沒有這種問題。」

「古賀，現在不一樣了。」三上說，「細川社長對棒球部沒有感情，而且還有像笹井專務和朝比奈部長一樣，基於明確的成本考量，主張裁撤棒球部的人。往來銀行批評棒球部的存在，認為是我方對裁員的態度問題。雖然我努力尋找讓他們能夠接受，同時能夠讓棒球部保留下來的理由——但就是找不到。」

三上說到這裡，咬著嘴唇，看著小餐館內無人的空間。

「但是部長，大道總教練才剛來不久，現在判斷還太早了吧？只要再過一陣子，一定可以成為更受矚目的球隊。」

「我也相信，但是古賀，很可惜，現在不是討論未來的時候。」

三上閉上眼，抬起頭，然後靜止不動。過了一會兒，他睜開眼睛，痛苦地繼續說下去：「生產調整還看不到盡頭，主力商品的影像感測器競爭也很激烈，收益率持續下降。目前最大的經營課題，就是成功向銀行融資，無論如何都要克服眼前的難關。我除了擔任棒球部長，同時還是總務部長，非常瞭解公司目前面臨的困境。」

「這是對棒球部成員的解僱通知嗎？」

古賀問，三上無法回答。

因為棒球部成員的臉突然浮現在眼前，讓他內心充滿感慨。

擔任棒球部長以來，他發自內心支持他們，也為此感到自負。他覺得這些球員就像是自己的孩子。雖然比賽的成績有好有壞，但和這些球員接觸的過程中，讓之前生活中只有工作的三上重新找回了遺忘已久的人性和痛快。這些不夠機靈的球員靠守備和打擊，讓三上瞭解到相信隊友，相信勝利的重要性。

「部長，能不能想想辦法？」古賀向三上求助。

「我也很希望有辦法，」三上克制著內心的懊惱說，「我非常希望能有辦法，所以之前一直絞盡腦汁，但是古賀，這件事真的無可奈何。」

「怎麼會這樣——」

古賀的表情痛苦地扭曲起來。

很希望能夠拯救棒球隊，希望以後也可以繼續在球場上和他們一起奮戰，希望可以一直和他們在一起。但是——

「你先不要說，我只是想先告訴你這件事。」

古賀沒有回答。

沉重的現實籠罩了他們兩個人。

相同的時間，細川獨自在社長室陷入沉思。

「今天沒有其他事，妳先下班吧。」他讓秘書有紗先下班，自己泡了咖啡，把想到的各種生意靈感寫在資料的背面。

每次想到什麼，他就用鉛筆圖像化，然後加以整理。

重新評估目前的事業、工廠的整合與廢棄、創立新的事業部門、強化營業、組織改革——每一項都需要相當的時間才能夠出現成果。

「不行嗎？」

細川又在自己畫的圖像上打了一個大大的叉，把紙揉成一團後丟向垃圾桶。紙團撞到垃圾桶邊緣，滾落在地毯上。細川沒有去撿起來，再度陷入思考，把想到的點子寫下來後繼續思索，尋求天啟。

然而，無論想了多久，都沒有浮現讓他感到滿意的「新點子」。

雖然有很多想法，但真正有意義，而且有益的點子就像是一種「發明」，當然不可能輕易想到。

思考目前的經營問題時，他清楚知道需要什麼。

首先必須確保目前的周轉資金。

然後投入新產品，重新建立收益結構。

如果不解決這兩個問題，就無法走出目前的不景氣。

他從社長室的窗戶，看到對面大樓的五樓還亮著燈光。

那裡是技術開發部。

細川站了起來，走去那棟大樓，站在牆上沒有窗戶、只有一道不鏽鋼門的技術開發部門口，把IC卡插入保全防盜門禁特別嚴格的讀卡機內，輸入認證密碼。他按了開關之後，巨大的不鏽鋼門打開，明亮的燈光包圍了細川。

細川忍不住停下腳步，等待眼睛適應燈光。

已經這麼晚了，技術開發部還有許多研究員埋頭進行開發作業。

他在最重要區域的門禁系統中輸入密碼，進去後，發現細川到來的員工微微向他欠身打招呼。細川向他們點頭致意的同時，走到最後方的辦公桌前，對神山說了聲：「辛苦了。」

技術開發部長正一臉嚴肅的表情看著資料，聽到細川的聲音才終於發現他，一如往常地板著臉看著他。

神山沒有把工作丟給下屬，自己也加班到這麼晚。也許因為連日加班的關係，看起來很疲憊。

「不，你坐著就好——」細川伸手制止了正準備站起來的神山問：「開發工作還順利嗎？」

「很遺憾，目前還無法穩定達到我們想要的性能。」

神山的回答很謹慎，他只是如實報告，不說任何會讓細川產生期待的話。「目前正準備進行新的測試，但還需要一點時間才能完成交給客戶的試製品。」

「大概會在什麼時候？」

細川猜想他應該回答原定計畫的八月，雖然這麼想，但還是忍不住問，沒想到聽到了意外的回答。

「可能兩個星期左右就可以完成。」

細川忍不住抬起了頭。現在才六月上旬。

「兩個星期……」

細川小聲重複了一次後問神山：「該不會——來得及？」

就在這時，他覺得宛如在隧道內迷路的思考出現了一道光。

「拜託你，一定要來得及。」

細川回頭看著其他研究員，大聲地說：

「大家辛苦了，新的影像感測器就拜託各位了！我等你們的好消息！」

研究員紛紛回答。細川逐一確認了每個人臉上不同的表情，為終於即將把握的希望激動不已。

還可以繼續走下去。

細川走出技術開發部，一次又一次握緊右拳，激勵著自己。

他終於在黑暗的未來看到了出口。

第八章　股東會

1

「有一位姓竹原的股東打電話來，要接過來嗎？」

細川拜訪客戶剛回到公司，秘書有紗來通知他。

「竹原先生？」

細川以前曾經見過竹原一次，彼此並不熟。雖然他很忙，但既然是股東打電話來，當然不能置之不理。

「我是細川。」細川剛報上自己的姓名，竹原立刻說了一句令他感到意外的話。

「我無意中聽到一個消息，三和電器曾經來詢問是否要和他們經營整合，真的有這件事嗎？」

「你從哪裡聽到這個消息？」細川驚訝地問。

「我問你有沒有這件事。」

竹原沒有回答細川的問題，不耐煩地說。

「很抱歉，這件事不方便在電話中——」

「那我們當面談。」

竹原說完，問細川當天傍晚之後什麼時候有空。

細川將電話按了保留，然後請秘書有紗確認行程，告訴竹原幾個有空的時間。

「那就明天傍晚六點。」

竹原立刻回答，「我會去公司，我們好好談一談，沒問題吧？」

「當然，那我在公司恭候。」

「真搞不懂怎麼會做出這種經營判斷，你可以認為這是在抗議。」

竹原掛上電話，留下了不平靜的跡象。

竹原比約定時間提早十分鐘抵達，細川急急忙忙走進會客室時，菸灰缸裡已經有了菸蒂。雖然以前曾經打過招呼，但再次面對時，只有模糊的印象。竹原穿著短袖白襯衫和長褲，旁邊放著黑色公事包，似乎剛下班。

「關於我昨天問的事，到底怎麼樣？」

竹原隨便打了聲招呼，就單刀直入地問，語氣中透露著不耐煩。

「在我回答之前，是否可以請教一下，你是從哪裡聽說這件事？」

細川問，但竹原拒絕回答。

「這種事情不重要，你好好回答我，三和電器是不是提過這件事？」

因為對方是大股東，所以細川只能在不瞭解消息從哪裡走漏的情況下回答他。

「這件事請勿外傳。」細川聲明了這一句後回答說：「的確有這件事。」

「結果呢？社長。」竹原傲慢地問。

「已經回絕對方了。」

「為什麼？」竹原抱著雙臂，瞪著細川，「為什麼要拒絕這種好事？」

「不，這並不是好事。」

細川簡單扼要地向竹原說明了拒絕的過程和理由。三和電器只想要青島製作所的技術，對青島製作所來說，經營整合難以發揮相輔相成的效果——

原本以為竹原能夠接受，沒想到他立刻搖著頭說：

「應該和他們整合，其他股東也都有相同的意見。」

「其他股東？」

細川聽了竹原的話感到大吃一驚，注視著他。竹原繼續說。

「雖然你是社長，但你才剛來這家公司不久，怎麼可以擅自判斷這麼重要的事？這不是很奇怪嗎？我認為應該先召開臨時股東會，向我們這些股東明確說明之後再做出決定，然後回覆三和電器。」

竹原說完，從公事包裡拿出其他股東要求召開臨時股東會的委託書。

「竹原先生，你聽我說——」細川發揮耐心向他說明，「雖然乍看之下，整合似乎對公司有利，但事實絕對不是這樣，反而等於丟掉自己的強項去投靠對方。」

「既然這樣，你可以在股東會上說明啊。」竹原拒絕接受他的說法，「細川社長，也許這種看法有點偏頗，但有人認為你拒絕對方，是因為想要自保。」

竹原的話令細川感到意外。

「自保？什麼意思？」

「一旦與三和電器經營整合，你就無法繼續當社長。三和電器比青島製作所更大，組織也很穩健，坂東社長的實力受到業界的肯定。如果與三和電器經營整合，你當社長的可能性相當低，我相信你應該也清楚知道這一點。」竹原露出毫不掩飾內心猜疑的眼神看著細川，「也就是說，可以認為你基於這種個人的原因，才拒絕三和電器的這項提案。」

「不是這樣，」細川用堅定的語氣否認，「我不會基於這種事進行判斷，如果經營整合對青島製作所來說是最佳選擇，我當然會這麼決定。」

「這些話並不是我說的。」竹原巧妙地閃避著，然後總結說：「總之，希望召開臨時股東會，經由我們股東來決議經營整合這件事。」

「但是，三和電器那裡——」

「還來得及。」

細川目不轉睛地看著對方的臉。因為竹原說話的態度帶著確信。他為什麼這麼肯定？

「坂東社長說，如果有可能的話，他願意等。」

竹原提到了意想不到的名字。

「這是怎麼回事？該不會是坂東社長告訴你這件事？」細川驚訝地問。

身為社長的細川拒絕之後，他竟然找上股東？果真如此的話，難道他注意到青島製作所的股東很分散，所以採取了這種策略嗎？這也未免太骯髒了。

「我無法透露誰說了什麼。」竹原冷淡地回答後站了起來，「但無論是誰透露這件事，我們都很感謝那個人，因為我們差一點蒙受巨大的所失利益。」

所失利益。就是無法得到原本應得的利益。細川不知道他具體是指什麼，竹原繼續說道：

「雖然我不知道會以什麼方式與三和電器進行經營整合，但青島製作所的目標是股票上市。如今因為業績惡化，連分紅都拿不到，這件事簡直就像在做夢。細川社長，公司是為我們股東服務，我沒說錯吧？」

坂東顯然用暗示股票上市這件事說服了竹原。

2

「你現在有空嗎？過來一下。」

細川在電話中的聲音聽起來很緊張，像平時一樣正在加班的三上離開自己位在總務部內的辦公室，快步走向社長室。

社長室內除了細川以外，笹井也在那裡，當三上走進去後，他默默地請三上在沙發上坐下。

「這件事暫時不要外傳，目前發生了一個有點傷腦筋的問題。」

細川用右手的手指按著額頭，這是他在思考時的習慣動作。「剛才股東竹原先生來這裡，要求召開臨時股東會。因為符合公司的規定，所以不能不同意。」

「臨時股東會嗎？」

三上忍不住驚訝地問。召開股東會的相關手續當然由總務部負責，但除了正規的股東會，他不記得以前曾經召開過臨時股東會。而且既然是股東提出要求，想必有相當重大的理由。「請問議事內容是什麼？」

「是這個。」

笹井說完，把手上的資料從桌上滑過去。

那是要求召開臨時股東會的請求書。青島製作所總共有三十五名股東，除了以前曾經在公司擔任過董事的小股東以外，有將近十名公司外的大股東。

三上看完資料後，驚訝地抬頭，注視著細川和笹井兩人。

「原來有這種事。」

「對，」細川回答，「但已經拒絕了。」

三上聽到細川說已經拒絕了，不由得鬆了一口氣，但立刻發現事情沒這麼簡單。

「但股東說要針對這件事召開股東會？」

「不知道他們從哪裡聽說了三和電器曾經提議整合的事。」笹井懶洋洋地挪動著身體回答，「雖然無法確定，但八成是三和電器那裡傳出來的消息。」

「三和？」

三上抬起頭。他搞不懂三和為什麼這麼想要和青島製作所整合。

「技術能力是三和的弱點。」笹井回答說。

「一旦和我們在經營上整合，就可以在這方面補強嗎？」三上問。

「應該是。」笹井回答說，「只是對我們公司並沒有好處。」

「但對股東有好處嗎？」

奇怪的是，三上腦海中閃過的是對棒球部有沒有好處這個無關的問題。沒有好處。

三上立刻得出了這樣的結論。

三和電器想要的選手，其他球隊也想要，所以，無論是裁撤棒球部還是經營整合，對沒有實力進入其他球隊的選手——青島製作所棒球部有超過一半都是這種選手——都很不利。

不光是棒球部。一旦和規模不同的三和電器整合，青島的大部分員工都會被趕到組織的角落，或是以整頓重複部門的名義遭到裁員，最後只留下技術力和公司名稱而已，三上的飯碗應該也不保。

「目的是為了讓股票上市嗎？」三上敏銳地發現了重點問道。

「應該是。三和電器向股東說明時，很可能把這一點作為經營整合最大的優點。總之──」笹井嘆了一口氣說，「必須召開臨時股東會，要立刻在高階主管會議上做出決議，然後應該會在下個星期六召開，請你處理相關的手續。」

竹原不僅四處整合了股東的意見，而且準備得很周到，列出了所有股東都有空的幾個日期。其中最早的日子就是下星期六，細川似乎認為這種事應該速戰速決，所以決定了這一天。

「我瞭解了。」

三上回答的同時，也不由得對目前被逼到進退兩難的狀況感到不安。

「所以──」三上小心翼翼地問：「不知道目前預估決議的情況如何？」

細川仍然用手指按著額頭沒有反應，一旁的笹井也一臉不悅地鼓著臉頰。最後是細川開口回答：「這個嘛──必須到開會時才知道。」

三上忍不住倒吸一口氣。股東會是公司最高的決策機構，如果股東會同意整合，公司就必須服從。

統計提出委託書的股東擁有的股分之後，發現超過發行股票量的一半。三上產生不祥的預感。青島會長只擁有青島製作所三成的股票，其他股東都是外人。

「有什麼需要事先準備的資料嗎？」

三上突然產生危機感，忍不住這麼問，但細川搖搖頭。

「笹井專務和我會製作說服股東的資料，希望你盡最大的努力讓議事順利進行。」

「我瞭解了。」

三上回答後，接過資料，鞠了一躬後，獨自離開社長室。

3

「笹井專務，你可不可以坦誠地說說你的想法？」

三上慌忙離開社長室後，細川問，「你認為那些股東會贊成經營整合嗎？」

「竹原和另外幾個人應該會贊成，所以至少會佔整體的將近三成。」

細川低吟了一聲。青島會長持有的股票只有三成左右，想要獲得過半數，就必須徵求態度不明的大股東城戶志真的同意。

「城戶社長並不是簡單的人物。」

笹井露出嚴肅的表情。

細川曾經在兩年前就任社長的宴會上見過城戶志真一次。雖然只聊了短短幾分鐘，但對她留下深刻的印象。雖然她個子嬌小，但眼神很犀利，好像可以看透別人的內心深處。

當時——

「既然你已經是社長了，那就只能這樣了，好好努力。」

城戶這麼對他說，細川當下沒有多想，回答說：「我會全力以赴。」但幾天之後，才體會到這句話真正的意思。那是一個平凡的假日，他沒來由地想到這件事。

城戶是不是認為笹井才是青島的接班人？

所以她才會說「那就只能這樣了」。細川不知道城戶如何評價自己，也不知道她如何看待公司目前的經營狀況，更不知道會對這次的事產生什麼影響。

但是，也許在城戶的心目中，既定的接班人不是細川，而是笹井，從這個角度來說，也許會對青島製作所目前的經營感到不滿。

細川記得城戶是青島的舊友。

「那就找會長一起去拜訪她。」

「務必拜託了。」笹井加強語氣說，「因為城戶社長的意見將決定我們公司的未來。」

隔天，細川去青島家中向他報告了臨時股東會的事，青島看著庭院，嘆著氣說。

「那位老太太很難說服。」

細川事先已經在電話中向青島報告了竹原要求召開股東會，和高階主管會議的決議，青島以創業者的勇敢態度，不為所動，平靜地接受、關注這一連串的發展。

「城戶社長的態度可能會導致我們必須與三和電器進行經營整合。」細川說。

「的確是這樣，只不過我也不知道志真會如何判斷。」

青島坐在面向庭院的客廳扶手椅上，滿是皺紋的側臉對著細川凝望著遠方。「因為她是一個讓人難以想像的女人，在經營方面具備了獨特的嗅覺，不知道該說她是天才，還是有敏銳的直覺，真的很想看看她腦袋裡到底裝了什麼。」

細川之前曾經在周刊雜誌和報紙上多次看過刊登她照片的採訪報導，所以也知道志真是不同凡響的經營者。

「說到城戶志真是經營者這話題，我總是會想起一件事。」

青島說完，告訴了細川。

城戶以前曾經用五億圓，在乏人問津的調布市郊區買了一大片土地。這片位於丘陵地杜鵑之丘的土地可以俯瞰調布市區，當時泡沫經濟還沒有開始，城戶打算在那裡建造適合上班族家庭居住的大廈公寓。

沒想到在她著手準備建造大廈公寓之際，泡沫經濟開始了。

土地的價格在轉眼之間就翻了一倍。不久之後，又翻了一倍。幾乎每天都有人上門希望她出售那片土地，最後那片土地飆漲到三十億圓。

城戶並沒有出售。

在泡沫經濟時期，土地和建材都持續飆漲，城戶冷眼旁觀，靜靜等待時機。

泡沫經濟崩潰之後，土地價格又慢慢下滑，只剩下原來的一半，接著又跌了兩成。城戶看到景氣終於穩定之後，建造了原本計畫的大廈公寓。

大廈公寓很快就銷售一空，城戶賺到了她口中的「正當利益」。

曾經有一次，一位經營者聽到這件事後，笑說「妳真傻」，問她是不是「太貪心，原本還想等土地漲得更高」？

城戶回答說：

「買土地是為了蓋房子，而不是為了賣土地。在那片土地上建造漂亮的房子，讓小家庭可以在俯瞰市區的家中過著幸福的生活。這樣就足夠了，有什麼問題嗎？」

「你能夠瞭解嗎？」青島瞥了細川一眼問，「那個老太太具有洞悉真相的眼光，也可以說是不受社會的影響，看透工作本質的能力，不光是這樣，她有時候也會展現出另一面。」

青島就像是回顧古早時代的老人般瞇起了眼睛，但他回顧的並不是數十年前的過去，而是幾年前的事。

有一次，城戶投資了某家新創企業，成為那家公司的大股東。城戶志真本身經營的事業規模不上市簡直有點不可思議，而且未來很有發展，但她的公司股票並未上市。之所以沒有上市，是因為她認為如何經營公司是她的事，沒必要逐一向不特定多數的股東交代。

她投資的那家公司經營一系列平價商務飯店，城戶看好那位曾經在美國學經營學的社長嶄新的經營手法，當那家公司資金周轉不靈時，她接手那家公司的股票，並協助公司股票在新興市場上市。連鎖飯店的平價策略很受好評，很快在社會上打響名號，股價也漲了將近一倍。這時，城戶所有持股在市場上全數出售，完全退出那家公司。

青島當時感到很納悶，問她為什麼賣掉那家公司的股票。城戶回答說：「公司只是稍微成功了點，那個社長就開始驕傲自滿。」她並不看好那位社長。不久之後，那家連鎖飯店的股價慢慢下滑，差不多一年之後，報紙上就報導那家公司的經營惡化，而且很快就破產了，再次證明了城戶的「直覺」完全正確。

「從結論來說，無法預測那個老太太在想什麼。」青島說，「雖然她應該也曾經犯過錯，但她的判斷十之八九都很正確。這次的事，我當然會去說服她，只不過她不可能接受我們的說服，所以你不要抱太大希望。」

「即使這樣，仍然要去。」細川回答說，「因為這次的股東會將決定公司的未來，我希望能夠事先瞭解城戸社長的想法。」

如果城戸志真贊成經營整合，股東會上的贊成派就會超過半數。

細川最討厭事到臨頭才知道結果。無論結果是好是壞，只要能夠預測，就可以建立對策。最重要的是可以有時間整理自己的思緒。面對即將舉行的股東會，細川目前唯一能做的事，就是和城戸志真談一談，預測股東會的決議。

4

「坂東社長突然大駕光臨，真是難得啊。」

坂東去大手町參加聚會，不抱希望地聯絡了諸田，沒想到他剛好有空。

「因為我想生產調整不可能一直持續下去，所以希望貴公司恢復生產時，可以增加三和電器的訂單。」坂東見縫插針地說。

「你還是這麼性急。」諸田忍不住苦笑，「雖然我很想說，差不多可以恢復了，但無法這麼快恢復以前的生產量，任何事都必須一步一步來。」

「即使少量也沒有關係，務必讓敝公司協助貴公司踏出重啟生產的第一步。」坂東鞠躬說道。

「你還真會超前部署。」諸田說完，笑了起來。

他臉上的表情稍微開朗了一些，想必是因為已經大致能夠瞭解未來的狀況了。

在縮減生產、之前的交易暫停後又重啟生產，現在這個時間點是絕佳的機會。因為可以一口氣擴大平時難以突破的市佔率，超越其他競爭公司。

「但是，我們公司的狀況也不樂觀，所以你要做好進一步降低成本的心理準備。」

「我當然知道。」坂東一本正經地繼續說道，「你也知道，敝公司打算致力發展電子工程部門，請務必拉我們一把。」

諸田不慌不忙地點頭，突然問他：

「對了，和青島製作所經營整合的事怎麼樣了？」

諸田也知道坂田之前接到了細川拒絕的電話，他問的是坂東動員青島製作所股東的情況。

「聽說股東已經要求召開臨時股東會，目前決定在下個週末召開，對這起整合案進行表決。我認為一定可以通過。」

「原來是這樣，所以三和電器可以順利鏟除對主力產品影像感測器的威脅了。」

「你說得真難聽。青島製作所的未來原本就岌岌可危，拒絕這個提議也太奇怪了。」坂東斷言道，「細川社長的判斷只是自保，如今經營整合只是時間的問題。」

「不知道你是怎麼說服股東的？」諸田基於好奇問道，「上市公司和未上市公司要進行整合，應該會有一些問題吧？」

「一旦決定在經營上整合，就會讓青島製作所的股票上市。」坂東說出了內心的計畫，「股票上市之後，股東就可以得到資本利得，也可以接受監查，確保財務透明化，企業的評價也會更加明確，然後兩家公司在這個基礎上進行經營整合，用這樣兩個階段的方式進行。」

「原來是這樣，你真是所向無敵啊。」諸田語帶佩服地說，「我也會小心謹慎，以免被你賣了還幫你數鈔票。」

「你又在說笑了。」坂東得意地笑了起來。他笑得很從容，對股東會將做出贊成的決議深信不疑。「總之——三和電器將成為服務和技術方面都一流的零件廠商，而且願意全力協助貴公司的發展，請多關照新生的三和電器。」

坂東深深地鞠躬，用鄭重其事的語氣說道。

5

城戶志真經營的公司在調布車站前的馬路旁一棟自建的七層辦公大樓。

細川在高階主管會議決定召開臨時股東會的幾天之後，和青島一起來到這家公司拜訪城戶志真。

城戶的事業涉及各個方面，除了繼承死去的丈夫留下的不動產業，和在全國各地推出的商務飯店以外，還經營休閒飯店和旅行業。她一個女人將事業越做越大，集團的年度營業額遠遠超過青島製作所，令人嘆為觀止。

他們在公司人員的帶領下來到七樓的社長室。

「真的好久沒見了。」

正在辦公桌前看資料的城戶拿下掛在鍊子上的老花眼鏡，默默示意他們坐在沙發上。她瞪大了眼睛說的這句話並不是針對細川，而是對青島說的。

「你們是不是該更重視一下股東？」

城戶直言不諱。她雖然家貲萬貫，但並沒有打扮得花枝招展，也不是靠打扮就能夠引人注目的類型。她穿著素雅的襯衫和長褲，戴了一條細細的金項鍊，這是她身上唯一的首飾，她連戒指也沒戴，指甲剪得很短，看起來很乾淨，並沒有擦指甲油，臉上幾乎脂粉未施，一雙大眼睛很可愛，看起來不像是年度營業額超過一千億圓的企業集團領導人。

「妳說對了，這次似乎遭到報應了。」

青島回答。他們說話毫無顧忌。

「我相信公司的事務人員已經事先通知您了，公司將在下週六召開各位股東要求的股東會，這是正式的邀請函。」

細川把原本應該郵寄的邀請函遞給城戶。

「你親自送給每個股東嗎？你還真閒啊。」

城戶瞥了邀請函一眼，驚訝地問。

「不，因為我想藉這個機會事先向您說明一下我們的態度。」

城戶默然不語，靠在對面那張椅子的椅背上，示意他繼續說下去。

「兩個月前，三和電器的坂東社長詢問我是否有經營整合的意願。在我方研究之後，拒絕了這個提議。雖然當初我並不瞭解他提出整合的意圖，但之後發現該公司在經營策略上有問題，和我方整合的目的是為了本公司的技術部門。」

城戶完全沒有任何反應。細川也無法得到任何回饋，簡直就像對著空氣說明這些內容。

「即使與三和電器經營整合，本公司也無法得到好處，不難想像，反而會因為追求效率的名義遭到大幅裁員，無法繼續僱用公司的員工。」

「但這是你們的問題。」默默聽細川說話的城戶指出的問題很尖銳，「老實說，是不是能夠繼續僱用員工，和我這個股東完全沒有關係。我在意的只是我對青島製作所的投資是賺是賠。目前無法知道三和電器真正的目的，但既然公司目前虧本，無法期待分紅，與三和電器經營整合，股票的價值也會增加。」

「妳擁有我們公司的股票並不是為了資本利得吧？」

青島說，城戶露出冷漠的眼神說：

「當初投資青島製作所的並不是我，而是我老公。雖然他和你是老朋友，但已經守了你家的股票二十年，也差不多該可以讓我自由處理了。」

「妳贊成整合嗎？」青島費力地擠出這句話。

「如果有反對的理由，我洗耳恭聽。」城戶反駁道，「青島，你不是也有三成的股分嗎？一旦整合，股票上市之後，你就可以有一大筆錢，這樣獲利了結，對創業者來說，不也是不錯的選擇嗎？」

「但是，城戶社長——」

細川想要反駁，城戶一臉可怕的表情制止了他。

「不是要開股東會嗎？既然這樣，在股東會上討論，也可以為其他股東提供參考。」城戶志真說，「我瞭解你們的想法，但是，不需要我提醒你們也知道，公司是屬於股東的，股東投資並不是為了助人，也不是做慈善事業，所以即使再怎麼說明僱用情況如何，三和的做法如何，這些都是你們的問題，也完全沒有意義，希望你們更認真為我們股東著想。」城戶冷冷地結束了談話，「不重視股東的公司會滅亡，青島製作所一路走來，有重視過股東嗎？」

這句話無論對青島和細川都很尖銳。

和青島一起回公司的車上，細川深深地嘆氣。

「會長，很抱歉，股東問題是我的職責，我力有未逮。」

細川為此向青島道歉。

「不，是我沒有處理好股東的問題就把公司交給了你，是我的責任，對不起。話說回來，我真的沒想到志真會說那種話。」青島說完，咬著嘴唇。

「城戶社長可能無法接受我成為社長。」

城戶冷淡的態度讓細川回想起自己接任社長宴會上，她說的那句話。細川告訴了青島，沒想到青島的回答出乎他的意料。

「你想太多了，志真也知道笹井不會成為社長。」

「你為什麼這麼認為？」細川忍不住感到好奇。

青島回答說：「因為她也是經營者。」

細川越來越聽不懂是什麼意思。

「會長，我想請教您一個問題。」細川神情嚴肅地問，「當初為什麼會選擇我？我至今仍然認為，笹井專務應該更適合成為您的接班人。」

「咦？這麼重要的事，我竟然還沒告訴你嗎？」

青島的回答顯然在故意裝糊塗。

「您沒有提過，可以請您告訴我嗎？」

公務車行駛在府中街道上。細川坐在後車座上問。青島繼續說道：

「有這樣一個故事。有一家做煞車的公司決心要開發F1用的煞車，然後去向歐洲的車隊推銷，但大部分車隊都覺得那家公司從來沒有做過賽車的煞車而將他們拒之門外，只有麥拉倫車隊的窗口摸了他們帶去的煞車，覺得很不錯，立刻決定採用，但那家公司的人也搞不懂麥拉倫車隊的人為什麼只摸一下就知道好壞。你不覺得很有趣嗎？」

青島露出詢問的眼神看著細川後，又繼續說下去，「但是，在製造第一線，經常會發生這種事。自己往往無法瞭解自己的優點，只有外面的人看的時候，也就是有比較能力的人看了之後，才知道公司好在哪裡，你看青島製作所的角度就剛好是這種情況。」

青島說的是細川一眼就發現了影像感測器的優越性，並將之發展為公司的一大收益事業。

「青島製作所日後需要的是能夠客觀評價公司的能力，笹井對青島製作所瞭若指掌，尤其在業績的數字方面，比我更加清楚，搞不好比你更瞭解。但是，笹井並不知道青島製作所的哪項技術比較優秀，哪項技術只是普通程度。事務管理體制的哪些方面在平均水準以上，哪些部分還有所欠缺，對笹井來說，這些都已經變成理所當然的事，他根本無法評價。不光是笹井，其他高階主管也一樣。從某種意義上來說，我也差不多。但是，你曾經以顧問的身分看過數百家公司，能夠清楚瞭解這些事，對不對？」

青島說的完全正確。

細川擔任顧問二十多年，曾經接觸過數百家企業，而且都是以負責電子工程相關的企業為中心，他具備了比較的能力，但他覺得這是理所當然，所以也沒有發現這是一種特殊能力。在這件事上，顯然和其他人一樣。

「你或許不是技術人員，卻有優秀的評價能力。」青島說，「這是笹井和我都不具備的能力，但我認為這是青島製作所要追求進一步發展不可或缺的能力。我們無法改變這家公司，但你可以做到，所以，你成為這家公司的社長。」

青島製作所出現在擋風玻璃的前方。

「志真也瞭解這一點。」青島看著車窗說，「只不過我也不知道那個女人如何看這個問題，一切都要在股東會上見真章了。」

「我做好了心理準備。」

細川聽了青島的話後點頭，露出了緊張的表情。

「社長，有一件事要向你報告，是關於三和電器的事。」

那天晚上，豐岡走進細川的辦公室向他報告。

6

「真的非常感謝你上次告訴我這麼重要的事。」竹原鞠躬說道。

這裡是大手町一棟新大樓內的餐廳，三和電器的坂東坐在餐桌旁，一副誠惶誠恐的樣子說：

「不，彼此彼此，謝謝你願意聽我說話。」

坂東想要知道那件事之後的進展，所以主動聯絡了竹原。

「不知道其他股東的反應如何？」坂東隨便閒聊了幾句，立刻問了他最關心的事。

「那麼出色的提案，大家當然都很有興趣。」竹原一臉勝券在握的表情回答，「向我保證會投贊成票的股東的持股總共有將近三成，我還去見了城戶社長，她也說這件事很有意思，給予了高度評價。」

「這樣啊，這樣啊，」坂東眉開眼笑，「真是太好了。」

城戶志真是掌握這次股東會的關鍵人物。只要她願意投下贊成票，就可以影響股東會的決定。

「所以有機會通過嗎？」坂東小心翼翼地悄悄問道。

「應該沒問題。」竹原自信滿滿地回答。

「一旦通過這個案子，我將會盡心盡力為各位股東謀取最大的利益，屆時請多指教。」

坂東說完，深深鞠了一躬。

「坂東社長，我才要感謝你。」竹原隻字不提自己正面臨的困境，不慌不忙地道著謝，「沒有市場性的股票就像廢紙，原本以為是沒指望的死錢，沒想到你為我們提出了這麼出色的解決方案，真是太感謝了。」

新的葡萄酒送了上來。是「第一樂章」。這是特別為喜愛葡萄酒的竹原準備的高級葡萄酒。

「竹原先生，那我們來乾杯。」

坂東舉起倒了滿滿葡萄酒的酒杯說。

「希望各位能夠推開新的生意大門。雖然我無法參加，但會遙祝股東會成功。」

竹原喝著美酒，露出了無上幸福的表情。

這是提前慶祝。這件事一定會成功。

坂東憑著天生的直覺預感到結果，露出了滿面笑容。

7

哪裡不太對勁。不知道哪裡扣錯了釦子——

但是，還沒搞清楚哪裡不對勁，青島製作所棒球部已在這一天迎接了棒球城市對抗賽的第二輪預賽。

三上坐在東京預賽會場大田體育館的長椅上，看著五局下半站在守備位置上的球員。

今天的對手是實力球隊亞洲生命。

目前的比分是三比零，青島落後三分。先發投手沖原的表現並不出色，第一局失了兩分，第三局又被追加了一分，目前的局勢很不利。

總共有八支球隊參加第二輪預賽。因為是以淘汰賽的方式進行，簡單地說，只要贏三場，就可以成為第一代表隊，但強者雲集，要贏三場球並不是容易的事。雖然不願意去想這件事，但如果輸了這場比賽，就必須參加決定第二代表隊的淘汰賽，出賽之路更艱難。

沖原在這一局中被第一位打者擊出了內野滾地球，接下來的兩名打者都擊出了安打，轉眼之間就面臨一出局，一、二壘上都有跑者的危機。

之前每一局都有跑者上壘，這一局也無法擺脫這種惡性循環。一壘側的看台一片寂靜，只有敵隊三壘側的應援席歡聲雷動，感覺格外空虛。

猿田和倉橋兩人在牛棚迅速熱身。

正當每個人都認為解決這名打者之後就會更換投手時，打者揮棒擊向沖原的快速伸卡球，成為內野滾地球。游擊手犬彥華麗傳球，從二壘傳回一壘，成功雙殺。

「古賀，剛才真驚險。」

坐在旁邊的三上說。沒錯。從投手丘走回來的沖原臉上空洞的表情，訴說著比賽的趨勢。

大道在下一局時要求更換投手。沖原坐在休息區的椅子上一動也不動。古賀把毛巾披在他脖子上，拍了拍他的肩膀。

失分三分很沉重，令人窒息的沉重壓力籠罩著休息區。

中繼投手猿田在八局上半都沒有讓對方得分。

這場比賽要輸了嗎？

正當這種陰鬱的想法閃過古賀腦海時，球場上響起了清脆的擊球聲，彷彿要擊碎他的想法。

他慌忙看向球場，仁科飛奔向一壘的身影衝進他的視野。剛才擊出的球滾落在右外野和中外野之間看台的擋網附近，成為紮實的二壘安打。這時，一壘側看台才響起戰鬥進行曲。

對方球隊的投手將青島打線控制在五支零星的安打，此刻漸漸露出疲態。第八棒打者井坂走進打擊區時，對方球隊更換投手，由亞洲生命引以為傲的王牌救援投手登板。

井坂面對這位王牌救援投手，堅持到兩好三壞的滿球數，最後被四壞球保送，形成了一、二壘上都有跑者的狀況。

這一天也擔任指定代打的荒井靠著四壞球保送上壘正是這個球季的進化，是總教練大道理念的展現。當球場上滿壘時，三上覺得似乎聽到了啟動的聲音。這個球場的某個地方似乎有個無形的齒輪，那個齒輪的節奏發生改變。可怕的不規則脈動開始支配梅雨天空下的球賽，微微前傾的犬彥手上的球棒持續畫出不規則的圓形。

一好球和一壞球後的第三球，犬彥揮棒擊出的是清空壘上跑者的三壘安打。青島製作所以二階堂接著轟出的安打順利逆轉，救援投手倉橋接著守住了第九局，成功地反敗為勝。

「贏了……」

古賀看著在球場上分享喜悅的選手，突然感到渾身疲憊，癱坐在長椅上。

沒想到在兩人出局的局勢下能夠連續擊出安打。今天直到中場為止，都無法擺脫持續已久的不順，最後能夠贏得勝利，與其說是憑實力，更應該說是靠運氣。

「真是太驚險了。」

犬彥用汗衫擦著汗水，說話的聲音興奮得發抖。

雖然反敗為勝，但簡直是如履薄冰般的勝利。在第八局對方投手失常之前，根本必輸無疑。如果犬彥沒有擊出三壘安打，可能就這樣輸了。

大道嚴肅的表情也印證了這件事。

第二場比賽的對手是經常參加棒球城市對抗賽的東洋石油。即使在狀態絕佳的時候交戰，也無法輕易獲勝。

更衣室內充滿了因為勝利而鬆了一口氣的氣氛，沖原垂頭喪氣地坐在角落。

「阿沖，你沒事吧？」

古賀問道，但看到沖原臉上空洞的表情，似乎感受到他內心的煩惱有多深。

就因為那篇報導……

古賀忍不住這麼想。但那篇報導撕開了沖原內心絕對不想被人碰觸的創傷。

古賀不禁對故意放出這個消息的村野和如月產生了新的怒火。

「喂，你不要想太多，今天是今天，下一次是下一次。」

沖原沒有回答。古賀站在他旁邊觀察了他一陣子，這時候剛好手機響起，他走出更衣室，走在球場的通道上。

「嗨，最近還好嗎？」

當他掛上手機，準備邁開步伐時，聽到有人向他打招呼。

回頭一看，發現村野一臉嬉皮笑臉地站在那裡。

他和三和電器棒球部的選手在一起。在青島製作所的比賽結束後，三和電器也要進行第二輪預賽，休息區就在一壘側。

「馬馬虎虎。」

「沒想到你們今天竟然會贏，原本輸得很慘。」

村野盛氣凌人的態度，讓古賀忍不住沉默以對。村野繼續說道，「原本聽說那個姓沖原的投手很不錯，但好像高估了他，我們如月比他厲害多了。」

「總教練——」古賀瞪著去年之前率領青島製作所的村野，「聽說是你向《日本日刊》透露了沖原的消息。」

村野察覺到古賀的怒氣，瞪大眼睛假裝驚訝，但並沒有回答。

「這種手法也未免太骯髒了。」

「為什麼？」村野露出樂在其中的眼神看著古賀，「是沖原引發了暴力事件，讓這種選手進入棒球部會破壞企業形象，最好還是不要冒這種險，如果是我，就不會讓他進棒球部。」

「總教練，沖原不是這種人，你知道那篇輕率的報導讓他多受傷嗎？身為棒球人——」

「古賀，你別說這種莫名其妙的話，」村野露出嘲諷的笑容打斷了古賀，「我們的如月才受傷，那可是傷害事件。對不對？」

村野轉過頭看向身後問，一個高大的男人站在他身後，一直瞪著古賀。他就是如月。如月聽了村野和古賀的對話，露出敵對的眼神看著古賀。

「這種人當然該被打。」

古賀反駁後，立刻在內心咂著嘴，因為他看到沖原剛好從更衣室走出來。「喂，你先去車上。」

雖然古賀慌忙對沖原說，但沖原站在原地不動。

「古賀，你什麼時候開始把暴力正當化了？」村野故意大聲地說，「錯就是錯，所以才會遭到處分，如月可是被害人，我聽說當初甚至沒有道歉，你對學長的態度也太沒禮貌了。」

村野最後一句話是對著沖原說。

沖原茫然地站在原地，黯然的雙眼看著村野。

「所以他當初只能逃走。」如月在一旁助陣，怒目圓睜地看著沖原，「對不對？你倒是說話啊。」

沖原沒有回答。

村野露出從容的表情說：「我們就在球場上定勝負。對吧，古賀？」

村野一副熟絡的樣子把手放在古賀的肩膀上對沖原說：「如果想在棒球界生存，奉勸你做人要有禮貌。記住我這句話。」

說完，他低聲笑著轉身離去。

「阿沖——」

古賀轉頭想要對沖原說話，發現猿田不知道什麼時候站在那裡，忍不住倒吸了一口氣。猿田的臉頰抽搐，氣得臉色發白，好像隨時會撲向村野揍人。

「村野先生——」村野聽到猿田的叫聲，背對著他停了下來，「我們絕對不會原諒你，請你記住這一點。雖然我不知道你身為總教練的能耐，但作為一個人，你簡直糟透了。」

「你們這些敗犬，想說什麼就說吧。」

村野說完這句話，若無其事地快步離開了。

「我可以說幾句嗎？」

會議即將結束時，猿田舉起手。大家一起回到公司，在棒球館的食堂召開比賽後的檢討會。

猿田在所有人的注視下，一臉怒氣地看著一個人的臉。

他看著沖原。

「老實說，我覺得討論在幾個好球、壞球數下怎麼打球、怎麼投球已經夠了，眼前我們有真正需要解決的問題。沖原，就是你。」猿田說，「我知道你曾經遭遇怎樣的痛苦，也知道為什麼會變成這樣。你並沒有做錯，如果我遇到同樣的狀況，也會和你有相同的行為。不，如果是我，一定會連續揍他兩、三拳，所以，阿沖，你很了不起，只揍了一拳就收了手。」

古賀倒吸了一口氣，默默注視著事態的發展。

猿田是棒球部所有成員都很敬重的資深投手，但之前從來沒有發揮領導力帶領這個球隊做任何事，沒想到他這次主動和這件事扯上關係。雖然猿田說話時用自己的方式開玩笑，但充滿了對隊友的體貼和關心。猿田繼續說下去：

「如果說讓對方受傷、動粗就是錯，那就沒什麼好說了。這當然不是允許暴力，但我們比任何人更清楚，阿沖不是那種毫無理由會對他人動粗的人，所以——」猿田用力看著沖原，「所以，阿沖，你不要再把這件事放在心上。既然他們出手打擊你，你不要難過沮喪，而是要在球場上教訓那個姓如月的傢伙和村野總教練。我們是棒球人，棒球人有棒球人的解決方式，我們要讓三和電器刮目相看，而且要讓他們發自內心為自己採取姑息的手段感到後悔。所以——所以你不要再放在心上，阿沖，振作起來。」

沖原在所有人的注視下低著頭，流下豆大的淚水。

「怎麼會有人哭啊？」猿田也露出笑中帶淚的表情說，「我們要做自己該做的事，怎麼可以受到這種骯髒手段的影響，耕作，你說對不對？」

「沒錯！」隊長井坂站了起來，「雖然別人可能會閒言閒語，但我們要打出自己的棒球，全力以赴，不要留下一絲後悔。」

「打敗三和電器！」個性最活潑，也最會營造氣氛的犬彥大叫著，「我們要打進決賽，讓村野那個大叔好好見識一下。」

古賀感覺到青島製作所棒球部重新燃起了鬥志的火焰。

8

「社長，時間差不多了。」

接到三上內線電話通知時，細川正站在社長室看著窗外的景象。

青島製作所位在府中市郊區，四方形的公司大樓建在寬敞的中庭周圍。細川成為社長時，曾經很納悶為什麼將社長室安排在這個位置。因為從窗外看出去，只能看到一排公司大樓。如果是另一側的房間，就可以俯瞰球場和後方一片開闊的市街。

但是，他在最近終於瞭解到其中的理由。

青島是不是在這裡看著窗外？

尤其是晚上的時候看得更清楚。看到大樓亮著燈光，就知道「喔，他們又在加班」，或是「那個部門今天很早下班」，只要坐在社長室，就可以瞭解公司的狀況。

細川直到最近，才終於瞭解站在這個角度看問題的重要性。

「好，我馬上就過去。」

細川掛上電話後，走去隔壁會長室敲門，對今天為了參加股東會來到公司的青島說：「會長，我們走吧。」

他們搭電梯下樓，來到成為臨時股東會會場的會議室。

這天包括用委託書授權他人代理出席的股東在內，總共有九名股東參加。青島製作所方面則是由專務笹井帶領的所有高階主管一起出席。

當細川和青島在圓桌中央的座位坐下後，三上走過來小聲對他說：「已經全員到齊了。」

細川點點頭說：「雖然比預定時間早了三分鐘，但既然大家都到齊了，我想就提早開始吧。」

他說完這句話，觀察大家的反應，沒有人提出異議。

「包括用委託書授權他人代理出席的股東在內，已達出席定足數門檻，所以現在召開臨時股東會。」他翻開手上的議事進行表，「今天的股東會由我社長細川擔任主席，請各位多指教，首先有請股東竹原先生提問。」

竹原站了起來。

「包括我在內的七名股東這次掌握了關係到本公司基礎的重要經營消息，在這個問題上，對細川社長領導的經營團隊做出的經營判斷產生質疑，所以要求召開本次臨時股東會。」

竹原不知道從哪裡聽說三和電器提出經營整合的事，自信滿滿地簡單說明了過程，他說的話中不時透露出對細川等經營團隊的憤怒，主導了股東會的氣氛。

「不用我提醒，大家也都知道，公司是股東的，一旦和股票上市公司三和電器進行整合，會對我們持有股票的股價造成很大的影響。雖然我們多年來都只領分紅，但青島製作所一旦上市，有可能獲得巨額的資本利得，沒想到——」竹原用充滿憤怒的眼神看著細川，「細川社長等人竟然自行拒絕了，是否可以允許這種情況發生？」

他說到這裡停頓一下，環視著在場的其他人，似乎想要獲得其他股東的贊同。

「既然公司是股東的，我認為我們股東在這麼重要的事上有權利表達意見。我直話直說，我認為與三和電器進行經營整合對青島製作所有好處，所以希望藉由這次機會，在細川社長說明當初為什麼拒絕整合的基礎上，將我們股東的意見也反映在公司的經營上。不知各位的意見如何？」

出席的其他股東為他鼓掌，他心滿意足地坐下，默默示意細川發言。專務笹井和其他高階主管坐在股東身後牆邊的座位上屏息斂氣，一動也不動。因為這次臨時股東會的結論將會大幅影響青島製作所未來的發展。

「這件事由我來說明，請各位參考手上的資料。」

細川站了起來，詳細說明了三和電器提出這個提案的過程。即使他想要冷靜說明，但說到提出經營整合提案的三和電器情況時，語氣忍不住激動起來。

「三和電器之所以會向本公司提出這個提案的理由只有一個，就是避免在賭上公司命運的影像感測器上和我們競爭。本公司的影像感測器是三和電器最大的威脅，三和電器試圖吞併我們公司更進一步成長。我們遭到吞併之後，雖然能夠獲得表面上的安定，但必須交出具有競爭力的技術，造成對公司毫無益處的結果。」

沒有反應。

有人閉著眼睛，有人抱著手臂沉默不語，也有人看著資料沉思，每個股東的態度都不相同，但顯然都在思考該如何看待細川的說明。

「等一下，」竹原反駁道，「三和可是如假包換的股票上市公司，你說他們為了青島的技術提出這種提案嗎？」

「影像感測器是三和電器投資超過一百億的重點投資，」細川回答說，「他們已經沒有退路了。」

「我想請教一個問題。」

和竹原一樣，也是大股東的野田舉起手。這位一頭白髮的年邁紳士是青島的遠親，也經營一家電子零件公司，只是和青島製作所屬於不同的領域。

「你能斷言三和電器投資了這麼多資金的技術，還不如青島製作所嗎？」

「當然。」

野田聽到細川斬釘截鐵的回答，露出瞠目結舌的表情。細川繼續說道：

「影像感測器是本公司目前的拿手商品，雖然我們公司的規模不如三和電器，但在這個領域的產品開發力和性能絕對不可能落後於三和電器。」

雖然細川的回答充滿自信，但竹原一針見血地問：

「影像感測器在技術上的優勢能夠持續多久？」

「這會受到其他公司開發狀況的影響——」細川回答說，「以目前正在開發的產品性能來說，至少可以持續兩年，兩年之後，本公司的技術開發將會更上一層樓。」

「但是，下一次開發的產品要在實際開發之後，才能夠知道比其他公司的產品有多少優勢，不是嗎？也可能反過來被三和電器超越，不是嗎？」

「我無法否認，」細川承認這點，「因為這就是市場競爭。」

「如果是這樣，不難想像到時候青島製作所的業績將面臨危機，這會很傷腦筋。」竹原加強了語氣說，「青島的主力商品原本就稱不上豐富，如果重點開發的產品落敗，不是會造成無法估計的損失嗎？這種開發競爭沒有百戰百勝這回事，當然也可能會輸，我們擔心的是到時候青島製作所是否還能夠生存下去。」

竹原的論調無疑是經營整合論的狡辯。

「我們會對開發進行徹底管理，避免這種情況發生。」

細川很有耐心地回答。

「這不是只要徹底管理就能夠避免的問題。」竹原完全聽不進去，找各種理由反對，「青島製作所因為規模不夠大，所以無法吸收損失，也就是說，公司的結構不允許失敗。如果與三和電器合作，至少可以克服企業規模小這個弱點——各位覺得我的意見如何？」

會議室內再度響起掌聲。竹原更加掌控了股東會的氣氛。

細川感覺到背上冒著汗，內心焦急不已。按照目前的情況，很可能會做出同意經營整合的結論。

「公司無法只靠規模存活。」細川終於擠出這句話，掌聲漸漸變小了，「本公司的企業規模的確不如三和電器，但在技術能力和經營基礎上絲毫不比三和電器遜色。」

「細川社長，你倒是很會說大話啊。」竹原一副惹人厭的樣子，「既然這樣，我倒是想請教一下，為什麼有這麼牢固的經營基礎，去年度卻嚴重虧損，無法分紅呢？」

「因為無法因應市場的急速變化，我無意辯解，不光是本公司，所有大型電機廠商都虧損，即使企業規模大，也同樣出現赤字。三和電器上一年度的決算也是赤字。」細川指出了要點後繼續說道，「雖然這只是推估，三和電器不僅去年虧損，今年之後也可能持續虧損。」

「這是因為在新事業的影像感測器上進行了初期投資吧？」

竹原一副完全瞭解情況的態度問。

「這當然也是原因之一，但三和電器持續赤字另有其他原因。」

「其他原因？」

會議室內鴉雀無聲，竹原露出驚訝的表情問：

「是什麼原因？」

「你沒有聽說嗎？」

三和電器向股東洩露了整合提案的事，所以一定大肆強調經營整合的好處，但恐怕並沒有說出三和電器不得不提出這項提案的真正理由。

三和電器對竹原隱瞞了真相。

「原因就在於半導體部門的衰退。」細川回答說，「三和電器的半導體部門佔了公司業績的七成以上，主力產品是之前附加價值很高的軟性基板，但由於不敵韓國產品的攻勢，導致該公司軟性基板的收益性急速惡化。」

豐岡到處打聽，蒐集到了三和電器的經營狀況。

「三和電器很可能是因為在半導體方面投資失敗，所以決定投入影像感測器的市場。這種看法或許有點穿鑿附會，但他們投入影像感測器市場是為了挽回前途不明的半導體部門，迫不得已採取的經營策略。」

細川環視著股東。

「半導體的投資額以千億為單位，根本無法和影像感測器相提並論。三和電器抱著這樣的不定時炸彈，即使我們公司和他們經營整合，不但無法穩定，反而可能一起被拖下水。為了能夠確實維持公司繼續成長，青島製作所與三和電器整合非但無法獲益，反而會增加風險。」

「細川社長，這是你個人的意見吧？」無論細川說什麼，竹原都不願意傾聽，「一旦整合，你和青島會長的地位就不保了，是不是因為這種想法，所以才做出讓整合破局的判斷？我在意的正是這件事，青島會長，是不是這樣？」

「恕我直言，」青島用沉靜的聲音回答他的問題，「只要對青島製作所有利，我隨時做好了離開的準備。這次的事，三和電器坂東社長的提案並不夠誠實，隱瞞真心做生意沒有未來，對方無視彼此的企業理念和作風的不同，一心只想著保護自己的公司，這種情況下進行經營整合當然不可能圓滿。」年邁的領導者重重地嘆著氣，環視著在場的股東，「做生意和人際關係一樣，如果不懂得尊重對方，就無法建立真正的友情。這次的提案雖說是為了雙方的利益，但其實是一廂情願，只想到自己的利益。基於這樣的理由，我贊成細川社長的決定。」

「這只是彼此的見解不同，這種討論繼續下去，也不會有任何交集。」竹原語帶不屑地說，甩著資料夾中的文件，「這是今天缺席的股東交給我的委託書，他們全都贊成與三和電器進行經營整合。細川社長，是不是差不多可以表決了？」

坐在牆邊的高階主管表情都緊張起來。

「在此之前──還有其他股東有想要表達的意見嗎？」

細川看著在會議室角落始終沒有開口，一直聽著他們討論的城戶志真。

「城戶社長，請問您有什麼意見嗎？」細川問。

「那我只問一個問題。」城戶回答說，原本她正在看事前發給股東的業績預測，此刻抬起頭，拿下了掛在金鍊子上的老花眼鏡，坐直身體，一臉平靜。

「笹井專務，我想請教你的意見。」

城戶志真的問題出乎眾人的意料，所有人的視線都集中在坐在角落的笹井身上。因為事出突然，笹井也露出了驚訝的表情，似乎不瞭解城戶這個問題的意圖。

「坂東社長說，他曾經向你提議，一旦與三和電器經營整合，將由你擔任社長。」

細川驚訝地回頭看著笹井。

他第一次聽說笹井曾經和坂東接觸的事，更無法想像坂東竟然提議在公司整合之後，由笹井擔任社長。

「笹井專務，真有此事嗎？」細川問，「對方真的曾經和你談過這件事？」

笹井臉上的表情僵硬，直視著前方一動也不動。沉思的雙眼看向腳下後，再度抬起。

「對。」

笹井承認了這件事。

細川感到很震撼，但他記得之前煩惱到底該不該接受這個提案時，笹井曾經強烈表示不應該與三和電器整合。

其實笹井專務很想當社長——

細川想起以前曾經聽說的這個傳聞。

兩年前，青島將接班人的位子交給了營業部長細川，而不是笹井，這是異例的拔擢，但細川認為笹井對社長的人事安排感到不滿，一定曾經煩惱，為什麼不是自己。

「笹井專務，為什麼？」城戶志真問，「一旦與三和電器經營整合，你不是就成為社長了嗎？你反對的理由是什麼？我無論如何都想知道這個問題的答案。」

「我很感謝坂東社長這麼看得起我，」笹井直視著城戶志真說，「但是很可惜，我並沒有當社長的能力。我自認對青島製作所的瞭解不輸給任何人，但只是這樣而已，很遺憾，就只是這樣而已。」笹井的嘴角露出了落寞的笑容，「青島製作所是一家歡樂愉快的公司，公司屬於各位股東，這一點當然沒問題，但同時也是為了員工而存在。要成為像三和電器那樣被業績綁住的公司很簡單，但要成為像青島製作所這樣自由奔放，有著超強技術力的公司很困難。我為自己是這家公司的員工感到驕傲，比起三和電器的社長，我更想成為青島製作所的員工。」

「笹井專務……」

細川說不出話，注視著這位年邁的總管。

笹井說完之後，城戶仍然注視著他的臉，沒有說任何話。

「城戶社長，還有其他問題嗎？」

細川問，城戶微微舉起右手，表示她已經問完了。

「接下來就進行表決。」細川轉頭看著所有股東說，「請贊成與三和電器經營整合的人舉手。」

竹原第一個舉起了手，坐在他旁邊的三名股東中，有兩人跟著舉起手，野田在猶豫之後，最後還是沒有舉手。

所有人的視線都集中在城戶志真身上。只要她投下贊成票，就通過了整合案。

城戶志真雙手放在腿上思考著。

雖然應該只有短暫的片刻，但細川覺得很漫長。

「城戶社長，妳應該贊成吧？」竹原似乎對她的態度感到意外，驚慌失措地問，「青島製作所目前是赤字，照這樣下去，股票會變成廢紙，這樣也沒問題嗎？」

城戶的猶豫顯然出乎竹原的意料，他的聲音幾乎變成懇求。

「城戶社長！」

竹原臉色大變。但是——

志真直到最後都沒有舉起手。

9

否決。三上鬆了一口氣，感到全身幾乎癱軟。在城戸志真猶豫要不要舉手時，他緊張得心臟都好像快從喉嚨跳出來。

細川宣佈散會後，股東紛紛站起來，只有竹原一臉茫然地坐在那裡。

「竹原先生，」細川走過去對他說，竹原露出空洞的眼神看著他，「很抱歉，無法滿足你的期待，但我們一定會努力提升業績，讓你覺得很慶幸自己是青島製作所的股東。」

竹原重重地嘆一口氣，露出自嘲的笑容。

「遠水救不了近火，這種賣不出去的股票根本沒用。」

這句話似乎透露出竹原面臨的困境。

「竹原先生，如果你時間方便，要不要一起吃飯？」這時，青島問他，「如果你對本公司的股票有什麼想法，我想我們可以討論一下。比方說——也可以考慮向你收購。」

竹原臉上的表情稍微動了一下，然後陷入思考。

「這附近有一家很不錯的鰻魚店，今天剛好有機會，要不要一起吃頓飯？」

竹原鼓著臉頰，嘆了一口氣。

「會長似乎察覺了我的想法。」

「我們是多年的老交情了，走吧，我也邀了志真一起去。」

笹井坐在牆邊的座位，一動也不動地看著空無一物的牆壁。

「專務，」三上叫了他一聲，「謝謝你。」

笹井沒有回答。他一頭稀疏的頭髮梳向後方，可以從他骨感的臉頰中感受到他的骨氣。他緩緩站起來，看著前方問：「第二場比賽的情況怎麼樣？」

三上一時聽不懂他這句話的意思。

這一天，青島製作所棒球部要進行第二輪預賽的第二場比賽，三上完全沒有想到討厭棒球部的笹井竟然會問他這個問題。

三上打開了在開股東會時關機的手機。

手機立刻收到了一則訊息。

是古賀傳來的。

——以三比一打敗了東洋石油。沖原完全恢復了。謝謝部長！

「我們贏了。」

三上向笹井報告，笹井冷冷地說了聲「是喔」，走出了會議室。笹井也許用這種方式掩飾內心的害羞，但三上覺得在他的表情中，看到了以前從來不曾見過的柔和。

笹井搞不好也喜歡棒球部——這時，三上突然閃過這個念頭。

因為站在必須減少經費，推動裁員的立場，他不得不掩飾真心，要求裁撤棒球部。笹井很可能會這麼做。

「謝謝。」

三上在內心向笹井道謝。

然後為棒球部獲得的勝利用力握緊拳頭。

「遭到——否決？」

星期一一大早，就接到竹原的聯絡。

坂東正在辦公室看營業部門送來的統計資料，聽到這個消息之後，一時說不出話，好不容易才擠出「謝謝你特地通知我」這句，掛上了電話。

「發生什麼事了？」

正在旁邊的執行董事河本發現坂東臉色大變，忍不住問道。河本被稱為坂東的右手。

「青島的股東會否決了提案。」

在三和電器中，也只有少數董事知道正在和青島洽談經營整合這件事，河本就是其中之一。

「怎麼可能？」河本瞪大眼睛問，「為什麼？」

「我不知道詳細的狀況，但聽說城戸社長沒同意。」

河本用凝重的眼神看著茶几的角落，僵在那裡。

「青島製作所對東洋相機有沒有什麼動作？」坂東緊張地問。

「目前並沒有聽說已經完成試製品的消息，所以應該還在開發，一定來不及。」不服輸的河本露出無敵的笑容，「即使規格再優秀，不存在的影像感測器想用也沒辦法用。」

河本說得沒錯。

坂東用力點頭。「話說回來，」他不悅地咂著嘴說，「那家公司不光是經營者腦筋不清楚，連股東也很蠢。」

河本咬牙切齒地接著說，「即使技術能力再強，有辦法賣出去才是王道。難得有可以繼續生存的機會，真不知道他們在想什麼。」河本不屑地笑了笑後，立刻收起笑容，一臉嚴肅地看著坂東說：「社長，您太高估青島製作所了，以後別再理會那家公司了。」

「也許吧。」

坂東好像在說服自己。他的個性在某些地方很神經質，也許是因為投入了大量資金的半導體事業虧本，打算以影像感測器作為頭號產品轉換為電子工程部門，才會對這個計畫太執著，有點操之過急。青島製作所是成立影像感測器事業最大的威脅，但正如河本所說，必須有產品才能夠競爭，所以現在根本不需要擔心。雖然青島製作所擁有技術能力，但終究只是股票未上市的中堅企業。

「河本，事到如今，希望東洋相機的所有相機都能夠使用我們的影像感測器。」

「交給我吧。」河本自信滿滿，用力地回答，「要趁這個機會讓影像感測器一口氣成為收益的主要來源，青島製作所根本不是問題。」

「那就拜託了。」

坂東用力閉上眼睛，努力克制內心的懊悔。

最終章　羅斯福遊戲

1

分行經理磯部小心翼翼地闔起了笹井提出的資料，靜靜地放回茶几。他抱著雙臂沉思起來，沒有立刻表達意見。因為他瞭解這些資料所代表的意涵。雖然他身為分行經理，代表了銀行，但他身為資深經理，憑著多年的經驗知道，將銀行的邏輯強加於人的行為是多麼愚蠢。

那是笹井製作的第二波裁員計畫。為了能夠獲得銀行的融資，他一次又一次研擬了這份計畫。

「計畫中提到將階段性實施追加的人事精簡，請問你們有具體的時間規劃嗎？」

他們正在白水銀行府中分行的經理室內，融資課長林田也看完了計畫，提出這個尖銳的問題。

「將視業績情況而定。」

笹井回答，坐在旁邊的會計部長中川心神不寧地挪了一下身體。因為他知道目前是關鍵時刻。

從某種意義上來說，這份第二波裁員計畫是唬人的。

雖然寫了削減成本的具體方案，但並沒有列出時間表，只是「以後會執行」的計畫。等於是提出一份不知道什麼時候會執行的裁員計畫，要求銀行同意融資。到底是沒有時間表，所以無法表示肯定，還是即使沒有時間表，也會加以肯定——這件事取決於白水銀行對青島製作所的評價。

果然不出所料，林田露出為難的表情。

他可能認為向總行申請時，這樣的計畫沒有充分的說服力。

然而，笹井也無法輕易退縮。

考慮到目前業績處於谷底的狀況，推出這樣的裁員計畫理所當然，但是，一旦生產調整的狀況有所改善，有可能反過來增產，如果無法確保能夠因應增產的人員和設備，企業就很難重生。但因為目前無法確認什麼時候會增產，所以在目前這種局勢不明的情況下提出的裁員計畫，當然無法提及必須為因應增產著想這種事。

為了保持收支平衡而縮小經濟規模沒有未來。

這是笹井的哲學。因為出現多少赤字，就降低相應的成本，在帳面上變成黑字的想法根本是自欺欺人。

「關鍵在於貴行願不願意相信敝公司。」

笹井直視著磯部，磯部仍然陷入沉思。

「經理，你認為如何？」

在林田的催促下，磯部終於睜開眼睛，但仍然沒有馬上開口說話。

過了一會兒——

「我相信這份裁員計畫，」磯部聲音微微發抖，好像剛走出思考的迷宮，「是貴公司力所能及的選擇。」

「經理！」林田驚訝地試圖反駁，但磯部打斷他。

「請按照這個計畫進行。」

笹井目不轉睛地看著磯部的眼睛，深深鞠躬說：「那就拜託了。」

2

「長門課長，到底該怎麼辦？」

股長西野戰戰兢兢地問。他目前擔任棒球部應援團的副團長。

「這個嘛……」

應援團團長長門語氣沉重地開了口，所有人都屏住呼吸看著他。

因為媒體刊登了棒球部的醜聞，所以昨天「高層」指示長門，在聲援棒球部這件事上必須自慎自戒。

聲援主投手發生醜聞的棒球部似乎不太妥當——雖然只是這麼提議，但村井副部長露出的威逼眼神似乎在說，如果不聽從命令，後果自行負責。

長門陷入了猶豫。

他覺得不能憑一己之見決定這件事，於是在應援團的練習時間，請所有團員在員工食堂集合開會。除了長門等人，還有主動組成啦啦隊的女工，全都一起聚集在寬敞的食堂角落。

雖然不是公司正式的指示，但應援團的成員幾乎都是製造部的工人，當然不可能對製造部副部長的話置之不理。

「的確有人露骨地表現出嫌惡感。」西野怒不可遏地說，「甚至有人特地跑來向我抱怨，讓我有一種遭到背叛的感覺。」

「對那些討厭棒球的人來說，那篇報導剛好成為理想的攻擊素材。」田原說。

他也是製造部的工人，在長門手下工作。

「但是——」啦啦隊員山崎美里嘟著嘴說，「那篇報導並沒有報導事實真相，既然這樣，不是只有我們能夠去澄清大家的誤會嗎？如果現在自慎自戒，不就代表我們認輸了嗎？」

「我們絕不認輸。」長門小心謹慎地回答，「但既然我們在製造部，就不可能對村井副部長的指示置之不理，所以必須在某種程度上加以尊重，我想大家也不希望為所欲為，最後被上面的人盯上。」向來不拘小節，個性開朗的長門難得說這種保守的話，「所以這次想要退出的人儘管退出，不必有任何顧慮，雖然我會繼續參加。」

「這樣不好吧，」西野聽了長門提出的方式，立刻表達意見，「即使有人想要退出，不是也很難當著大家的面說出來嗎？」

西野接著向其他成員提議說：「要不要先宣佈這個會議結束？十分鐘後再重新開始，覺得加入應援團也沒問題的人可以來參加，即使不來參加，其他人也不要說什麼，大家認為如何？」

美里一臉嚴肅的表情微微點頭。田原看著地面，一動也不動。雖然每個人臉上的表情都很不安，但沒有人表達反對的意見。

「那就這麼辦。」

長門最後這麼說，暫時先散會。

於是現在——

長門仔細打量著再次集合的成員。因為他發現剛才所有的成員全都回來了。

「你們真的沒問題嗎？」長門驚訝地問，「搞不好會被副部長盯上，還有部長更可怕。」

「有什麼關係嘛。」高木一派輕鬆地說。

他之前在「青島盃」棒球比賽時，在製造部球隊擔任第一棒打者，多才多藝，當時模仿鈴木一朗，讓觀眾席一片沸騰。

「因為反正你這輩子升遷無望。」

高木聽到木田珠子這麼說，氣鼓鼓地回答：「不用妳管。」

珠子今年四十一歲，是啦啦隊最年長的成員。她是個開朗的大嬸，經常把「愛和加油的心不分年齡」這句話掛在嘴上。

「珠子，妳沒問題嗎？」吹小號的吉村笑著問，「搞不好會扣妳夏季的年中獎金。」

「如果在意考績，怎麼可能參加啦啦隊？」珠子神氣地回答，「而且現在景氣這麼差，本來就不抱希望，喜歡棒球的人為棒球部加油有什麼錯！」

她乾脆的態度讓現場的氣氛越來越和樂融融。

「棒球部的人現在都很苦惱，我們當然要在這種關鍵時刻聲援他們。」

「好，我瞭解大家的想法了。」長門拍著大腿站起來，「那我們就像之前一樣，積極動員觀眾。我們要來製作海報，要想出一句配得上天下第一戰的宣傳口號。我想想……」

長門想了一下問：「你們覺得『在球場上團結一心』這句話怎麼樣？」

「這根本是抄襲青島會長的話。」高木笑著說。

「不管是不是抄襲，反正號召的口號就是要讓大家有感覺。」珠子說。

其他人也覺得她說的話有道理。

「我們並沒有在工作上偷懶，所以要大大方方地聲援棒球部。」長門加強語氣說道，「我們要一起贏得勝利，代表東京都出賽！」

3

開完股東會的兩天後晚上八點多時，細川的電話響了。

他正在看各部門送上來的裁員相關資料，在電話中聽到「我是真木，請問社長現在有空嗎？」這句話時，從數字的世界回到現實，慌忙把意識拉回來。

真木雖是年輕的研究員，但在技術開發部擔任中階主管。

「完成了嗎？」

真木還沒有說話，細川就忍不住提問。他情不自禁站起來，回頭看向技術開發部的窗戶。技術開發部今天晚上仍然燈火通明。

真木在電話彼端鎮定地說：

「部長說，如果社長有空，請您過來一趟。」

「好，我馬上就過去。」

雖然度過了臨時股東會的難關，但青島製作所身處的狀況並沒有改變。唯一的進展就是銀行方面同意了第二波的裁員計畫，融資一事總算有了眉目。根據豐岡的報告，三和電器以「如果現在決定採用本公司的影像感測器，將可以進一步降低價格」的條件，積極向東洋相機推銷自家產品。

在這段期間，細川飽嘗了想要推銷自家產品，卻拿不出產品的懊惱。

如今，青島製作所只需要一樣東西——那就是新型影像感測器。

細川匆匆走出社長室，剛好遇到準備下班的笹井。

「笹井專務，試製品完成了。」

笹井聽了細川的話，臉色大變，和他一起邁開步伐。

細川又去營業部叫了豐岡，一起快步走向技術開發部。

開發團隊的工作區域充滿和平時不同的氣氛。

研究員都圍在和實驗室連結的電腦周圍，當細川走過去時，人牆散開，原本看著電腦螢幕的神山轉過頭。

「完成了嗎？」

細川劈頭問道，神山因為睡眠不足和疲勞而佈滿血絲的雙眼看著他。

「社長，讓你久等了。」神山把電腦螢幕轉向細川等人後繼續說道：「這是新型影像感測器的影像處理數據，光看這些數據，你們可能不太瞭解，所以就來和本公司以前的產品，以及競爭對手公司的產品進行比較。」

神山親自操作電腦，顯示了新的數據資料。細川目不轉睛地看著螢幕上的圖表，興奮得幾乎喘不過氣。

「感光度是本公司之前產品的兩倍，不僅如此，基於新的設計理念，同時將雜訊減少到極限。這是本公司以前的產品。」神山用原子筆指著其中一個圖表，「這是根據其他競爭公司公佈的資料推測出來的性能，這個是這次開發的影像感測器。」神山操作螢幕畫面，增加了一張新的圖表。

新產品在性能上和其他產品的差異懸殊，細川身後傳來倒吸一口氣的聲音。

「接下來用具體的照片來比較一下。」

神山切換畫面，變成了設置在實驗室內的相機圖像。

螢幕上出現堆在牆邊各種不同顏色的積木，可能因為光線不足的關係，昏暗的圖像中有很多雜訊。

「這是使用和競爭對手公司生產的同等級影像感測器處理的圖像。」

「是哪一家競爭對手？」豐岡在身後問道。

神山在回答之前，似乎短暫遲疑了一下。

「我們把三和電器視為假想敵。」

笹井瞪大了眼睛，豐岡一臉嚴肅的表情抱著雙臂。神山繼續說道。

「接著再用新開發的影像感測器呈現相同的圖像。」

神山示意後，在實驗室內的研究員切換了影像感測器，將新的圖像傳送到電腦螢幕上。

清晰的圖像讓人忍不住倒吸一口氣。

不需要看數據就知道和剛才的圖像相比，哪一張更加出色。

神山讓螢幕上同時呈現對手產品和本社新品的比較圖像，也一眼就可以看出兩者的差異。

「這就是新的影像感測器的實力。」原本面對電腦的神山轉過頭宣告，「這是目前市面上所有影像感測器中雜訊最少的產品。」

神山直起身體，站在細川面前說：「社長，我們開發進度緩慢，給你添麻煩了，今天終於可以向你報告，我們完成了試製品。」

「謝謝，幹得好！」

細川用因為興奮而發抖的聲音說，室內到處響起掌聲。細川看到有人露出害羞的表情，有人熱淚盈眶，他的視野也漸漸模糊起來。

「接下來就交給我。」豐岡在細川身後加強語氣說道，「我一定會拿到訂單。」

真木把新開發完成的影像感測器試製品放在托盤上拿了過來。

總共有好幾種不同的類型。

細川看到其中有一塊像是晶片般的東西，忍不住問：「這是什麼？」

「我們運用縮小技術，將影像感測器縮小到以前從來沒有的小尺寸，在性能上也和三和電器生產的感測器沒有太大的差別。」

從相反的角度來說，這麼小的影像感測器能夠具備這麼高的性能，代表了高度的技術能力。

「但其實這是這次研發的副產品，並不是縮小尺寸就比較好。」

「是嗎？」細川聽了真木的說明後嘀咕著，拿起小型影像感測器打量著。

小型影像感測器差不多只有小拇指的指甲般大小。

各種資訊浮現在細川的腦海中，不一會兒，他就得出一個結論。

「和傳統的影像感測器相比，尺寸縮小了多少？」細川問。

「如果性能相同的話，體積差不多不到三分之一。怎麼了？」

真木看到了細川臉上表情的變化，驚訝地問。

「豐岡，去找Japanix。」細川對身後的營業部長說，「去向Japanix推銷。」

「啊？」豐岡忍不住反問，「Japanix？」

神山和真木都露出好奇的眼神看著細川。

「但是，社長，Japanix並沒有生產相機。」豐岡委婉地說，「如果是小型相機，東洋相機——」

「他們有智慧型手機。」

細川說完這句話，室內立刻安靜下來，「可以向他們推銷這種影像感測器，用在智慧型手機的相機上，我相信和其他品牌相比，應該是相當大的優點。神山部長，你認為呢？」

神山瞪大眼睛看著細川。

「原來如此，也許是好主意。」

「這可以成為智慧型手機相機用的影像感測器，讓智慧型手機的相機也可以拍出像單眼相機一樣的照片——怎麼樣？」

豐岡目瞪口呆，連續點了好幾次頭，「我覺得可以，不，是非常好——」

「馬上著手研究。」細川下達命令，「也許可以成為很大的商機。」

4

「解僱名單上的人，都已經完成面談了。」

「辛苦了。」三上聽了下屬北田的報告後慰勞道。

裁員是精簡人事的重要部分，這幾個月來，總務部總共向約一百名員工宣佈了解僱命令，將近全公司人數的十五分之一。每年因此節省了六億圓的人事費用，既然節省了這麼一大筆費用，對收益結構也有很大的貢獻。

三上在今天一大早就聽說了影像感測器試製品完成的消息，他只能祈禱公司的業績從此止跌回升，不需要執行第二波裁員計畫。

他把看完的文件放進已經批示完成的盒子內，一臉憂鬱的表情嘆著氣。他還有一項工作沒有完成——

身為棒球部的部長，他必須宣佈棒球部遭到裁撤的事。

三上還沒有告訴棒球部球員這件事，因為他希望正在努力打好第二輪預賽的選手能夠專心打球，但是，內心深處忍不住產生疑問，這樣真的好嗎？

既然公司已經決定要裁撤棒球部，照理說應該馬上通知他們。

然而，明天就是第二輪預賽的決賽，目前實在不是告訴他們這件事的時機。

傍晚六點多，三上前往棒球館。

為了迎接明天的決戰，棒球部的成員正在觀看明天迎戰的三和電器球隊的賽事錄影帶，召開作戰會議。下午三點開始召開的會議在六點結束，之後將舉行誓師會。

三上來到二樓時，會議剛好結束，選手的手上都拿著乾杯用的罐裝啤酒和飲料。

「記住剛才的資料，明天要全力以赴。」隊長井坂站起來說，又對大道說：「總教練，拜託了。」

身穿制服的大道拿著平板電腦起身，「接下來公佈先發名單。」室內頓時安靜下來。

之前雖然會在比賽前一天公佈出場選手的名單，卻從來沒有事先公佈過先發陣容的名單，顯然是特別的儀式。

「第一棒，游擊手犬彥。」

室內響起掌聲。

「第二棒。二壘手二階堂。第三棒——」

大道依次公佈名單，在說到「投手——」時，稍微停頓一下。

「猿田。」

三上對大道起用猿田當先發投手感到意外，想要知道其中的原因，用眼神問站在他旁邊的古賀。原來是因為「沖原完投了第二場比賽」，考慮到他太疲勞，所以才做了這樣的安排。總教練剛才已經告訴此刻一臉嚴肅表情拍著手的沖原，明天的比賽不會讓他擔任先發投手。

公佈完先發陣容的名單後，大道面對所有人說：

「先發選手、替補選手和應援團要團結一心，讓決賽成為一場熱賽，大家齊心協力，打敗三和電器。」

「好！」所有人同時叫起來，掌聲中，有人吹著口哨，充滿了誓師會的高漲氣氛。

「三上部長，最後可以請你為大家說幾句嗎？」

大家開心地聊了將近一個小時後，古賀站了起來。當三上站在笑容滿面的球員面前時，心情格外複雜。他努力克制內心的想法，對他們說一些激勵的話語。

「無論對你們，還是對公司來說，明天的比賽都很重要，絕對不能輸給宿敵三和電器，但我希望你們同時能夠開心地打棒球。你們可不可以努力打好這場球，讓去聲援的同事留下深刻印象？要讓那些去聲援的同事覺得公司有這個棒球部真好、真幸福。然後——最重要的是，希望各位全力以赴，不要留下任何遺憾。」

「還真是感慨萬千啊，」犬彥開玩笑說，「簡直就像是告別賽。」

「阿犬！別亂說話！」

井坂小聲斥責道，大家都笑了起來。這時，倉橋舉起手。

「呃，我可以問一個問題嗎？棒球部要遭到裁撤這件事是真的嗎？」

熱鬧的室內就像斷了電一樣，頓時變得鴉雀無聲。

「有人說，這是裁員計畫的一部分，已經是公司的既定方針了。」

三上知道自己臉上的笑容微妙地扭曲起來，他可以聽到自己的心跳聲。眼前這些球員雖然一開始露出笑容，但幾秒鐘之後就被驚訝的表情取代，所有人都注視著三上。

這件事已經無法隱瞞了。

三上終於下定決心，抬起了原本看著腳下的視線。

「上個星期，銀行方面同意了經營高層推出的第二波裁員計畫，銀行將在這個基礎上，融資給青島製作所，提供必要的周轉資金。在這份計畫中，包括了棒球部——裁撤棒球部的內容。」

沒有人說話。

「對不起，是我能力不足。」

三上向他們道歉，然後直視著選手的臉，明確向他們宣佈：

「青島製作所棒球部將在本球季結束後解散。」

倉橋目瞪口呆地看著三上，猿田面無表情地看了過來。仁科抱著頭，一動也不動，須崎和鷺宮也都茫然地愣在那裡。

「我們該怎麼辦？」

犬彥低吟的這句話，說出所有人的心聲。

小心翼翼堆疊起來的紅磚在轉眼之間就崩塌了。古賀覺得自己聽到了崩塌的聲音。

青島製作所棒球部將在本球季結束後解散——

對包括古賀在內的大部分棒球部成員而言，三上的這句話就等於宣佈解僱他們。

「我是不是不該說？」

會後，三上回到總務部時問古賀。

因為每個選手都一臉很受打擊的表情。

「沒這回事，」古賀想了一下之後說，「我想大家應該都會感謝你那時候說這件事。」

「但大家現在都很沮喪，更何況是在這麼重要的比賽之前。」

「總比隱瞞真正重要的事好多了，」古賀說，「部長，大家在棒球人之前，首先是社會的一分子，不知道自己人生的未來才是真正的不幸，每個人不都這樣嗎？」

「是這樣嗎？」三上問道，仔細想了一下後又改口說：「你說得對。」

「我認為無論做任何工作，都會遇到這種事，」古賀說，「我相信每個人都會思考，到底為什麼打棒球。但是，當棒球人站在球場上，就必須做好一件事。那就是打棒球。投球、擊球，然後奔跑。只要聽到應援團的加油聲，無論身處怎樣的立場，都會全力以赴。大家一路走來都這麼做，也是用這種方式成長。這就是棒球人。」

古賀在說話的同時，努力對抗著內心深處湧現的不甘心。

至今為止所付出的努力到底算什麼？這就是自己為青島製作所全心付出的結果嗎？

然而，無論再怎麼怨嘆、悲傷，再怎麼怒火攻心，既然身處成棒的世界，就無法違抗公司決定的事。

「說到底，我們在身為棒球人之前，首先是社會的一分子。」古賀好像在說服自己般說道，「一旦有機會，我們就必須全力以赴，我們只能用這種方式發現自己的存在價值，其他就只能靠各自解決了。」

古賀說話時聲音顫抖，淚水在眼眶中打轉，連他自己都感到驚訝。「請相信大家，現在大家都在和自己奮戰，而且我相信一定都能夠戰勝。」

5

「明天穩贏了。」

練習後的會議結束後，三和電器棒球部的總教練對其他教練說。

「幸好東洋石油輸了。」

他和幾個教練一起走進公司附近的居酒屋，喝著大杯啤酒，說出了心裡話。

在決定東京都第一代表隊的決賽之前，三和電器棒球部只做了一件事，那就是找投手簡單討論了一下。

對村野來說，青島製作所根本是微不足道的球隊，他對青島製作所的戰力瞭若指掌。不光是村野，明天擔任先發投手的飯島也一樣。因為去年之前，青島製作所的選手都是他的隊友，只能說村野得到了幸運女神的眷顧。

「以實力來說，青島製作所只有我們二軍的程度。」村野完全不把青島製作所放在眼裡，「雖然也有資深的優秀選手，那個姓大道的傢伙卻讓他們坐冷板凳，反而起用一些不成氣候的年輕選手，真想看看他的腦袋裡到底在想什麼。」

「不過是自我滿足而已，」打擊教練森下露出不屑的笑容，「他只是想表現自己和村野總教練不一樣吧。」

「如果是這樣，那也未免太幼稚了。」村野露出無奈的表情，然後露出稍微嚴肅的表情問：

「你覺得明天那個沖原會上場嗎？」

「應該會。」森下回答，「因為其他投手根本不是我們球隊的對手，只有那個沖原還稍微能投球。」

「但他上次投完九局，還會繼續投嗎？」

球隊經理名和提出了疑問。他在三年前從選手引退之後，在球隊擔任經理，以前當捕手時的判斷很敏銳。

「那應該是猿田，」村野說，「然後可能由倉橋和沖原當救援投手。」

「我也這麼認為。」名和表示同意。

「看來一開場就可以掌握主導權。」

森下竊笑起來，開玩笑說：「要不要乾脆讓二軍上場？」

在座的所有人都深信可以成為東京都的第一代表隊。如果他們聽到相同的時刻，青島製作所棒球部討論的內容，這種想法一定會變成確信。

「比賽沒有真正的平等，」村野大言不慚地說，「戰力上有利的一方會贏，就這麼簡單。」

所以當初三和電器找上門時，他就決定跳槽。只是他並沒有把這句話說出口。跳槽到條件好的地方是人之常情，把這種理所當然的事說出口的人——是傻瓜。

6

這是一場賭上榮譽的比賽。

決賽的舞台位在西武巨蛋球場。比賽從下午六點半開始，棒球部在三個小時前就從公司出發，在抵達球場的巴士上，整個球隊的士氣都很低迷，車上一片寂靜。

那不是緊張，但也不是絕望。不安、無處宣洩的憤怒和無力感折磨著內心，每個人都用各自的方法努力調適心情。

如果這一天沒有決定第一代表隊的決賽，所有人應該都會無精打采，碌碌無為地混一天，然後百無聊賴地思考接下來的人生該怎麼辦。

下午四點半，古賀無可奈何地看著搭巴士來到球場的球員一個個面無表情地走進更衣室。有什麼話語可以激勵他們振作，讓他們重新專注在棒球上？

即使他絞盡腦汁，也完全想不到。

無論鼓勵、安慰或是斥責，都像是隔壁教室傳來的說教，根本沒有任何意義。

「都怪我。」三上看著選手抱著球棒和手套，慢吞吞地走向休息區時說，「我應該用更好的方式告訴大家這件事。」

但是——

無論用什麼方式告知，棒球部遭到裁撤就是遭到裁撤，這個事實無法改變。棒球部五十名成員中，除了正職員工以外，四十多個人在棒球部遭到裁撤的同時就必須離開公司。這一天準備上場的主力球員幾乎都會失去工作，為了尋找下份工作各奔東西。古賀也不例外。

「部長，走吧，練習快開始了。」

古賀率先邁開了步伐，沿著通道走進了休息區。

午後的自然光從架設了格子狀鋼筋的圓形天花板上照進來，比古賀所站的位置稍高的漂亮人工草皮球場宛如特別的舞台。

然而，古賀並不是因為被球場的美所吸引而停下腳步，而是因為看到準備走上球場的選手做出了意想不到的舉動。

選手全都走出休息區，站在那裡看著看台。犬彥、井坂和沖原都目瞪口呆地仰頭看向身後。

古賀也慌忙衝出去，仰頭看向背後，然後說不出話來。

「太猛了。」

站在他旁邊的犬彥小聲嘀咕道。

因為應援團來了很多人，幾乎把整個三壘側看台都坐滿了。

以前從來沒有這麼多人來聲援，爭奪東京都代表隊的這一戰，讓整個看台變成一團熱情之火，滾落到球場上。

「我們來為你們加油！你們要好好表現！」

最前排傳來叫聲。是應援團的團長長門。

小號吹起了走調的旋律，所有人都一起唱起社歌。

犬彥驚訝地看著他們，隨即忍不住笑起來。眼前的氣氛只能讓人發笑。

古賀發現選手臉上的表情漸漸發生變化。

有人靦腆地相視而笑，也有人害羞地看著看台，還有人一起唱起了社歌。

「說起來，也許根本不重要。」猿田小聲地說，「不管是不是最後一場比賽，根本不重要，在熱烈聲援我們的人面前，根本不可能偷懶，只能全力以赴，打好自己熱愛的棒球，除此以外，還能怎麼樣？」

沒錯。

古賀對著正在擋網後方拚命動著短手短腳指揮的長門發誓。

課長，請你看著，青島製作所棒球部一定會打一場讓你與有榮焉的比賽。

7

主審宣佈比賽開始的話音剛落，飯島的速球就投到了犬彥的膝下。

「他的球還是投得這麼好。」

在古賀附近目不轉睛地看著球場的井坂說。飯島以前在青島製作所時，是實力受到公認的主力投手，每年贏的球賽中，有一半是飯島的功勞。

犬彥很快就陷入了飯島好球連連的危機，最後在飯島的連續速球攻擊下，揮棒落空遭到三振出局。飯島精準地投出了犬彥不擅長的、內角偏低的絕妙好球。

接著，第二棒的二階堂打了一個二壘方向的滾地球，第三棒須崎右外野方向的飛球被接住，飯島在轉眼之間就結束了青島的攻擊，從容不迫地離開投手丘。應援席上發出的失望嘆息也傳到了休息區。

古賀用力拍著手，送準備上場守備的選手離開。

先發投手猿田以資深球員特有的從容步伐走向投手丘，開始和井坂練習投球。

三和電器的應援團開始聲援自家球員，從第一棒打者走進打擊區的第一局開始，整個球場就陷入了沸騰。

第一球是過高的直球。

古賀把記分簿放在腿上，不安地注視著投手丘。猿田剛上場時的控球總是不太穩，現在的球也有點飄。

第二球被擊出了內野滾地球，古賀暗自鬆一口氣。一人出局。猿田接下來應該慢慢會穩下來。沒想到——

鷺宮漏接了第二棒打者打的左外野高飛球，導致形勢變得不利起來。

鷺宮好像在和球嬉戲般的笨拙守備，讓大道忍不住低下頭，聽著三和電器應援團的大聲喝采。雖然之前就知道鷺宮的防守不佳，沒想到竟然在緊要關頭失誤。兩人出局、壘上無跑者，和一人出局、壘上有一名跑者的形勢完全不一樣。猿田初上場時控球向來不穩，這個失誤的後果嚴重。

接下來是三和電器的第三棒打者藤本上場。以前在高中棒球界無人不知的藤本是今年有資格參加職棒選秀會的左打者。

「他的選球能力真不錯。」

沖原看著能夠分辨出好球帶邊緣球的藤本說。藤本的球棒在猿田投了兩好兩壞之後的第五球時打中了球心，造成了一人出局，二、三壘都同時有人的局面。

慘了。

無論如何都要撐過去。古賀低下頭向神明祈禱。

三和電器第四棒的新田一臉從容不迫的表情。新田去年也是青島製作所的球員，所以對隊友猿田的球路瞭若指掌。

三和應援團的樂聲更加響亮，響徹了整個巨蛋球場。

猿田投的第一球是偏外角的曲球。

不錯。

第二球是軌跡幾乎相同的直球，是一個好球。但是，第三顆是壞球之後，原本取得平衡的天秤傾向了新田那一側。

下一球時，新田的球棒一閃。

新田擊出的球在轉眼之間飛過了二壘手二階堂的頭頂，滾落在中外野和右外野之間。

這是一支讓兩名跑者跑回本壘的適時二壘安打，第五棒打者的一壘安打將新田送回了本壘，一壘側應援團歡呼的聲音達到顛峰。

松崎教練要求暫停，走向投手丘。

坐在休息區角落的大道低著頭，用力瞪著腳上的釘鞋，不知道在想什麼。在目前這個時間點不能要求更換投手。

幸好猿田的投球終於越來越穩，兩名打者都打了內野滾地球出局，才終於結束第一局。

為對方球隊提供奪下三分契機的鷺宮垂頭喪氣地回來，簡直就像洩了氣的小熊維尼。

「對不起。」鷺宮自言自語地說。

「不必放在心上，」回答這句話的不是別人，正是猿田，「本來就知道你的守備不怎麼靈光，總教練不是也說了嗎？每個球季都做好了失三分的心理準備，所以你不必放在心上。」

大道默默聽著這番話，點點頭。

沒錯，大道在起用鷺宮時，就已經預測到這一點。無論是好是壞，這就是大道想要打造的球隊，如今正是對這支球隊的考驗。

「接下來努力，接下來努力。」三上大聲說道，他用祈禱的眼神看向球場，臉上的表情嚴肅得有點悲壯。

第三局時，三上的祈禱奏效。仁科在四壞球被保送後，井坂揮棒直擊第一球的直球，追擊的一擊轟向左外野看台。

「太好了！」

從第一局下半局就開始不停抖腳的三上站起來，用力做出了一個勝利的姿勢。球員紛紛和井坂擊掌，迎接他回來，球隊好像終於振作起來。沒想到——

在第五局下半局，猿田投的球再度被打中，對方球隊又贏了三分。

「會長來了。」

聽到有紗的通知回頭一看，高大的青島正沿著觀眾席的階梯緩緩走下來。

咦？細川看到青島身後有一個意外的客人，忍不住瞪大眼睛。

城戶志真身材嬌小，但戴了一頂很大的帽子。

「上次有勞您了，請坐。」

細川為青島和城戶騰出空位，自己坐在城戶身旁。因為今天是決賽，所以猜到青島會來觀賽，但沒想到城戶志真也一起現身。

「我以前常來看棒球賽，」城戶志真說完，用怨恨的眼神看著青島說：「但你只是把門票給我，自己跑去休息區觀賽。」

公司的人都知道，青島以前經常穿上制服，和選手一起坐在休息區。

「有什麼關係嘛，今天算是贖罪。」

「這算是股東特別招待嗎？」志真接過應援用的扇子，語帶諷刺地說。

青島忍不住苦笑著，在臉前搖著手說：「不是，我只是希望妳能夠看看我們公司的棒球隊最後一眼。」

「最後？」

城戶志真驚訝地轉過頭，但青島並沒有回答。

二階堂打了一個觸擊短打，衝向一壘。

「Safe！」

秘書有紗在青島身旁大叫一聲，坐在有紗旁邊的是笹井。因為是最後一次球賽，所以細川邀他一起來觀賽，但他露出好像在參加學校教學參觀日般嚴肅的表情看著球場。

「笹井專務，難得來球場聲援，你覺得怎麼樣？」細川問。

「嗯，還好。」笹井含糊其詞。在笹井眼中，這場比賽耗費了大量成本。雖然在觀看同一場比賽，有人深受感動，但也有人覺得極其無聊，實在太不可思議了。

細川說，要去為棒球部的最後一場比賽加油，雖然笹井之前一再要求裁撤棒球部，但還是響應了細川的提議來到球場，也許證明拋開毀譽問題，棒球部仍然是青島製作所的象徵，也可能是因為他對自己主導裁撤棒球部產生了罪惡感。

「同意公司購買大量門票，讓同事可以來聲援，這不是很有笹井的作風嗎？」細川聽了青島的話，忍不住驚訝地轉頭看向笹井。

「專務，真的嗎？」

「因為三上太吵了。」笹井皺起眉頭，冷冷地回答，「他說最後一次，要號召大家都來應援，既然他都說到這分上，我還能說什麼？」

細川很清楚，笹井絕對不是那種因為三上拜託，就會做到這種程度的人。

笹井專務，你在某些方面也不錯嘛。

細川忍不住露出笑容時，聽到了清脆的打擊聲，應援席頓時陷入沸騰。

第三棒須崎打出去的白球滾向外野，立刻創造了二、三壘上都有跑者的大好機會。

即使再怎麼奉承，也無法說悅耳動聽的戰鬥進行曲響起，啦啦隊衝了出去。應援團長長門站在應援團座位的正中央，左手扠腰，甩著右手開始為場上的選手助陣。

第四棒打者鷺宮走進了打擊區。

「在新田被三和電器挖走之前，鷺宮一直是替補選手。」有紗立刻為大家解說。

有紗每次在觀賽前都做足了功課。鷺宮的球棒揮出一記幾乎快噴出火的平直球，一直線飛向右外野看台的方向。

所有選手都衝出休息區，看著球的方向。

當那顆球落在右外野看台上的瞬間，立刻響起巨大的歡呼聲，什麼聲音都聽不到了，跑過一壘的鷺宮高舉起右拳。

這是一個抵消第一局失分的三分全壘打，目前只落後一分，所有人都互搭著肩膀唱起社歌。大道的理念開始發揮作用了。

投手丘上的飯島一臉難以置信的表情注視著看台，一動也不動。一壘側的休息區有了動靜，村野一臉不悅，慢條斯理地走出來。

被換下場的飯島拿下手套，用力拍著膝蓋。

他應該做夢都沒有想到，竟然會被瞭若指掌的老隊友拿下五分。

「這支球隊已經和上一個球季完全不一樣了。」

古賀身旁的三上充滿確信地說。

村野，你有沒有看到？

古賀在心裡這麼問時，看到一個身影從牛棚跑向投手丘。

是如月一磨。

如月毫不在意三壘側應援席好像在舉辦廟會般熱鬧不已，鎮定自若地站上投手丘，用釘鞋鏟平投手丘上的泥土。

「他出來投球了。」猿田在一旁咬牙切齒地說。

古賀瞥向坐在休息區角落的沖原，即使如月現身，他臉上的表情也完全沒有變化，眼神很平靜，但他的視線看向投手丘，始終沒有移開。

「阿沖，你差不多該去熱身了。」

沖原聽到大道的命令後，帶著替補捕手水木一起走向牛棚。

如月完成了規定的投球練習後，轉動著雙手，仰頭看著巨蛋球場的天花板用力深呼吸。

「那就來較量一下！」

大道大聲說道，休息區內所有人都聽到了。

如月對上場的圓藤投的第一顆球是正中央偏高的直球。

球速很快。雖然球路並不刁鑽，但球的威力很強。

如月輕鬆地接過捕手丟回去的球，很快就準備投第二球。

圓藤揮棒打向削到好球帶內角的高難度球，成為滾到投手面前的內野滾地球。如月輕鬆搞定之後，又三振了下一位打者，從容不迫地離開了投手丘。

如月瞥了一眼沖原所在的牛棚，一臉得意的表情。

你們根本不是我的對手。

好戲還在後頭。古賀在記分簿上寫了一個代表三振的K之後，在內心咒罵道。六局上半局的比數是五比六。只落後一分，完全有可能逆轉。

「這個投手真不錯啊。」

細川看到如月在七局上半輕鬆搞定青島製作所一個又一個打者，忍不住佩服地說。

「他就是那個投手，就是我們公司的沖原引發那起事件的對象。」

「喔，原來是他啊。」

細川聽了有紗的解說，才終於想起，然後看向牛棚，看著開始練習投球的背號十四號球員。

「所以接下來將是命運的對決。」有紗一臉嚴肅地說完，又補充了一句：「我絕對無法原諒！」

「但是，有辦法從如月手上拿到兩分嗎？」

目前青島製作所總共有五名打者曾經和如月對戰，完全沒有擊出一支安打，甚至沒有任何一顆球飛向外野。如月完全壓制了青島製作所的攻勢。

「沒問題。」青島說。

他用充滿慈愛的眼神看向球場，好像要把這場比賽、眼前的氣氛深深烙印在腦海中。

救援猿田的倉橋在投手丘上持續表現良好。

既然只落後一分，即使面對如月，也許可以有機會。

所有人應該都這麼想。

「沖原快上場了，應該不可能在他手上得分。」有紗也這麼說。

大道應該觀察著倉橋在場上的良好表現，思考著換沖原上場的時機。

倉橋已經順利讓三和的兩名打者出局。

目前是打擊率較差的第七棒打者站在打擊區內。

只要守住這一局，下一局就是沖原上場——

就在更換投手的時機逐漸明朗之際，竟然聽到了清脆的擊球聲。

白球在應援席的慘叫聲中飛向外野。

當球飛進右外野的看台時，細川身後響起了失望的聲音。

慘了。

細川內心的一絲期待遭到摧毀。

就在這時，聽到了青島語氣堅定的鼓勵。

「別擔心，還有希望，不要放棄。」

8

古賀看著記分板上的「5」和「7」這兩個數字。

倉橋好不容易解決了三名打者，走下投手丘時的表情因為懊惱而扭曲。對手球隊的休息區內，村野一臉冷笑，傲慢地靠在椅子上。

第八局上半，目前比分落後兩分。打擊順序又回到了第一棒。

犬彥緩緩走進了打擊區，如月盛氣凌人地看過來。

古賀回想起去年大賽時的一幕。青島製作所雖然被三和電器打得一敗塗地，但犬彥就是最後上場的打者。

犬彥走出休息區時露出了不一樣的眼神，就是因為回想起當時的記憶。

捕手不知道對站在打擊區的犬彥說了什麼，犬彥無視捕手，不慌不忙地看著如月投出第一球。

「他竟然沒有揮棒，」仁科瞪大眼睛，「那不是他擅長的球路嗎？」

但是，根據古賀的觀察，剛才那顆球稍微偏離了好球區。一旦揮棒，就會成為內野滾地球。

「他可能在等如月的拿手球。」

古賀聽了井坂的預測點點頭。犬彥此刻想要報去年的一箭之仇。既然這樣，他一定在等如月最拿手的內飄球，如月使出看家本領的一球。

如月在第五球時投出這樣的球。

犬彥發揮了簡潔有力的打擊，猛烈擊出的球飛越了右外野和中外野之間。應援席上的小號立刻吹起了戰鬥進行曲。當犬彥在球場上飛奔，早早地衝進二壘，豎起大拇指時，現場響起了歡呼聲。

井坂默默地握緊拳頭。

雖然無法看到站在投手丘上的如月震驚的表情，但他做出固定式投球姿勢，頻頻看向壘上的犬彥的樣子，明顯變得有點神經質。

第二棒打者二階堂走進打擊區時，應援席上熱力四射。

如月的第一球飛向二階堂的胸口，二階堂忍不住向後一仰。

近身球。頭頂上的應援團響起一陣噓聲。「那個王八蛋……」猿田瞪著投手丘。

二階堂的球棒隨即擊中了偏高的曲球，球飄向了二壘後方。犬彥看到球擦過二壘手的手套，滾向外野，立刻衝到三壘，微微舉起拳頭。

「阿犬！幹得好！太帥了！」

坐在休息區的古賀也聽到了長門大叫的聲音。看台陷入沸騰，所有人都站起來，更賣力為場上的球員加油。

六月的風從巨蛋球場縫隙中吹進來，吹過球場。風中帶著夏季的預感，但也同時帶著梅雨的重量，舒服的風很適合男人的戰場。

「如月那傢伙慌了。」猿田看著投手丘說，「現在的他已經不是七局上半的他了，犬彥剛才打的那一球，就像是刺在他喉嚨上拔不掉的刺。拿手球被打中，簡直就是自尊心遭到踐踏，越是自尊心強的投手，受到的打擊就越大。」

如月向站在打擊區的第三棒打者須崎投了兩個曲球，如月的自信動搖了，所以才會改變球路搭配。

坐在一壘側休息區的村野臉漲得通紅，不知道大吼著什麼。勢不可擋的追擊氣氛讓看台陷入了瘋狂。

須崎面對如月的變化球不慌不忙，沒有出手，瞪著投手丘，全身散發出的氣場完全就是勇敢挑戰的冒險家。

如月的軸心腳離開了投手板。

他看向三壘的犬彥和一壘的二階堂，再度把手套放在胸前。雖然無法從他的表情中察覺到任何想法，但眼神已經失去了剛才的從容。

捕手的手套移向偏外角的位置。是一個低球。

隨著尖銳的擊球聲，被打出去的球擦過跳起的二壘手手套瞬間，球場上響起歡呼和尖叫聲。那是一支二壘安打。

犬彥跑回本壘，原本在一壘的二階堂也輕輕鬆鬆跑到三壘。

目前二、三壘上都有跑者。

看台上響起社歌大合唱。

犬彥跑回來時，大家都擊掌迎接他，休息區也進入了最高潮。村野把手上的大聲公摔到地上。古賀忍不住在心裡罵了一句：「活該！」

二、三壘上都有跑者，無人出局。青島製作所的打擊陣容正試圖用實力打敗如月。只要擊出安打就可以追平比分，如果是長打，就可以逆轉勝。

村野總教練沉不住氣，衝出休息區，表情沒有絲毫的從容。即使站在遠處，也可以看到他滿臉不悅。

「現在沒辦法換投手，因為並不是因為控球不好被擊出安打。」在牆邊座位冰敷肩膀的倉橋說，「擊出安打的犬彥太了不起了，須哥也很厲害。」

倉橋用空出來的手和犬彥握著手，露出熱切的眼神看向站在打擊區內的鷺宮。倉橋說對了，村野只是拍了拍如月的屁股，又走回休息區。

「要讓他們見識一下我們的自尊心！」猿田大叫著。

如月擺出了固定投球姿勢，注視著捕手的暗號。鷺宮的球棒緩緩地、緩緩地搖晃，燃燒的雙眼緊盯著投手丘。

如月快動作投出的第一球是外角偏低的壞球。

戰鬥進行曲的空檔中傳來嘆息聲。

如月不會輕易投好球。

投了一個好球之後，在投第三球之前，和捕手花了很長時間交換暗號，然後投了一顆牽制球，又對著捕手搖了兩次頭，才終於做出固定式投球姿勢。

聲援變成了齊聲的口號聲。音樂安靜下來，人聲、呼吸聲、熱情和祈禱都聚向球場，那是熱血沸騰、全心全意的聲援。

當所有人都聚精會神地專注在球場的那一剎那，球場上的景象宛如在看無聲電影般陷入一片寂靜。

就在這時，刺入鼓膜的清脆聲音把古賀的感覺拉回現實。

他隨即身處在巨大的歡呼和尖叫中，宛如所有的秩序都在瞬間崩潰。

打向右外野和中外野之間的球用力撞到護網，然後滾落在地。

二階堂在歡呼聲和尖叫聲中跑回本壘，接著看到須崎龐大的身軀跑過三壘，可以感受到地面也跟著震動。

「阿須，快跑！」

古賀忍不住叫了起來，「快跑！快跑！快跑！」

須崎在球場上狂奔。

須崎來到本壘前，龐大的身軀飛向空中，接著聽到肉體用力碰撞的聲音。

三和電器的捕手遠山身體向後仰，整個人被撞出去，手上的球也滾落在地。

「喔！」

須崎在本壘板上發出咆哮聲，頓時歡聲雷動。看台、休息區同時陷入狂歡。

如月茫然地站在原地。

古賀難以相信自己看到的景象，他以為自己在做夢，但記分板上「3」的數字證明這一切都是真真切切的現實。

青島製作所長時間的攻擊終於結束了，當大道走出休息區，對裁判說要更換投手時，應援席上響起了帶著尖叫的歡呼聲。

「投手沖原！」

9

「我為什麼要和你們一起唱你公司的社歌啊？」

當第八局三分入袋的歡騰告一段落後，城戶志真的這句話，引起哄堂大笑。

「而且歌詞也未免太老套了吧。」

「這是我以前寫的。」青島笑著說。

「我就知道。」

城戶說完看了看進入八局下半的球場，又看著後方的螢幕。

「話說回來，棒球太好玩了，我終於瞭解你以前為什麼那麼迷棒球了。這個人是新的投手嗎？」

「這是今年剛進棒球部的新手，他姓沖原，是很厲害的投手。」有紗立刻為城戶解說。

城戶目不轉睛地看著沖原投球練習後說：「他很有氣勢。」然後又問：「他今年幾歲？」

「十九歲。您看得出來嗎？」細川語帶驚訝。

「你自己看啊，眼前的場面這麼緊張，但他根本不為所動，渾身散發的感覺很自然。在這個球場上，只有他周圍好像是另一個世界。」

細川低頭看著球場，有一種恍然大悟的感覺。

規定的投球練習結束，捕手正把球像箭一樣飛速投向二壘手，經過內野手之後，又回到了沖原手上。

三和電器輪到第九棒打者上場。村野要求換上代打，緩緩走向打擊區的選手虎背熊腰，在球場上的棒球選手中也很引人注目。球場螢幕上出現了「鳴澤」的名字。

「鳴澤是三和電器的強打者，但因為受了傷，所以現在經常以代打者的身分參加比賽，他以前是三和電器的第四棒。」

有紗蒐集情報的能力無懈可擊，連對方球隊的情況也無所不知。

即使在看台上，也覺得這名打者讓人很有壓力。

聽到「代打鳴澤」的廣播聲，三和電器的應援席響起一陣歡呼聲，但當沖原投出第一球時，整個球場都安靜了下來。

令人精神為之一振的速球投向內角。鳴澤沒有揮棒。

第二球是沿著相同軌道後向下墜落的伸卡球，球速很猛。鳴澤揮棒落空，而且整個人重心不穩。

沖原連投了兩個好球之後，第三球投了外角偏低的速球。

當審判舉起右手時，響起一陣歡呼聲。三振出局。

「他真是太厲害了。」

細川覺得看到了難以置信的景象，這時，他發現坐在右側的笹井臉色鐵青，用力握著拳頭，連手指都發白了。

「笹井專務，我們要相信沖原。」他拍了拍笹井的肩膀。

「不，我並沒有──」

笹井努力想要辯解，但聽到擊球的聲音後，立刻轉頭看向球場。對方球隊的第一棒打者打了一個內野滾地球出局了。

「他還真帥啊。」

沖原輕鬆地連續解決三名打者後，城戶一臉陶醉的表情說。

「城戶社長，不行喔，沖原是青島製作所女生的偶像。」有紗故意露出一臉可怕的表情說。

「有什麼關係嘛，幹嘛這麼小氣？」城戶反駁道，兩人大眼瞪小眼。

「妳們不要為這種無聊的事爭吵，志真，妳年紀不小了，還這麼幼稚。」

青島無奈地勸阻時，看到對方球隊的後援投手走向投手丘。

村野要求更換投手時的表情完全繃緊。

三和電器決定拚了。

九局上半局，青島製作所上場攻擊的三名打者都沒擊出安打就退場，選手在球場上散開，站在各自的守備位置。

三上從第八局下半開始，膝蓋就像痙攣般抖個不停。

大道沒有任何動靜，也沒有變更守備球員。

三和電器從第三棒開始就是強打者，第四棒新田即將上場的九局下半，將是這場比賽最重要的關頭。

三和電器的藤本在應援團的大聲聲援下走進了打擊區。

全場所有人都屏住呼吸看著投手丘，沖原拿起止滑粉袋，好像在施魔法般吹了一口氣。一陣風吹來，止滑粉的白煙微微飄向中外野的方向。晚上九點零五分，觀眾席和天花板之間的空間是西武巨蛋球場特有的構造，讓六月夜晚的空氣吹進球場。今晚很悶熱，即使坐著不動，也會忍不住冒汗。

沖原用揮臂式投球投出的第一球，是內角偏低的曲球。

壞球。

看台上發出無聲的嘆息。

第二球是外角偏低的曲球。也是壞球。

普通打者遇到這種球應該會出手，但藤本的球棒沒有動靜。他不愧是被稱為選拔賽重點人物的選手。

當沖原投出第三球時，看台上沸騰起來。

那是一個內角偏低的直球，藤本的球棒一閃，飛出去的球飛向左外野看台。

界外球。那顆球貼近界桿左側飛過去。

看台上的鼓譟聲無法安靜下來。

沖原探頭看捕手的暗號時，三上再度用力抖著腳。

沖原投的第四球和前一刻印象深刻的高飛球幾乎相同。藤本再度揮棒，又是一個高飛球。

界外球。

「古賀，血壓一直降不下來啊。」三上忍不住嘆著氣說。

「但沖原的好球數的確在增加。」

目前是兩好兩壞。即使被打出高飛球，還是算好球。

第五球。沖原投的球和前兩球完全是相同的軌跡。

但是，當藤本揮棒時，球微微沉落，在球棒發出好像快折斷的沉悶聲音同時，球滾向二壘的方向。

三上重重地吐了一口氣。

刺殺出局。

讓第一個打者上壘或是出局，有著天壤之別。

成為東京都代表隊，還要讓兩名打者出局。

10

「棒球比賽每次都這麼緊張刺激，讓人提心吊膽嗎？」

城戶看到對方球隊的打者藤本把頭盔甩在自己球隊的休息區前時問道。

「這場比賽很精采吧？」青島說，「這就是羅斯福遊戲。」

細川抬頭看向大螢幕，想起以前曾經聽青島說過這件事。

熱愛棒球的富蘭克林．羅斯福總統曾經說，這是最精采的球賽。

「什麼意思？」城戶問。

「就是指八比七的比賽。」青島說。

城戶聽了，發揮了一流的挖苦說：「就和你的公司一樣。」

細川也只能苦笑，因為她的比喻實在太妙了。

參加臨時股東會時，細川的心境只有七比零。生產調整、東洋相機的採購生變、技術開發的延遲——他根本沒有自信能夠度過股東會這個難關。

然而，現在的情況不一樣了。無論如何，總算是度過了股東會的難關，新影像感測器也大致有了眉目，應該可以說已經挽回到七比四的程度。豐岡等營業部的人帶著試製品前往東洋相機卯足全力推銷的努力，絲毫不比棒球部遜色，而且也同時向生產智慧型手機的Japanix推銷，由原本的守勢轉為攻勢。

「這次的打擊是關鍵。」

有紗說話時加強了語氣，細川再次看向球場。

站在打擊區的新田去年曾經是青島製作所第四棒強打者，村野把他挖去三和電器。

聽有紗說，新田雖然沒有和沖原對戰的經驗，但很瞭解井坂的配球，所以必須特別注意，而且新田在這一天的五次打擊中有三支安打。

然而，即使新田站在打擊區內，沖原仍然面不改色，在投手丘上鎮定自若地做該做的事。拿起止滑粉、轉動一下肩膀，看井坂的暗號，然後用揮臂式投球姿勢投出了第一球。

控球精準的速球落入捕手井坂的手套中，發出了即使在全場的喧囂聲中，仍然可以聽到的乾爽聲響。

聽到裁判宣佈「好球」時，青島製作所應援團搖著扇子，吹起口哨鼓掌。

「太好了，好球！」青島好像在告訴自己，「真的是好球。」

坐在細川旁的笹井緊張得繃緊臉看向球場，這時，細川發現他的嘴唇動了起來，好像在嘀咕什麼。

「拜託，加油，加油。」

笹井一次又一次重複這句話，但他的聲音幾乎被應援團聲援的聲音淹沒了。

沖原投了第二球，即使是細川，也看到井坂的手套在外側接到球。壞球。

有紗在臉前握起雙手祈禱著。

一好一壞。

井坂回傳給沖原的球像箭一樣快速，沖原用手套接住後，用分毫不差的節奏完成了一系列動作，準備投第三球。

那是一個快速切入內角的速球。

球直撲動彈不得的新田胸前，球場頓時沸騰起來。因為那是測速槍顯示一百五十公里的快速球。好球。

整個球場鴉雀無聲，好像所有人都屏住了呼吸。沖原和新田的殊死對決讓所有人都說不出話，眼睛好像被釘住了一樣，不敢移開視線。

第四球是一個外角球。是曲球嗎？新田的球棒勉強擦到了球，但滾到一壘側的界外。

細川感到很不可思議。同樣是投球、擊球，但沖原投球時，感覺是完全不同層次的球賽。這一定就是所謂的才能。

致勝球第五球是一個直逼內角的快速球。這是沖原在這一天投出最快速的球。新田揮棒落空，應援團歡聲雷動。

「還剩一個！」的呼聲四起。

笹井站了起來，聲嘶力竭地一次又一次大叫：「還剩一個！」

「太讓人激動了。」城戶志真站了起來，用力鼓掌說，「青島，你以後又要常常來看棒球了吧。」

「不，」青島突然收起臉上的笑容，城戶志真似乎察覺了什麼，探頭看著他的臉，「棒球部在這個球季結束後就會遭到裁撤。」

城戶志真正在鼓掌的手停了下來。

沖原投向新田的最後一球深深烙在古賀的視網膜上，始終無法消失。

那是用整個身心投出的一球，簡直就像裝了火箭推進器，在抵達打擊區前飄了起來，帶著旋轉，被吸進井坂的手套。

三和電器的應援團原本期待新田可以大顯身手，沖原的這一球讓他們的聲援變得無力，徒留空虛的嘆息。這一球展現了青島製作所的實力，把村野和如月打得體無完膚。

青島的應援席上響起了歡呼聲。

「好厲害。」猿田忍不住嘆著氣說，「如月根本差太遠了，我也好想投那種球。」

還剩下一人。

六月的夜晚很悶熱，沖原拿下帽子，用汗衫擦著額頭上的汗水。

沖原在轉眼之間就向對方的第五棒打者投了兩顆好球。

休息區的所有球員都探出身體，屏住呼吸，等待沖原最後一次投球。

大道凝視著球場，三上部長已經無法靠抖腳解決問題，他乾脆起身，焦躁地走來走去。

看台上傳來了「最後一球」的叫聲。

離代表東京都出賽只剩下最後一球。

沖原已經和井坂交換了暗號。

所有人的目光都注視著他優雅的揮臂式投球姿勢，離開沖原指尖的那顆球發出呼嘯聲，精準地被吸入井坂的手套中。

那是沖原用全身力量投出的內角直球。

對方球隊的打者一動也不動。不，應該是無法動彈。

裁判的聲音被歡呼聲淹沒，休息區的所有人都衝向球場。

井坂張開雙手跑向投手丘，和沖原抱在一起欣喜若狂。大道緩緩加入了狂歡的行列。

高大的大道被拋向空中，應援席上傳來的掌聲宛如海浪聲湧向球場。

井坂一聲令下，棒球部所有成員都列隊面對彩帶飛舞的三壘側應援席。

古賀看到長門淚流滿面，一次又一次揮起拳頭，內心湧起千頭萬緒。青島站在長門的身後，細川也在那裡，笹井紅著眼睛，不停地點頭鼓掌。

「謝謝！」

棒球部的所有人齊聲道謝，一起高舉起右拳。

大家抱在一起相互祝福，沖原放聲大哭。在投手丘上這麼冷靜的他，此刻無所顧忌地哭了起來。

「阿沖，不要哭，這個傻孩子。」

猿田粗暴地表達祝福，用力摸著他的頭，但他也毫不掩飾自己的眼淚。大道兩眼通紅，對著看台深深鞠躬，然後再度展露笑容。

寫著熟悉口號的標語布條在看台上搖動。

「在球場上團結一心！」

古賀看到那句口號，對著應援團深深地鞠了一躬，搶先一步消失在休息區後方。

尾聲

「能不能請你通融一下?」

坂東拚命懇求。這裡是東洋相機的會客室,雖然三和電器的社長親自拜託,但大槻採購部長仍然不為所動。

「公司內部參考了市場動向和評價重新討論之後,認為應該使用性能更高的影像感測器。」

「我們公司的產品性能不是也很高嗎?」坂東主張道,「而且性價比很高。」

「那種程度的性能,無法打動中階機以上的消費者。」大槻喝了一口有點變冷的茶,淡淡地說,「如果是入門機,或許可以吸引新的消費者,但我們不認為能夠讓老顧客產生想要換新相機的意願。老實說,真的不夠看。」

「部長,可以請教一個問題嗎?」河本一臉困惑的表情插嘴問,「請問你們採用了哪一家公司的感測器?」

「這和貴公司沒有關係。」大槻不願回答。

「可不可以請你透露一下?」河本苦苦追問。

大槻似乎對他產生同情,於是回答說:「這件事不能外傳——是青島製作所。」

坂東狠狠瞪了河本一眼。因為河本之前一直說,青島製作所的開發工作延誤,趕不上東洋相機的新品上市時間。

不僅如此。

前幾天還得知，Japanix生產的智慧型手機所用的影像感測器也將由青島製作所提供，經濟新聞以大篇幅報導了這個消息，讓青島製作所的技術能力受到矚目。雖然三和電器也生產了相同的感測器，但諸田不顧當初的承諾，對三和的產品不屑一顧。

事實上，坂東接到營業部的報告後，慌忙打電話給諸田，希望他可以重新考慮。

沒想到諸田在電話的另一頭很乾脆地對坂東說：

「坂東，沒辦法，我也看了，你們的影像感測器和青島的產品根本無法比較。這件事已經決定了，如果你真的希望和我們公司合作，那就請你拿出更高性能的感測器。」

坂東聽到諸田冷漠的回答，驚訝得說不出話。

結果又在這個節骨眼，得知東洋相機也無法使用他們的影像感測器這個最糟糕的消息。

「但是部長，你之前不是說，青島的新感測器試製品要到夏天之後才能完成嗎？」

河本被逼急了，忍不住這麼問。大槻露出「你到底在說什麼」的表情看著河本說：

「那是什麼時候的事了？每家公司都很努力，青島製作所也不例外。」

「我們的影像感測器在實力上絕對不會遜色。」坂東仍然沒有放棄，「即使在性能方面的數字稍微漂亮一些，到底有多少消費者能夠感受到這種差異？既然這樣，不是應該發揮性價比的優勢，以普及產品為優先嗎？如果可以的話，我願意直接向社長說明。」

大槻聽了坂東的強辯，露出無奈的表情。平時遇到這種事，他早就不假辭色地趕人了，但對方畢竟是三和電器的社長，當然無法這麼無情。

大槻無可奈何，只能用會客室的電話撥給下屬，請他把自己桌上的資料送來會客室。檔案夾內有兩張風景照，那是兩張很普通的夜景照片。

但是，這樣就足夠了。坂東一看到這兩張照片，立刻臉色大變，不再說話。

雖然兩張照片拍了相同的風景，但有明顯的不同。其中一張圖像很不清晰，有很多噪點，另一張色彩清晰，是一張很吸引人的照片。

「基於做人要厚道，我就不說哪一張是貴公司的感測器了。」大槻說，「坂東先生，如果你是消費者，想要拍出哪張照片？」

三和電器的兩人無言以對。

磯部在白水銀行的經理室內看著手上的試算表，陷入沉默。這是在東洋相機確定採購，以及Japanix也決定採用新感測器後預測的業績。

「經理，你認為如何？」

磯部聽到笹井這麼問抬起頭時，臉上帶著一絲興奮。

「太棒了。」磯部的聲音微微發抖，「竟然可以恢復到這種程度。」說完，他再次仔細地看著試算表上的數字，當他終於感到心滿意足後，交給了身旁的融資課課長林田，接著又問了重要的問題。

「你們打算如何處理裁員計畫的問題呢？」

「今天登門，就是想和你討論這件事。」

當細川說這句話時，笹井拿出新的資料從茶几上滑過去。

那是一份厚厚的新事業發展企劃書。

「上個月之前還在實施生產調整，但如今敝公司急速進入了增產狀態，所以——」細川看著經理的眼睛說，「我們希望可以將上次申請融資時提出的裁員計畫作廢，目前已經展開重新僱用的工作，已經把一部分在之前精簡人事時離開公司的員工找了回來。」

「具體內容由我來說明。」

笹井接著說。他翻開說明書，開始說明上面所寫的新經營策略。

「我完全瞭解了，我對這個方向沒有意見。話說回來——」

磯部聽笹井說完之後表達了自己的意見，但又突然住了嘴，看著細川，「縮小尺寸說起來算是副產品技術，你們作為新型感測器向Japanix推銷，能夠想到這一點太了不起了。」

「我在那一刻清楚瞭解到青島為什麼讓細川當社長。」笹井的話令細川感到驚訝，「我完全不可能想到這個方法，我相信公司內沒有人會想到，當我在旁邊聽到時，渾身起了雞皮疙瘩。」

「公司想要昌榮沒有輕鬆的路可以走，但有捷徑。」細川說，「這次剛好發現了捷徑，就只是這樣而已。」

「就只是這樣而已嗎？」磯部深有感慨地嘀咕，「有多少公司無法做到你所說的只是這樣而已的事而消失了，但也有的公司像你們這樣把握了逆轉的機會。」

「這就是社會的現實。」因為笹井年紀的關係，這句話出自他的口，聽起來很豁達，「雖然有時候痛苦害怕，但也有快樂，就和人生一樣。我們不就是這樣活著嗎？」

隔年春天——

古賀在總務部整理完自己的桌子後，最後來到曾經打滾多年的棒球館。

他站在二樓的窗前，俯視著空無一人的球場。

棒球部成員的吆喝聲曾經此起彼落，如今一片寂靜，上午的一場雨在球場上積了水，映照著放晴的天空，球場周圍的楊樹冒著新發的樹枝向天空伸展。

他站在牆邊的玻璃櫃前。

玻璃櫃中有幾張照片，最引人注目的是最新的團體照。所有選手圍在三上部長、細川和青島，還有笹井的周圍，露出了會心的笑容。站在中央拿著獎盃的青島，臉上露出了無比幸福的笑容。然而，在青島製作所棒球部結束三十多年歷史的此刻，這也已經成為歷史的一頁。

青島製作所棒球部的成員再也不會在這個球場上追著球跑，也不會在這裡的食堂吃佐代做的親子丼。佐代在上個月底離職，目前去了城戶志真經營的公司，在那裡的食堂當「食堂阿姨」。

「謝謝這麼多年來的款待。」

古賀對著空無一人的廚房道謝後走下樓梯，然後緩緩走去總務部進行最後的道別。

「謝謝部長這些年的照顧。」古賀鞠躬說道。

三上站了起來，露出困惑的笑容，向他伸出手說：「這些年很謝謝你，期待你在新天地的活躍表現。」

沒有淚水，只有笑容。

難過的時候更要笑著面對。

裁撤棒球部已成定局之後，古賀經常這麼告訴自己。

古賀在總務部簡單道別後，捧著同事送的花束走出公司時，突然停下了腳步，回頭看向球場。

他深深地鞠了一躬後邁開步伐，再也沒有回頭。古賀哲在青島製作所的最後一天靜靜地落幕了。

一個星期後——

古賀坐在東京都大田區的大田體育場三壘側的休息區。

天空中吹著三月的風。今天是東京都春季區域大賽的第一天，對戰球隊是棒球強隊亞洲生命。

沖原站在投手丘上。他已經結束規定的投球練習，井坂投向二壘的球快得像箭一樣，球從二壘的二階堂傳向三壘的須崎、游擊手犬彥，最後傳回一壘的圓藤，完成精采的壘間傳球。

鷺宮和其他人在外野活動肩膀、原地踏步，等待比賽開始。

嶄新的制服是和青島製作所的制服相同的細條紋，只有公司名字不一樣。

大道坐在長椅的角落，目不轉睛地看著球場。身穿相同制服的城戶志真坐在他旁邊，從剛才就不停地對選手說話。

城戶不動產棒球部。

雖然不知道城戶基於什麼想法成立了棒球部，全盤接收青島製作所的棒球部無疑是一件令人高興的事。

去年秋天，三和電器突然宣佈要裁撤棒球部。事後聽說村野得知城戶不動產要成立棒球部，立刻向城戶自我推薦說自己比大道更厲害，但城戶志真斷然拒絕了。三和電器的大部分選手都不得不放棄棒球，但如月在選拔賽中以後段班的成績勉強擠進了職棒，憑著之前的資歷進入了職棒球隊的二軍。

但這種事已經無關緊要了，最重要的是現在還能夠在這裡打棒球，能夠身為棒球選手站在球場上。

「加油加油，要全力以赴！」

城戶志真拍著手大聲吆喝時，裁判高喊的聲音響徹春天陽光普照的球場。

Play ball！

春日文庫
90

羅斯福遊戲
ルーズヴェルト・ゲーム

羅斯福遊戲 / 池井戶潤作 ; 王蘊潔譯. -- 初版. -- 臺北
市 : 春天出版國際, 2020.10
面 ; 公分. -- (春日文庫 ; 90)
譯自 : ルーズヴェルト.ゲーム
ISBN 978-957-741-292-8(平裝)

861.57 109012938

ISBN 978-957-741-292-8
Printed in Taiwan

Original Japanese title: ROOSEVELT GAME

Original Japanese edition published by Kodansha, Ltd.
Traditional Chinese translation rights arranged with Office IKEIDO Inc.
through The English Agency (Japan) Ltd. and AMANN CO., LTD., Taipei

作　　者　池井戶潤
譯　　者　王蘊潔
總 編 輯　莊宜勳
主　　編　鍾靈

出 版 者　春天出版國際文化有限公司
地　　址　台北市大安區忠孝東路四段303號4樓之1
電　　話　02-7733-4070
傳　　眞　02-7733-4069
E－mail　story@bookspring.com.tw
網　　址　http://www.bookspring.com.tw
部 落 格　http://blog.pixnet.net/bookspring
郵政帳號　19705538
戶　　名　春天出版國際文化有限公司
法律顧問　蕭顯忠律師事務所
出版日期　二〇二〇年十月初版

定　　價　460元

總 經 銷　楨德圖書事業有限公司
地　　址　新北市新店區中興路二段196號8樓
電　　話　02-8919-3186
傳　　眞　02-8914-5524
香港總代理　一代匯集
地　　址　九龍旺角塘尾道64號 龍駒企業大廈10 B&D室
電　　話　852-2783-8102
傳　　眞　852-2396-0050